ぷかぷか浮かびとこれから

つれづれノート㉜

銀色夏生

角川文庫
20528

ぷかぷか浮かびとこれから

つれづれノート㉜

2017年1月1日(日)
〜
2017年6月30日(金)

1月

2017年1月1日（日）

風邪が治らない。

のどの痛みと鼻水で夜中に何度も目が覚めた。

ゆっくりと起きて、ゆっくりとお雑煮の準備をする。おせちは好きなものだけを買って来た。筆で書いた鳥のパネルと昨日買ったお花を飾る。

お雑煮、おいしかった、好きな味。

一日、静かに過ごす。

ずっと鼻水が出ていて、ティッシュの箱が空になる。夜は、すき焼き。

1月2日（月）

昨日よりも夜、苦しくなかった。家でのんびり。しあわせ気分。

テレビで「ブラタモリ」と「ローカル路線バスの旅」を見る。

どちらも心がほっこりとなった。

太川陽介《たがわようすけ》の「クゥゥーッ」と体がふるえるような生ビールの飲み方が本当においしそう。「ブラタモリ」は見ていると気持ちが安らぐので、これから毎週見ようかな…と思った。夜はカレー。

そして、風邪が治った、と感じた。30日の夜にひいて3日間で治った。よかった〜。

1月3日（火）

今日から運動へ。なじみの空間。

入り口で支配人から新年の挨拶《あいさつ》と餅菓《もちが》子《し》を手渡される。


いつものびてのびての体操とストレッチ。

ストレッチでは、肩甲骨の動きを確かめるために隣の人と組んでお互いをチェックしあう。私は時々話す水泳の上手な方と組んだ。体の前で両肘《りょうひじ》をつけて上にあげる。

私は腕があまりあがらなかったけど、その方はすーっと上の方まで腕があがっていた。さすが。いいなあ。「水泳をされているからですかね？」と感心する私。

スイミングが上手なので仮にスイムさんと呼ばせていただくが、その方はたしか私より10歳ほど年上で静かなたたずまい。知的で、話し方もおだやかで落ち着いている。体つきもとてもスリム。

ストレッチを続けながら私は、鏡にうつった自分のお腹のぷくぷくとしたふくらみを手で触って心でため息をついた。お正月のおそなえ餅《もち》みたい…。

今日は3日なので人も少ない。

プールで少し泳いで、ウォーキングとストレッチをしていたら、向こうで水中逆立ちをしている人がいる。ジャグジーに行こうかなと水中を歩いていたら、今度はアクアヌードルを持って何かしている。私の好きな、発泡スチロールみたいな浮かぶ長い棒みたいなの。

通り過ぎるときに見たら一太《いちた》さんだった。

そのヌードルの上に足を乗せて器用に水中に浮かんで立っていらっしゃる。

「あら！　おもしろそうですね」

と私もさっそく真似をしてみた。

ぐらぐらぐらぐら。すごくむずかしい。

バランスをとるのが。でもおもしろい。

「いいですね、これ」

「でしょう?」

ふたりでしばらくぐらぐらゆれながら立つ。

いつのまにかじりじりと移動していて、後ろで水中ストレッチをなさっていた高齢のおじいさんに2回もぶつかっていたおちゃめな一太さん。

「これからちょこちょこやってみます」

水中なのにまるで空に浮かんでいるようだった。空飛ぶヌードル。


ジャグジーに行ったら、スイムさんがいて他の人としゃべっている。話が聞こえたので聞いていたら、スイムさんは左手の親指を骨折して、手術してリハビリしたけど指が途中までしか曲がらなくなったそう。

「でもまだ右手じゃなくてよかったわね」と相手の人が慰めたら、「でもりんごも剝《む》けないのよ。左手を使って押さえてたのよね」と、左手の働きの重要性を感じたそう。

スイムさんにそんな苦労があったなんて!

ただ素敵な人だなあと思って見ていたけど…。たぶんどんな人にも見えない苦労はあるのだろう。みかけだけで安易な判断をしてはいけないと改めて思った。

そう。どんな人にも悩みはある。

王様にもスーパースターにも。

そんなことは実はみんなわかっているのに、どうして（うっかり&意地悪く）人をうらやむのだろう。億万長者の悩みはお金のない人の悩みよりも軽いと思ってるはずないのに。安易にうらやましがるのは思いやりのない行為だ。

悩みの数や深さや複雑さは、職業や立場ではなく、人間としての成長度に関係するはず。

サウナに行ったら、おととし、フラダンスのDVDを貸してくださったあの奥様がひとりだけいた。もうフラダンスに行ってないのでめったにお会いする機会がない。明けまして…と挨拶をかわし、少し最近の気候のことなどをほのぼのと話す。

出て、ドレッサールームで髪の毛を乾かしていたら隣にいらっしゃった。

そして唐突に「『落語　THE　MOVIE』って見たことある？」とおっしゃる。「いいえ」と答えたら、「とてもおもしろくて昨日の夜3時過ぎまで見てしまったの」と。概要を聞いて、「おもしろそうですね。見てみます」と私。めったに話さない方に話しかけてもらえたこと、その人の好きなものを教えてくれたこと、うれしかった。

帰りがけに細《ほそ》ちゃん（八十数歳で呉《くれ》出身。聡明《そうめい》な方。最近話すようになった）がいたので挨拶を交わす。

帰り。ちょっとシャンパンでも買って帰ろうかなと酒屋へ入る。お正月だから高いの買おうかな…。すると、入り口付近にワインの福袋がドーン！

わあ。

じっと見入る。説明を読むとどれもいいように思えてきて飲んでみたくなるわ…。

4本、購入。

家に帰って、お昼ご飯を食べながら箱根《はこね》駅伝復路をチラチラ見る。

「落語　THE　MOVIE」もチェック。おもしろそう。今度、見よう。

年賀状もポストからとってきた。年賀状は書かない私。個人的な年賀状は2枚だけ。このふたりには返事を出そうかな。筆で書いたらどうだろうか（出さなかった）。サコには1枚、ヘアサロンから。

私はインタビューとか取材は苦手。

何かを聞かれて、すぐに短くまとめて答えることなんてできないし、したくない。相手が納得することでなく自分が思う返事でよければいいのだけど、私の考えは説明がむずかしく、いつもわっとしていてうまく伝えられないので苦手。

今年は、我が道を行こう。

我が道を行けばどうなるかの実験だと思って、ひるんだ時は、がんばってそう思ってそうしよう。本当に自分の好きなことだけをしたらどうなるか。という実験。

よし。やってみよう。そんな今年のはじまり。

テレビを見ていて思ったこと。

SMAPの解散について。テレビで、「ファンの人の意見をきいてみました」というのが流れると私は音を消す。

たいがい「やめないで」とか、「悲しい」とか、署名を集めたとかいうのなので、それを聞くのが嫌で。本人たちが決めたことを尊重するよりも、自分の気持ちを大事にしているというか、別れたいという恋人に自分はまだ愛しているから別れたくないとごねる人みたい。…と思うのは言い過ぎか。でもたぶんそういう人は少数で、多くのファンはすべてを受け止めていると思う。

人生の最後には、「すべてこれでよかったのだ」と思う、と私は思う。これでよかったのだと。違うかな。人によるのかな。でもたぶん、私に関してはそうだと思う。だとしたら、最終までの途中の今、現在の過ごし方がとりあえずの問題だ。今をどう安らかにすごせるか。それが最重要問題だ。そこに集中していいと思う。


夜。

テレビをなにげなく見ていたら、日テレの番組で吉高《よしたか》由里子《ゆりこ》が出ていた。で、子どもの頃は暗かったという話の中で出ていた写真が、私の本の中の写真だった。あれ？　あの写真。あれは私が本のために撮らせてもらった作品で、私的な写真じゃないのにね。違うのにね。

1月4日（水）

午前中、運動。

午後はのんびりと「ねほりんぱほりん」を見たり、本を読んだり、勉強も少し。

英語の勉強で、自分の半径1メートルに外国を作るといい、と言ってる人がいた。それを聞いた私は反射的にこう思った。

自分の半径1メートルに天国を作る。
その天国は自分が動くのに合わせて移動する。
天国。自分の半径1メートルだったらできるかも。

ごく最近、「明晰《めいせき》さ」についてあれこれ考えていたせいか、このあいだまでどうしようかな…と思案していたことをふと思い浮かべたら、ポンポンと明確に判断ができた。あれはもうちょっと相手に説明する、あれはもっと気持ちがはっきりするまで保留にする、というふうに。一度忘れて、改めて新鮮な気持ちになって考えてみると、スッとすがすがしい判断ができることがある。

1月5日（木）

午前中は運動。今日も人は少なく、静かな瞑想《めいそう》状態でいつものルーティーンを落ち着いてこなす。いつもすることがあるっていいなと思った。

ひとりの屋外ジャグジーで、のどを開いてアーアーと声を出す。
最近、寝る前にいつもお風呂《ふろ》でやってる。のどの力をぬいて、体の中心からまっすぐに声が出るように。大きな声はまだ出せないけど、のどからそのままスーッと声が出た時はうれしい。

買い物して帰り、午後はいろいろ勉強。

というか、録画しておいた番組「落語 THE MOVIE」をみたり（「初天神」、おもしろかった）、英語の動画を見たり、昼寝したり…。

あの福袋のワインやシャンパンを毎日飲んでいるけど、やっぱりワインってそれぞれに味が違う。高くても安くても、それぞれに違う。今飲んでるのは、インスピレーションに任せて特別な作り方をしている、入手困難というワイン。「飲んでいると時間がたつのも忘れるくらいとびっきりキュートなワイン！」って書いてあったが、べつにうまくもないなあ…。私が好きと思ってるいつもの2千円のワインの方がやっぱり好きだなあ。値段よりも評判よりも、やはり好みだよね。

今日は、鰯《いわし》とスナップエンドウのスパゲティ。それとホタテサラダ。

1月6日（金）

また朝方に思ったこと。

私が取材を受けたりインタビューされるのが苦手なのは作品の解説をするのが嫌だからだが、特に『つれづれノート』は人にあげるのもこれを書いてると教えるのも嫌だ。詩や写真の本は人に知られるのはそれほど嫌ではないけど。

それはなぜだろうと考えて、こうじゃないかと思った。『つれづれノート』に書いている内容は、私が「とても親しい人にリラックスした場所で小声でぼそぼそ話しているような」本だから。私のこっそりとした打ち明け話であり、真剣な話なのだ。人に話したくない打ち明け話を読者の人たち全員に1対1でしているようなもの。作品であって作品じゃない。仕事であって仕事じゃない。とても独特だと思う。

今朝、そう考えついて、私が取材を受けたくないのも、この本の内容を人と話したくないのも、わざわざ人に見せたくないのも、人に教えないのもわかる、と思った。

この本の中のことは、どれも心の深いところにあって、軽々しい状況では語れない、とても大切なことだから。

そう思ったので、安心して、これからも密《ひそ》かに書き続けたい。ただ、そういうことも吹っ飛ばしてくれるような自由な取材ならぜひ受けてみたいなあ。

運動に行って、いつもの流れ。

ストレッチ、スカッシュ、スタジオ、プール、ジャグジー。ストレッチは最近、やっとその気持ちよさがわかってきた。私はあまりにも体が硬かったので、のびる感覚がわかるのに3年ぐらいかかった。気持ちよさがわかるのに4年。

苦手な開脚前屈は、まったく前傾できなくて体が板のようだった。腰は立たないし。でも少しずつ進歩している。いまだに開脚前屈をしようとすると上半身がつっぱらかるけど。

で、最近やってるのは、一挙に開脚前屈しようとしても大きな壁に立ち向かっているような気持ちになるので、部分的に崩していこうという作戦。ひざの裏、太ももの裏、腰、背中の下の方、すべてが硬くて、これが総じて前傾できない私。なので、ひざと太ももの裏を中心にストレッチしている。それをやったあとに前屈するとわりといけるので。そういうふうに、いっぺんにではなく、細部からやっていきます。

買い物して帰ったら、塾に行ってるはずのサコが家にいた。聞くと、メガネを忘れたので帰って来たとのこと。お昼に「サッポロ一番塩らーめん」を作ってあげる。それからまた行った。

私は英語の動画を見ようとしたら、武田鉄矢《たけだてつや》のラジオ「今朝の三枚おろし」が目に飛び込んできたのでそれを夕方まで聞き続ける。読んで面白かった本を紹介する番組だった。おもしろかった〜。鉄矢のしゃべりがうまく、とても熱があるので聞き入ってしまう。「べてるの家」の回なんてシーチキンサラダを作りながら聞いてたんだけど、泣きそうになったわ！

そこで言ってたんだけど、人を死の衝動に誘う6つの条件というのがあって、なやむ、つかれる、ひま、さびしい、お金がない、お腹がすいた、だそう。それぞれの頭をとって「なつひさお」と名づけて壁に貼って気をつけているのだそう。そして死にたくなったら、まず何か食べる、疲れたら休む、とかして対処しているのだとか。

とにかくこのラジオには引き込まれる。これからちょくちょく聞こう。

1月7日（土）

今日も武田鉄矢のラジオを長々と聞く。『タモリと戦後ニッポン』という本の解説など。今、私は「ブラタモリ」のファンなので（初めてタモリの番組を好きになった）、とてもおもしろかった。夜はオムライス。ケチャップ文字は「合格」。

1月8日（日）

一日中、家。しかもコタツの中。

録画しておいた「NHK紅白歌合戦」を見てみた。ところどころ早送りしながら、どんな内容なのか、演出は？　セットは？　とチェック。

歌を聞くというよりも主に画面をみていた中で、「この人、歌が上手《うま》い」と思わず、ハッと感じた人がひとりいた。AIっていう人。声が、なめらかにのびやかに喉《のど》の奥から大きく体の外に広がってた。たっぷりと喉が開いていて、聞いていて苦しくない。歌を聞いていて喉が苦しそうなのは聞きづらい。うわおーって気持ちよく大きく、まるで体全体がスピーカーで、声の流れを邪魔してないような歌声は気持ちいい。とはいえ、うまいと思う歌声と好きな歌声は違うのだが。

石川《いしかわ》さゆりは、歌もセットも堂々とした圧巻の貫禄《かんろく》があって、いいものを見せてもらった。

1月9日（月）

成人の日。雨。寒い。

テレビで派手な衣装を着た北九州《きたきゅうしゅう》の成人式の様子が。

時代の流れの中、ところどころで何かが花のようにポコポコ咲いてる。


サコのセンター試験は今週末。

「受験票に写真貼らなくていいの？」

「まだ学校から調査票をもらってないから」

「そういうのはちゃんと教えてくれるんだよね」

「うん」

「とりあえずの目標はセンター試験だね。…試験まで何するの？」

「古典の語句を覚えたい」

「…いとをかし。

あのさ、…ありをりはべりいまそがり、ってなかった？」

「あるよ」

「あら！　今、数十年ぶりに思い出したわ。まだ覚えてるんだ。すごいね～」

と私はひとりで大興奮。脳は忘れてないんだ。


そういえば、サコが大学に入ったら子育てが終わる、という気持ちが私にはある。まだ実感がないけど、もしかするとかなり心境の変化があるかもしれない。私は案外責任感が強いので、決めたことは黙々と実行するタイプ。大学入学までは、と。子育てが終わったら、本当に自分のために生きそうなので本当に自由になるかも。今はまだ想像できないけど。

その自由というのは、「わあ、自由だ～！」という解放感ではなく、夜明け前の空の青さみたいなものかも。透明で。きれいで緊張感のある。

ずっとコタツに入っていろいろやってて、夕方、夕飯の買い物に外へ出る。

もう薄暗くなってる。成人の日の休日なので街はにぎやか。すれ違う人の目を見て、思った。かつて私がまだあれこれと忙しく、失敗しながらも、落ち着いた未来を夢見ていた頃。色にしたら鮮やかな色や暗い色などがさまざまに入り混じったにぎやかな色あいだった。

今。私はその頃に夢見ていた落ち着いた失敗のない日々を過ごしている。色にしたら温かみのあるグレイや茶色、コケ色みたいな渋い色合いだ。

そうなんだ。あの頃夢見たような日々を今、生きている。

でもなってみるとそれはすごい喜びではなく、しみじみとしたものだった。あの頃願った日々は、いざ実現したら、おだやかだけど鮮やかさのない日々。それらは決して共存しないもの。そういうことなんだなあ。

というようなことを思いながら、今夜のメンチカツの材料を買う。

1月10日（火）

ストレッチをしてプールに行ったら、ガンジーさんがウォーキングしていた。

ジャグジーとサウナで、ひさしぶりにいろいろと話す。昨日仕入れた「沈んだ気持ちの切り替えには、とにかくすぐに体を動かすのがいいんだって」とか。

他の人の話なども聞きつつ、今日思ったことは。

「本当にいいものは簡単には手に入らない。簡単に手に入るものは疑ってかかれ」

高いお金を出せば買える健康食品もそう。たぶんいいものは高いだろう。でも本当にいいものって、いくらでも出すからといって買えるものではないはず。そういうものはなかなか作れないし、数が少ない。すごくいいものだけどそれは売ってない、手に入りにくい、といわれると信用できる。私は簡単に手に入らないものほど信用する。

そしてそんなに希少価値のあるもので高価なもの、めずらしいものを別に、この私が欲しいとも思わない。そんなのは昔話の王様が手に入れればいい。

私は人が羨《うらや》まないような、だれでも手に入れられるものがいい。

その中で新鮮なものだとか、好きな作り手が作ったものを、無理せずに手に入る範囲で自然に手に入れられたら、それを目の前にして、うれしく思うだろう。なんでも一期一会なので、目の前のものにありがたさを感じながら。

…そうだよなあ。

ものすごくおいしいもの、めずらしくて、高価で、すごいもの。そんなものを私が食べなくてもいい。農薬も。完全じゃなくていいよ。完全無農薬じゃなくて減農薬でいい。特別な人しか会えないようなすごい人に会えなくてもいいし、特別な場所にも行かなくていい。

私が見たいもの、会いたい人は、人にとって特別なものではなく、私が見たいもの、会いたい人。私が尊敬する人やものに会えたら、それがいちばんうれしい。

夜、サコが帰って来て、願書を提出しなきゃいけなくて、その前に受験料を振り込んで、ダウンロードして…などという。いつまで？　と聞いたら、あさっての消印まで。受付が5日から13日までなのだそう。

もう。なんてのんびりしてるんだろう。私だったら5日にやってるわ。今日途中まででやって、続きは明日って言ってる。郵送用の封筒も買わなきゃいけない。大丈夫かな。ひやひやする。

1月11日（水）

倍音トーニング講座の2回目。今日は歌を歌わなくてよくてよかった。代わりに自分の好きにアーアーと歌うのがあった。それは大丈夫。でも声が小さいので、もっと大きな声が出るようになったらいいなあと思った。けどもう別にいいか、この大きさで、とも思う。ずっと声を出し続けたので疲れてしまった。来月で最後。

寝る前、サコが「英語のテキストがない」と言い始めた。さがす。あちこちさがしたけどない。カーカにまで聞いたけど。あっちこっちぐるぐるさがす。ない。

1月12日（木）

朝9時に郵便局に行って願書を出してから、運動に行ってひさしぶりに3人でジャグジーで話す。買い物。おいしそうなもつ煮込みがあったので買って、もつ煮込みカレーを作ることにした。

サコが帰って来て、「テキスト、人に貸してたことを思い出した。半年ぐらい前に」。

1月13日（金）

サコは今日は遅起き。

ゆっくり学校に行くという。明日がセンター試験で、今日は休む人も多いらしい。

私は運動へ。青竹踏みとロコモ。

ロコモの先生が本当に熱心で腰が低くて、いい人なのです。見ていて気の毒になるほど。そのせいか、どんどん人が集まってくる。

終わって、プールでウォーキング。

ジャグジーでまた3人で話す。プールもジャグジーも冬場は利用する人が少ない。特にジャグジーはほとんど貸し切りだ。この静寂をありがたく享受する。

で、いろいろ話していて、ふと私が「今思えば、過去の結婚相手も、私の自由を阻害しない人を無意識に選んでいた気がする。束縛しない人、別れやすい人。一般的な約束事を求めない人。つまりその人自身も縛られたくない人。だからどうしてよくいる普通の人が私を好きにならないんだろう？　と疑問を感じていたんだけど」と言ったら、「そんなん、ひと目見てわかるわ」とキューピーさん。うなずくガンジーさん。

それから、「今は外食もほとんどしない。一緒に行く人もいないし、もう特に興味がない。もうめったに行かなくていい」と言ったら、「そうはゆうてもなあ、山ちゃん。行こかゆうたら、すぐ行くいうやん。そんなん言い始めても、もう聞いてへんわ」と笑うキューピーさん。うなずくガンジーさん。私のこと、わかってる。

「でも言いたいの。言うのが好きなの。言うのがいいの。言いたいの」

サウナであったまって、買い物して（今日は鶏鍋《とりなべ》）、家に帰って用事を済ます。

今日の朝に見た夢をときどき思い出す。その夢は、本当に夢でよかった！　と思うような夢だったので本当に、夢でよかった。

ついに明日はセンター試験。明日の朝の予定を話す。お弁当はどうするか相談して、食べやすいもの、おにぎりを。私が作るのでなく、朝早くコンビニで買ってくることにした。手作りよりも、なんとなく軽快だから。それと水筒に温かいお茶。10時10分までに教室に入ることになっているので、5分余裕を見て家を9時20分に出ればいいね、と計画する。

1月14日（土）

いいお天気。空気が冷たい。

寒波が来ていて日本海側は大雪らしい。

おにぎりを買って来た。持ち物チェックをする。ひとつひとつ読み上げて、確認の「ハイ」を聞いてペンで印をつける。20分に出かけた。よく考えたら、もっと早く出た方がよかったのではないだろうか？　私と同じで待つのが嫌いだからなあ。

運動したあと、ジムのラウンジでキューピーさんとお昼を食べる。シャンパンを飲んで、サンドイッチとから揚げ。気分よく、買い物して帰る。夕方になってかなり寒くなって来た。何度も窓を開けて寒さを確かめる。

7時ごろ、サコが帰宅。

「どうだった？」と聞いたら、「うーん」と難しい顔。日本史が難しかったとか。10時に試験会場に着いたのだけど、10分からすぐに説明が始まって、余裕がなかったそう。

「あら。やっぱりもっと早く行った方がよかったね」

2月の私立の受験の時はそうしないと。

で、2日間はゆっくりするといってマンガを借りてきてる。


塾のサイトに試験の解答が出るはずだから、出たら採点して低い点から読み上げてと頼まれた。答えを入力したけどまだ解答は出なかった。

1月15日（日）

ゆっくり家にいる日。

サコも起きてきた。朝ごはんを作りながらサコにカーカの国民年金のことを相談する。アルバイト生活で月1万6490円の年金を払えないみたいで未納が半年たまってる。払えるようになるまでしばらく未納を続けるか、私が払った方がいいのか…。

そしたら「試験の結果が気になってるからわからない」と言われて、そうだね！と自分を笑った。それどころじゃないよね。

カーカの年金は払えるようになったら払えばいいんじゃない？　ということにした。

しばらくして、解答がでたらしい。あわてて私に点数を見てほしいという。ひとつひとつ答えを入力して、結果を見る。そしたら、案外よかった。

急ににやにや笑って、安堵《あんど》するサコ。よかった～、ととてもうれしそう。今日はご褒美に「笑ってはいけない」を見ようかなと言って、ゲームを始めた。

これで2月は最小限の大学に絞り込んで受験することができるそう。

サコがうれしそうだと私もうれしい。

昨日見たテレビで、三浦《みうら》大根の生産者の方を真琴《まこと》つばさが訪問していた。その三浦大根を使っている「こなから」というおでん屋さんもでてきた。あら、ここはいつか行ってみたいと思っていた高級おでん屋さんだ。

そのおでん屋さんに生産者さん家族が大根を食べに来て、真琴つばさがその生産者のおじさんの泥が染みついた指を見て、「生き方が表れてる素敵な手ですね」とほめていた。「洗ってもとれないんですよ」とおじさん。そのやりとりを隣に座っていた小学4年生ぐらいの子どもがじっと見ていた。

泥だらけの指を褒める美しい女性。それを見た子どもの心に生まれる親への尊敬……という図式が浮かんだ。そう。子どもから見たら泥だらけでカッコよくない親だったかも知れないけどそれを褒める何かわからないけど輝く人によってその価値を知る。きれいだったり有名だったりするすごいような人がそれを褒めたから、この泥の指はすごいものなんだと子どもが思うようになる。

褒める女（人）の介在によって知る。褒める人が大事。価値のわかる人が、褒める人が間に必要なんだ！　と思った。いいものを見た。

夕方、カーカが荷物を取りにやってきたのでしばらくペラペラと話す。何かの話の中で私が、「ママはカーカたちを、変わった育て方したから。マイナスの要素を入れなかったんだよ。だから人が思う感情でわからないのがあると思うよ」と言ったら、何かピンときたようで、「だからか！　前に人と言い合いになったんだよ」。

そう。実は私は変わった育て方をしたのです。そうするためにはひとりでないとできなかったと思う。

1月17日（火）

明け方の考え。

私のこの体はいろいろなことを体験するための乗り物だから、そのことを意識して大切にしよう。

私は人生という川の上をプカプカ浮かんで流れている。

そのつど生まれてきた感情も川の流れにただ流していけばいい。

感情が生まれる。そのまま流す。生まれる。流す。

この体があるからものごとを体験することができる。

去年はいちばんすごい体験ができた。両陛下と会えた。

私が想像する、この地球上で最もめったにない意識状態を持つおふたりに。その意識状態を間近で拝見できたことが私にどれほどの自信と力を与えてくれたことか。まだ種のように心の中にひそむ今でさえ。

大事な瞬間には私はいつも地球外の生物のような、無心の気持ちでいる。


朝。運動へ。感情が生まれたらそのまま流す、というのを実験してみよう。

プールに行って少し歩いてから、ジャグジーへ。

みんなが新しくできる安い日用品のお店の話を熱心にしていたけど私は興味がないので、ふらりと上がってまたプールへ。興味のない話を我慢して聞いたりせずに、その時の好きなことをしたい気持ちになったから。これも感情をそのつどサラサラと流しているせいかもしれない。

プールで自由な動きをしてからサウナへ。そこでまたみんなに会って、今度は興味のある話だったので加わる。

感情を流しながら話すと、人との会話もよりいっそうおもしろい。新鮮な感じで。

感情を流すというのは、たとえば今までは感情はつぼ型の心の中で生まれて、そのままゆっくりとつぼの底へ沈んでいく…、沈んだ感情の澱《おり》が底に溜《た》まっていく…、み

たいなイメージだったけど、流すの方は、感情が生まれるとプカプカとそのまま体の外に出て行き、そのまま川の水に流れて行く…みたいな。

買い物して帰る。今日はごぼう入り団子鍋《なべ》。

…にしようと思っていたら、帰ってきたサコがボウルの中のひき肉を見て「ハンバーグ？」とうれしそう。なのでごぼう入り和風ハンバーグに変更。

昨日テレビで陶芸家の制作現場を見た。黒くて渋いお茶碗《ちゃわん》が素敵だった。

粘土をへらで削るところも出てきた。おもしろそう。やってみたい。

でもこういうのは、全部が組み合わさってできてる。ここに行きつくまでには長い歴史がある。芸術家の作品というのは途中経過も含めての作品で、その最初の最初は遠い昔だったりするから、見た目以上にとても厚みがあるものだ。軽はずみに真似できるものじゃないということだけはわかる。

あることを思い出した。

いつか友だちが私に、私の知らない人のことを「あの人とこういうことがあって、あの人はこういうことを言った…」と教えてくれた。それはなんだか嫌な気持ちになるような言い方だった。私はその人を直接は知らないから、その情報を知りたくはなかった。友だちとその人はいい関係じゃないのかもしれないけど、私とその人がどういう関係になるかはわからないのだから、前もってその人の情報を悪いバイアス込みで知りたくはない。

で、それで思い出したのが以下のこと。

カーカが5～6歳の頃だったか、私が何かのことで身近な人のことを同じように「あの人がこういうことを言って…」と嫌な感じで話したら、「ママはカーカが○○さんを嫌いになるように話してる」ときっぱりと言われた。確かに、私はその人を嫌いだったのでそれを正当化したくて、カーカにも嫌いになるような言い方をした。

私はハッとして反省し、これからは絶対にこういうことはしないようにしようと思った。できてるかどうかはわからないけど。

そういう言い方をすることって確かに人にはよくある。さっきの友だちが私に吹き込んだ情報もそれと同じだった。だから私はすぐにこれはカーカに注意されたあれと同じだとわかった。私は今でもその点では、5歳のカーカに教えられ続けている。

夜。

ごぼう入りハンバーグを食べながら武田鉄矢のラジオを聞く。『死の淵《ふち》を見た男吉田昌郎《よしだまさお》と福島《ふくしま》第一原発の500日』。号泣。ティッシュを目に当てて、涙をぬぐう。鉄矢も泣いていた。

次の『GO WILD』という本の回では、悪夢を見るのは野生のメカニズムだと言ってた。夜、敵に襲われないよう浅く眠るためなのだとか。そうなのか！ だから私の悪夢。あと、信頼できる仲間35人以上で寝るとぐっすり眠れるのだそう。常にだれかがREM睡眠にいるから。去年のあのニュージーランドの雑魚寝《ざこね》を思い出す…。

1月19日（木）

今日も午前中、運動へ。ストレッチとスカッシュ、プールで少し泳いでジャグジー。ジャグジーでまた3人で話す。今日は食べ物のこと。キューピーさんは本当においしいものを食べるのも作るのも好きだという。焼肉ランチもひとりで食べに行くというので、私はひとりでお店に入ると周りが気になってリラックスできないといったら、食べたい気持ちが強くてまったく気にならないという。

ガンジーさんは運動。常に身軽に動き回っている。食には興味がないそうで、果物や木の実、いちばん好きなのは野菜で、ブロッコリーを茹《ゆ》でたのを何もつけないで食べるのだとか。食べること自体が面倒になることもあるという。「おまえは病気ひとつしないでゴキブリのようだ」と旦那《だんな》さんから感心されるらしい。今のライフスタイルをもう何十年も続けているので筋金入り。最後に風邪をひいたのは小学生の頃だって。

サウナで話したことを思い出した。

前に会った人のこと。子供のころから母親に人を疑えと教えられて育った女性が、人を信じられなくなったという話。その人は自分が遭遇していることも人もすべて疑うようになっていた。そうだろう。そう教えられて育ったのだから。

「長い間に培われた考え方を変えるのは難しい」と誰かが言った。

確かに。でも、変える道はあると思う。

その人がそこから救われるのは、母親はなぜそうなったのか、ということに思い至った時ではないか。母親も生まれたての赤ちゃんの時はそうじゃなかったはず。何かとてもつらいことがあってそう思うようになったのかもしれない。なぜそうなったのか、そこに焦点をあてた時に道は開かれると思う。

1月20日（金）

青竹踏みの前に開脚していたら、左の股関節《こかんせつ》がコリッと言って少し痛みを感じた。すぐに治まったけど気をつけなくては。無理にのばさないようにしよう。だんだんのびるようになってきたのでここで無理したらいけない。

1月21日（土）

今日は大事をとって体操はやめてプールでくつろぐ。

その後、キューピーさん、ガンジーさんとお昼に近くのカフェでランチを食べる。キューピーさんはジムにいると気づかないけど外で見るとかなり目立つ。「もらえるものはもらわんと損や」と言って胡椒《こしょう》やパンのおかわりを店員さんにもらっていたがオリーブオイルは別料金と言われてあきらめていた。

キューピーさんは声のボリュームもおもしろさも、いつでもどこでもだれにでも同じように話す。相手や場所によって変えることができないのだそう。その明るさはすごく、爆発的。関西の人の持つパワフルな陽気さ。いつもその場の空気や目の前の人の様子を確認してから慎重に動く私とは正反対の行動様式を持つ人なので、たまにびっくりして引いてしまうこともあるけど、最終的にまわりのすべてを大きな笑いの渦みたいなものに巻きこんでしまう力には脱帽する。

地下の食料品売り場で買い物して帰る。

1月22日（日）

今日は古代文字を筆で大きな紙に書く教室の2回目。浅草《あさくさ》の近くのお寺まで。

でも今日で辞める予定。やっぱり習い事は私にはむずかしい。…遠いし。先生の言うとおりに書くというのが。辞めると告げるのは心苦しいけど言わなければ。なので昨日からとても気が重い。でもこうなることを予想して始める前に仕事の関係で長くは続けられないかもしれないとは言っておいた。

さて、重い気持ちを引き上げて、習字へ行ってきます…。

行ってきました。やはり申しわけない気持ちになった。先生がいい人で、生徒が増えたと喜んでおられたのでなおさら…。でも、また来られるようになったら来ますと。

今日も3時間ほど、大きな紙に古代文字を書く。白川静監修『漢字類編』の中から「雨」「雷」「漁」「游《ゆう》」など。甲骨文字のなんとかわいらしいこと。

大きな紙に筆で字を書いて思ったことは、大きな紙に書くのはむずかしいということ。技術も気持ちも体力も必要。特に体力。気合もいるし。簡単には書けない。腰が痛くなった。今日も5時にお坊さんのお経を聞きながら。ステンドグラスの厳かな雰囲気の中。

夜は鶏鍋《とりなべ》。錦織《にしこり》選手の全豪オープンを見ながら食べる。フェデラーとの。負けちゃった。

1月23日（月）

昨日の習字の中腰姿勢で足が筋肉痛。午後、英会話スクール。とても窮屈だった。一応テキストが終わる3月まで行くことにしたけど…。

1月24日（火）

カーカの部屋のエアコンが温かくならないというので引っ越してから初めて、2年ぶりに行ってみた。本当にぬるい風しか出てこない。不動産屋のおじいさんに問い合わせて、見てもらったらこれが限界です、という。うーむ。とりあえず窓からの冷気を防ぐカーテンを注文した。

1月25日（水）

朝、サコの願書を郵便局に出しに行く。2通。それから運動へ。今日は軽いストレッチと、プール。ジャグジーで、あおむけに浮かんで空を見上げるというおもしろい遊びを発見した。聞こえてくるのは泡の音だけ。見上げると青い空。なんともいい気持ち…。

そのあとサウナで、「おしりは冷たいものだ」ということを初めて知った。私が「触るとおしりがいつも冷たいの」と言ったら、「おしりは冷たいものだと子どもの頃から言われている」とそこにいた全員（3～4名）が言ってた。よかった。知って。

もうあの寝る前のおまじないみたいなのを唱えてない。忘れてしまってた。身についたということかもしれない。最近は「大好きなカーカとサコが家族でありがとうございます」と心でつぶやいている。

1月26日（木）

今年からは本当に好きなことしかしないことにしたので、ちょっとしあわせ。でもまだひとつ残ってる。英会話教室。これだけが胸にわずかにもやもやしてる。私が気になるものに近づいたり、耳を傾けることを続けているのは、研究しているのだと思う。

今日もジムへ。
ストレッチをしてからプール。人がほとんどいない。

そんな中、楽しそうな笑い声が。アクアヌードルでぷかぷか浮かんでウォーキングしているキューピーさんとガンジーさんだ。

私は今日は朝からぼんやりしていた。覚えてないけど何か夢でも見たのか、現実的な話をしたくない気分。なのでジャグジーでも言葉少なにあおむけ浮かび。

ときどき、そういう時がある。

買い物して家に帰って(冷気を遮断するカーテンが届いていた)、サラダを食べる。カーカの部屋のエアコンの温度の低さがやはり気になり、パナソニックに問い合わせてみた結果、明日見に来てもらうことになった。不動産屋のおじいさんにもその旨を電話する。

カーカの部屋。築50年の鉄筋アパートの1階。梅雨時はカビ、夏は蟻、この秋は小さな丸い虫が大量発生したという。他のところに引っ越したら?　と勧めたけど、今はいいと言う。

1月27日(金)

今日のプールでは、ガンジーさんとアクアヌードルに腰かけてぷかぷかと浮かびながら話す。「これは本当におもしろい」とガンジーさんも夢中。人のいない広いプールでふたりでぷかぷか浮かんでいる様子が愛らしい昆虫のようで笑える。

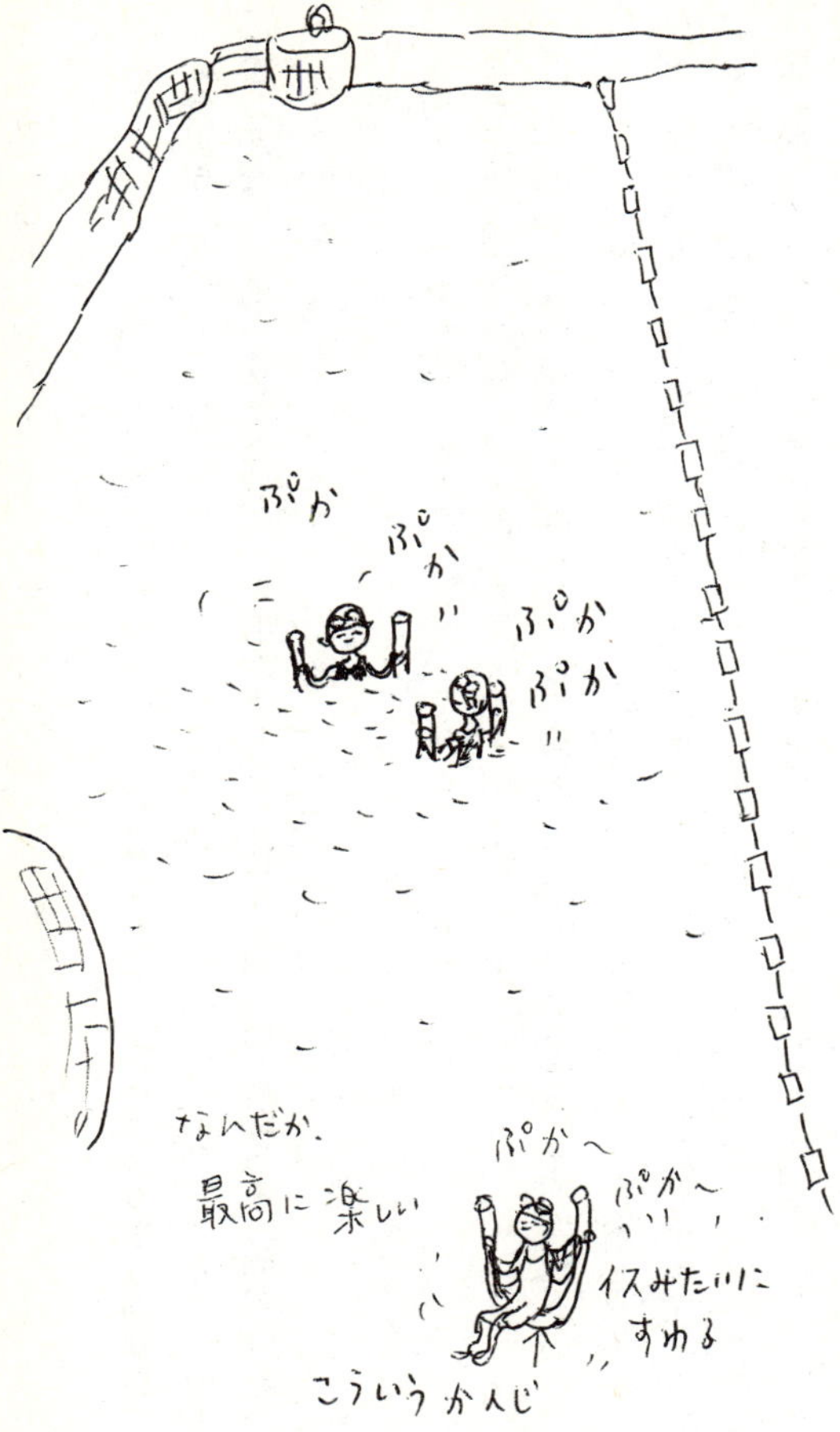
ぷか
ぷか
ぷか
ぷか
なんだか、
最高に楽しい
ぷか〜
ぷか〜
イスみたいに
すわる
こういうかんじ

プールで泳ぎながら思い出していた。昨日の夢を。

人の命（魂）というのは光の糸だから切れることがない。それぞれの生き物はひとつの光源から放たれる無数の光のことで、全体を見るといつだってひとつの光そのものでしかない。あらゆるものごとを取り去れば存在するのは最初からその光だけなのだ。…みたいなまさしくスピリチュアルど真ん中の夢だった。


夕方、エアコン修理の人が来るのでカーカの部屋へ行く。

なんと、エアコンは正常。温風もちゃんと出てます、と。

部屋が温まらないのは、やはり窓からの冷気、1階のための底冷え、内廊下からの冷気による冷えのよう。「ありがとうございました」とお礼を言って料金を支払い、修理の方を送り出す。冷気遮断カーテンをテーブルに置いて、帰りがけ不動産屋のおじいさんに電話して「お騒がせしました」と結果を報告する。まあ、これで気がすんだ。

肩の荷が下りたのでシャンパンとワインを買って帰り、気分よく飲む。


サコは入試が終わるまであと1ヶ月。

もう学校に行く必要はないようで、塾に行ったり家にいたり。

勉強したり、ゲームしたり、動画を見たり。「受かったらいいなあ…」といいながらマイペースで勉強してる。

どちらにしても3月の頭には結果がわかる。どうなるかちょっと楽しみ。


今日も寝る前にいつもの「大好きなカーカとサコが家族でありがとうございます」を心の中でつぶやく。でもこれは実は正確じゃない。本心は、それはお礼を言うことじゃなく3人とも同意の上のことだと思ってる。

1月28日（土）

朝起きて、ぼんやり。

昨日の夢はまたまたスピリチュアルな夢で、とてもいろいろなことがあったけど、一秒ごとにどんどん忘れていってしまう。思い出したくても。ああ、残念。


起きて、朝食を作り、運動へ。

最近ストレッチが好きになったので45分ほどやる。まわりは高齢のおじいさんたち。みなさん熱心にやってらっしゃる。

それから運動のクラスを2つ受ける。そしてサウナへ。

サウナで時々一緒になる年齢の近そうな目のきれいな素敵な方がいて、いろいろ話しかけてくれた。こういう時、私はちょっと緊張する。性格的にこちらからは何も言えず、微笑みながら話を聞く。

人というのは、話というのは、と思う。

共通点が多い人同士は、話が合う。私は共通点が多い人があまりいないので、いつも様子をみる。そういうことにも慣れている。

今日の晩ごはんはたらこスパゲティ。

最近、私は酢の物のことを考えている。

昔からすっぱいものが大の苦手だ。だけどお酢は体にいいという。ジレンマを感じる。たまに外で食べる時、プロが丁寧に作る酢の物はおいしいと思うことがある。だったら、自分でおいしいと思える酢の物を作ればいいのではないか。

そう思って、4日前から毎日、酢の物に挑戦している。

きゅうりと生タコの酢の物、きゅうりとワカメとカニの酢の物、かぶの酢の物、きゅうりと青柳《あおやぎ》の酢の物。そして今日は、ゆでダコときゅうりの酢の物。

酢の物探求の道は続く…。

武田鉄矢のラジオで聞いた中で、養老孟司《ようろうたけし》の「インターネットの中の情報はすべて、だれかの頭の中を通ったもの」という言葉に、そうだなあと思った。

できるだけ素朴に、ありのまま、自分のままに生きたい。

1月29日（日）

丸いパンと人参《にんじん》と豆のサラダとバナナの朝ごはんの時、サコがポツリと「あせる気持ちが起こらない。一番勉強してないかも…」と言う。

「それは（うちの）性格だよね。どうしてもっていう気持ちがない」

「うん」

「全部落ちたら、人生の大転換！　外国に留学したら？…でもそれも面倒でしょ？」

「うん。宮崎《みやざき》かな」

「それもいいね。そこで人生を考えたら？」

「うん」

さてその丸いパンというのは、昨日パン屋さんで買って来たもの。

おととい、スーパーに買い物に行った時、小学生の男の子がエプロンを着て入り口でチラシを配っていた。ちょっと恥ずかしそうに。もらってあげようと思ったけど、タイミングが合わずに通り過ぎてしまった。気になりながら買い物を続けていたら、店内放送が流れてきた。近所の小学校の児童たちが考えたパンをパン屋さんが作ったという企画だった。

なるほど、見てみようと思いながらおとといは行きそびれて、昨日行ったら、あった。6種類ぐらいあって、イラスト付きで陳列されている。どれもおいしそう。私はクマの形のフルーツパンと、丸いトマト味のチーズサンドを買った。クマのは家に帰ってすぐに食べて、丸いのを今食べたというわけ。

英語の発音に関しては、上川一秋《うえかわかずあき》さんという方の『英語喉』という、すごくおもしろかった本と動画で練習しているけど、そこから先が進まない。単語を覚えないと意味が理解できないし、文法を覚えないと自分で文章を作って話せない。楽しみながら学べるような、ここからの一歩を模索中。

私には7つ下の妹がいるのだが滅多に会うことはない。

それが、「ちょっと意見を聞きたいことがある」というので、「私は最近は半径100メートルの世界で隠遁《いんとん》暮らしをしているのでここまで来てくれたら会ってもいい」と言ったら、来た。お蕎麦《そば》屋さんで飲みながら話を聞く。ふたりで飲むのは20年ぶりぐらいだろうか。

のんびりと語りあう。最近の心境を聞かれたので答えた。

「去年は心をきれいな水でさらした。仕事はほんの少しだけしてて、今はあえて作品を作らなくても、生活そのものが自己表現だと思ってる。日常の中で、人と会って、どんな言葉で挨拶《あいさつ》するか、どんなことを感じて、どんなことを考えるか、それがもう作品だと思ってる。どうしてもやりたいということがないので思いわずらうこともない。ストレッチして体がのびるのが気持ちいい。プールで泳ぎながら瞑想《めいそう》状態になって、気になることをゆっくりときほぐすのでもやもやもない」

言いながら、そうなんだ～と我ながら思った。

1月30日（月）

朝は豆ごはん。

大好きなので、「豆ごはん～すばらしい～」と小声で歌いながらお茶碗《ちゃわん》によそう。

午前中は読書。

それから「ブラタモリ」を見る。今回は水戸《みと》だった。タモリと女の子、解説の方々の真面目で実直そうな様子に、いつも心がほっこりする。

午後は、サムの英会話教室。私の唯一のちょっと面倒なもの。行ってきます。

行ってきました。私とノリ子さんとサム先生。ほのぼのとなんだか楽しくやっている。3月で辞めることにしたせいか、ほんの少しなごりおしい。

買い物して帰る。半径100メートルの隠遁生活。

今日は暖かい。20度あるそう。陽射しはポカポカ。


カーカから、「カーテンかけたら部屋が暖かくなった」って。よかった。

夜、家に寄ったので、晩ごはんを分けて食べさせてあげる。

また旅行に行きたいというので、「でも、京都でカーカがお昼ご飯のことで機嫌が悪くなったのが印象的で。またああなったら嫌だな」と躊躇《ちゅうちょ》したら、その時の旅行のことをいろいろ話しながら思い出し、ついでにその他の旅行のことも話しながらいろいろ思い出した。うーん。けっこうおもしろいこともたくさんあったわ。

なので、ゆっくり考えよう、ということになった。

1月31日（火）

1月最後の日。いい天気。

ストレッチとプール。

外のジャグジーに毎日のように入っていたら、肩を日焼けしていた。

今日のストレッチのコーチが「体が柔らかいのは体質もあるので、あまり柔らかさにこだわらないようにしてください。柔らかくても芯《しん》がないと故障しやすかったりします。柔らかくなることに過度に固執しないように」とおっしゃったのでそうなんだ……と思った。開脚も無理にやらないようにしよう。このあいだコリッといったし。気持ちいい程度にのばそう。

私はこのジムに来て、緊張せずにここで運動をできるようになるのに2年かかった。2年たってやっと人を気にしないでリラックスして過ごせるようになった。

旅行にもリラックスして行けるようになりたいのだけど、それにもきっと何年もかかるんだろうなあ。

気持ちよくそこにいられる。

気持ちよくいられる場所に出会う。

それには時間がかかる。

時間がかかるということを理解して、時間と向かい合う。

ゆっくり進もう。

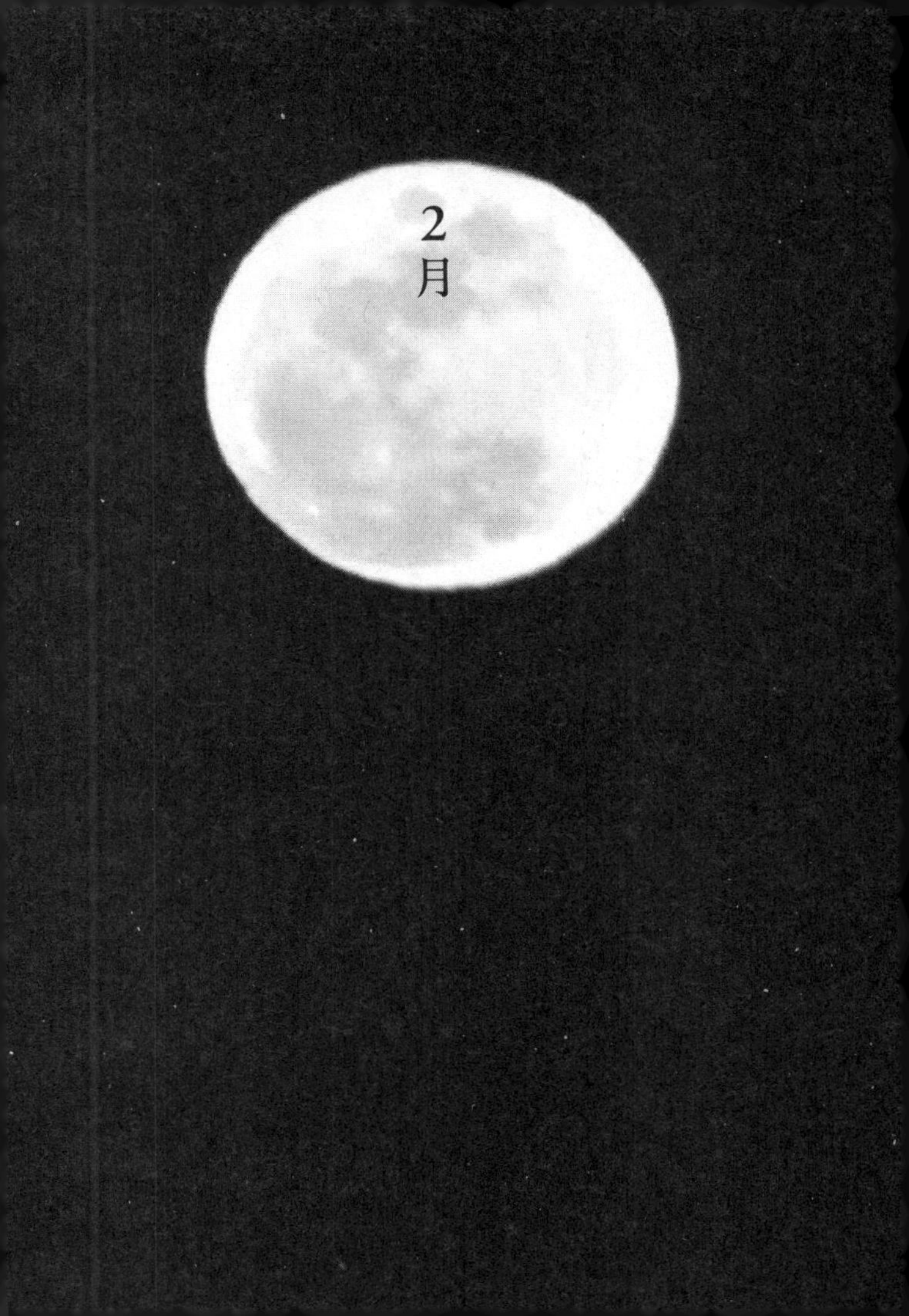

2月

2月1日（水）

2月だ！

2月といえば、…なんだろう。節分、豆まき、梅？

むかご先生の運動を30分して、スカッシュを15分。それからプールで10分泳いで、ウォーキング。ガンジーさんは今日からスキー。

キューピーさんがプールにいたので、しばらく歩いてから一緒にジャグジーへ。

この冬はいつもここで1時間ほどもあたたまっているので、ちっとも寒くない。今年は暖冬みたいだからあまり効果はわからないけど、体が冷えてない気がする。

そのあとサウナに行く前にまたプールに行って、ちょっと体を冷やす。

これが気持ちいい。

原初の生物、プランクトンのようなものになった気持ちでゆらゆら泳ぐ。

ふと見ると、キューピーさんが大の字になってプカリと浮かんでる。完全に静止してる。私も真似しようとしたけど、どうしても足が沈んでしまう。体に力が入っているから沈むと言うので、一生懸命に力を抜こうとしているけど、どうしても沈んでしまう。

うーん。空気を吸うと浮かぶけど、吐くと沈んでしまう。まだまだだ。

そのあと、サウナに行く。

キューピーさんは、さっきプカリと浮かんで静止していた時に、生まれて初めての気持ちを体験したのだそう。心になんにもなくなって、本当に気持ちがよかったと。生まれて初めての感覚だったって。

「死んだらああなるんやろかと思たわ…。無になってたわ…」

私たちは毎日のように、運動したあと、プールで動いて、ジャグジーで体を温めて、それからサウナに入ってる。それはまるで瞑想《めいそう》の修行のようだと私は思ってる。

私は最近、今までわからなかった「体の気持ちよさ」がわかって来た。ストレッチすることの気持ちよさ、サウナの気持ちよさ。今は、今まで使ってなかった体の感覚を取り戻す練習をしているのだと思う。

家に帰ったらサコがいた。これから塾に行くと言う。そして、朝寝坊してしまうから、明日から早く起こしてほしいと言う。残り物で昼ご飯を食べて出かけて行った。

私は映画へ。「僕と世界の方程式」。実話をもとにした、数学が好きな自閉症の少年が国際数学オリンピックを目指す中で起こるドラマ。思ったほどじゃなかったけど、最後の歌が好きだった。

昼に温まったせいか、10時に眠くなってコトリと就寝。

2月2日（木）

今日は特に出たいクラスがないので、ゆっくりとしたペースでストレッチをしてスカッシュをして、プールへ。

きのう上手《うま》くできなかったプカ〜ッと浮かぶのをやってみたらできた。

それからジャグジーに行ったらキューピーさんがきたのでまた1時間入る。温まったので、「天国に行く？」と声をかける。

「うん」

あのプカリと浮かぶやつ。

しばらくやってから私はサウナへ。キューピーさんはまだしばらく浮かんどくという。帰り際にふりかえって見てみたら、静かにプカリと浮かんでいる。

気持ちよさそう。

今日はひき肉とひよこ豆のキーマカレーと決めていたので材料を買って帰る。

午後は仕事。

2月3日(金)

午前中、いつもの運動へ。

帰ったら仕事だ。そのせいか、いつまでも帰りたくなくて、ひとりでプールでアクアヌードルを手にいつまでも気持ちよくぷかぷかしていた。

私はストレッチもサウナも2年たってやっと気持ちよく感じられるようになったと書いた。とても時間がかかったが、他の楽しいことに気をとられていたのでここまで続けられた。ということは、他のことでも2年も続けたら楽しくなるのかもなあと思う。きっとそうかも。古代文字も中国絵も昔やった陶芸も、続けていれば楽しくなったかもしれない。続くかどうかが問題なんだなあ。

ぷかぷか浮いて、動いて、手足を回したりのばしたり、さんざん飽きずにやり続ける。新しい運動を開発したりした。新しいのび方も。

とても気持ちがよかった。

帰りに買い物。今日はうどんすき。恵方巻きをたくさん売っていたのでひとつ買う。ついでに豆まきの豆も買った。

家に帰ったらサコがいたので一緒にカレーの残りと恵方巻きを食べる。カレーはとてもおいしくできた。こげ茶色で好きな味。

食べながらサコが、「来月、誕生日だね」という。

「えっ？…ママの？」

「僕の」

「ああ、そうか。すっかり忘れてた。ママのかと思った」

入試がぜんぶ終わったら一度宮崎に帰りたいというので、「いいよ」と答える。

午後、洗濯や皿洗いをしてからしぶしぶ仕事。面倒くさい細かい作業だけどがんばろう。

夜。うどんすきを食べたあと、「豆、まく？」。

「運だから」とサコ。受験のことか。運をつけたいということだね。買って来た豆はおいしい味がついていて床にまく感じじゃない。どうしよう。ついていた鬼の絵をコタツに載せて、その上にふたりでパラパラとまいた。

2月4日（土）

運動へ。

3つのクラスに出てから、プール。

ひとりでジャグジーに入っていたら、時々話すSちゃんが入って来た。

彼女はちょっと変わっていて、もののけにとりつかれやすいというのか、かつて瞑《めい》想《そう》を10年やったあとに本場の瞑想の師をたずねようとインドに旅に行って、帰って来たら数百人の人の霊に取りつかれていて、いろいろと体に変調が起こり、そのせいで歯も折れたりして、最終的にひとりでやってる素朴ですごい人にお祓《はら》いしてもらってどうにかよくなったのだそう（1時間ほどの内容をかなり短くまとめた）。

その他いろいろ、聞いても聞いてもそういうエピソードが終わらない、つかみどころがないような不思議な人。今日もそういう話をずっと聞いていて、気がつくと1時間半も入っていた。

「運がいい人がうらやましくて…。なんか運がいい人と悪い人っているじゃないですか。私は年末具合が悪くて寝込んでて、どうしてこんなに運が悪いんだろうと思ってしまって」と言うので、

「運なんて考え方次第なんだと思うけど。長い目で見るとそんなのないよ。私の持論はね。すべての人の、運のいい悪いも、喜びも悲しみも、幸せも不幸も、一生で均《なら》したらトータルみんな同じ、っていうの。長く生きてきてそう思うようになった」

「ああ。そういえば、この人運がいいなっていう人でも詳しく話を聞くと結構大変なんだなって思ったことがありました」

「そういうのがもっと長く生きるともっとわかってくるよ（Sちゃんは15歳ぐらい年下）」

「あと…、勘がいい人っていますよね。直感がするどくて、仕事の時でもなんでもすぐに判断ができる人が。私は時々、メニューとか見ても、お店選びでも、まったくわからなくて迷うことがあるんです」

「それは私も時々あるよ。メニュー選びでは。それは実はどうでもいいからだよ。今、Sちゃんが持ってるものをうらやましいと思ってる人もいると思うよ～」

それから私はプールに戻って、あおむけになってプカリ浮かび。

これがなんとも気持ちがいい。私にとってはこれこそが究極の瞑想だ。

本当にふわあ～っと、いつまでも…。

今日もかなり長くジムにいた。

家に帰ったら仕事しなきゃいけないからかも。

帰りに夕飯の買い物。

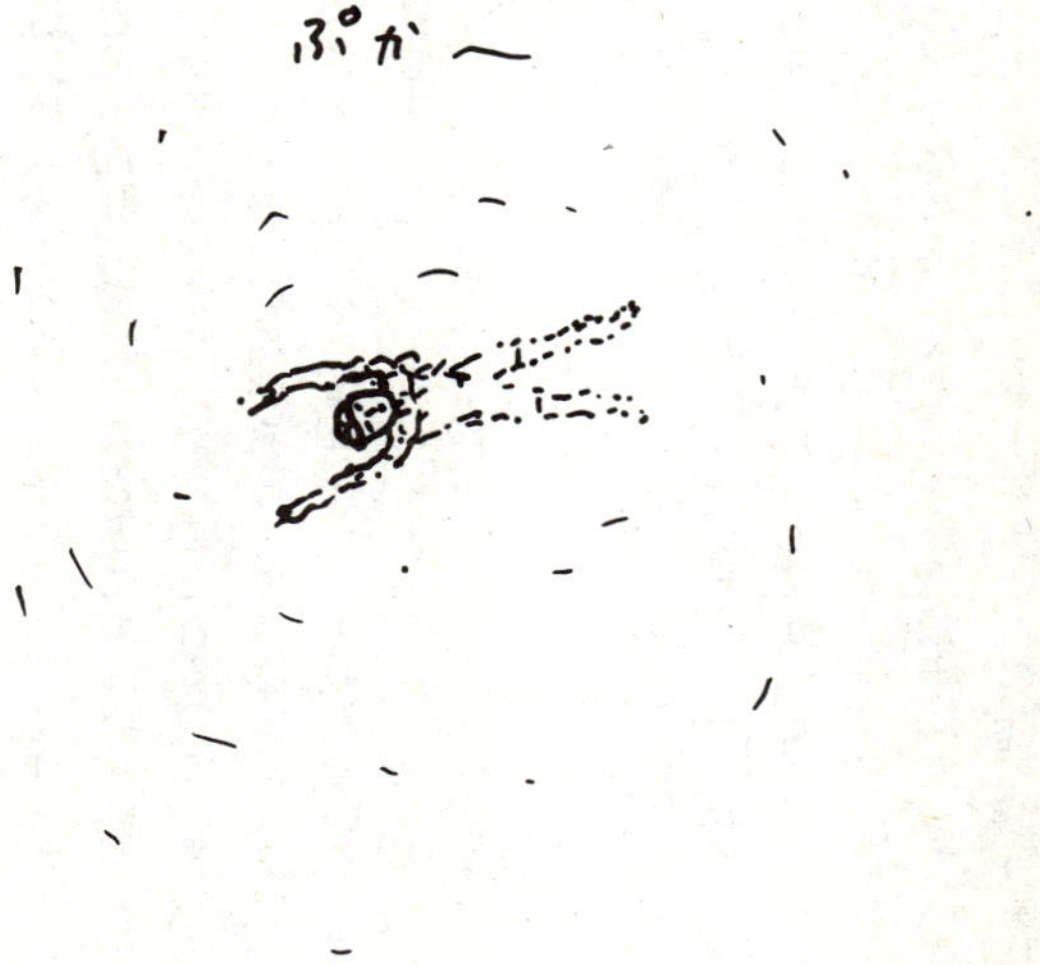
ぷか〜

ステーキの試食をやっていた。「いかがですか？　やわらかいですよ」と焼きたてをひときれ差し出されたので食べたら、スジがあってとても硬かった。でもその人の前で断りそびれて、ひとつカゴに入れる。できるだけ分厚くない肉を選んで。

魚売り場で、最近気に入ってるカワハギの薄造りを作ってもらう。肝醤油《じょうゆ》（お醤油を入れてテリテリと練った肝）で食べるととてもおいしいから。あと、珍しく入荷したという有明《ありあけ》産のマテ貝をすすめられたのでそれも買う。新物のこぶりのホタルイカもあったのでそれも。ついついいろいろ買ってしまったなあ。

催事場ではもうバレンタインのチョコレートが並んでいる。そのうち自分用にどれか買おうかな。味見で。

2月5日（日）

仕事する。

午後、また映画を見に行く。癖になってるから。「天使にショパンの歌声を」というの。あまりおもしろくなかった。買い物してから帰る。

カーカが料理用に買ったクリームチーズが冷蔵庫に入っていて、このままだと食べ切れない気がしたので、そうだ、クリームチーズの味噌《みそ》漬《づ》けを作ろうと思い立った。

味噌とみりんを混ぜて塗って数日置く。

それを今日食べたらとてもおいしかった。ワインのつまみに最高。いつも店で見かけるとつい注文してしまう大好物だったけど自分で作れるなんてね。また作ろう。いろいろ工夫したらもっとおいしくできそう。


昨日ロッカールームで、時々会うつぶらな瞳《ひとみ》がキラキラと星のように輝くあの人に会った。一緒ぐらいかちょっと年上だろうか。かわいらしくて素敵なその方が、あとからサウナを出た私が先に帰る支度ができたのを見て、「早いですね！」と驚いている。

「私は早いんですよ。せっかちなので」

「せっかちな人ってわりとバタバタしているけどとても静かでいらっしゃいますね。早さが素敵です」という。「早さが素敵」と言われたのは初めて。

2月6日（月）

サコは受験生。今月全部で4回受ける。今日が最初で、これはどちらかというと練習という。朝食を食べているあいだに私はファミマに行ってお昼用のおにぎりを買ってくる。

ついでにカーカの国民年金も支払う。バイト暮らしではやはり払えないみたい。すると私のところに催促の電話がかかってくるのだ。それが嫌なので、もう私が払ってあげることにした。払えるようになったら払ってねと伝えた。

私は午前中、仕事の続きをやって、お昼に焼きそばを作って食べて、午後、英会話教室。宿題が面倒くさい。週末に何をやったかを英語で話さなきゃいけなくて。話したいと思ってないことを言わされるのは日本語でも嫌なのに。

行ってきました。やはり、いいような悪いような。今日は自分が持っている思い入れのある好きな品物について、いつ買ったか、どこで手に入れたか、どこが好きか、などを語るという回だった。日本語でも思いつかないのに英語でなんて。こういう絞り出さなきゃならないエピソードを無理に語るのがとても苦しい。クリスタルの石や絵本。欲しいものは焦げないフライパン、などと話す。

なんだか将来、なにか楽しい暮らしが待っているような気がするのだが。

サコが帰って来た。「だいたい様子が分かった。運だね。始まる前に勉強してたんだけど、そこは全然出なかった」なんて言っている。

で、おいしそうに買って来たハンバーガーを食べている。

私は夜、また映画を見ようかどうしようかと迷っていた。癖になってるから。そして行くことにした。近いから。デヴィッド・ボウイの映画。今やってる大回顧展に関するドキュメンタリー。

行ってきました。眠かった。好きでもないのに行ったから。

でも驚いたことは、隣に座っていた人が今日の英語教室のもうひとりの生徒のノリ子さんとその娘さんだったこと。終わって声をかけられてびっくり。

2月7日(火)

夕方、カーカから映画見ようとラインが。最近映画に凝ってるので行くことにしよう。何にしようかと話し合うけど、特に見たいのがない。近くでやってる「ザ・コンサルタント」か「沈黙　サイレンス」で迷った末、「沈黙」にした。

3時間近い大作で、見終わってぐったり。始まる前にカーカが「眠くなる前におもしろくなればいいけど」と言ったので、私は始まってからずっと「まだおもしろくならない」と30分おきに言い続けた。

全体を通して暗く重苦しい映画だったけど、唯一明るい気持ちになった箇所はキチジロー（窪塚洋介《くぼづかようすけ》）が出てくるシーン。キチジローが出てくるたびになんだかおかしくてふたりで笑った。

2月8日（水）

今日もプールでぷかぷか浮かび、サウナでひとりじっくり汗を出す。

前に、「幸福って、小さな、幸せと感じる瞬間をどれだけたくさん持ってるかだ」みたいなことを書いた気がするんだけど、今はまた考えが進んだ。小さな幸せをたくさん感じるというのもいいけど、それだとなんだか忙しいというか、ちょこまかしすぎてるよね。今日思ったのは、「幸せだとか気持ちいいと感じられることを、1種類でもいいから、長い時間継続できて、それが長い期間続けられる、ということがいちばんいいかも」ということだった。

そう思ったのは、プールでひとりでぷかぷか浮かんでいた時と、サウナでひとりでじっくり汗を流していた時。

そういうことを前は長い時間できなかった。せっかちな私は気が散って、すぐに退屈になって。でも最近はそうすることに慣れて、落ち着いてそうすることができるようになった。まわりの気配や人のことが変に気にならなくなった。まるで月夜の草原に寝ころんでいるような気持ちでぷかぷか浮かびができたし、静かな霧の森の中にいるような気持ちでサウナで汗を流せるようになっていた。

そういう、どんなところにいても自分の心地のよさを感じられるということが本当に幸福なことなのではないかと思った。

武田鉄矢のラジオのポッドキャストを毎日聞いていたので、もうほとんど聞いてしまった。ああ、残念。でもこれからも続くだろうからその時々に、聞いていこう。

今日聞いていたのは青森県の「奇跡のリンゴ」の木村《きむら》さんの本について。知ってる。どこかで本の表紙を見た。

おもしろく聞いて、ふと、その木村さんのリンゴは今でも買えるのかな〜と思って調べたら、購入方法がわからなかった。普通には買えないのかも。そうだよね。これだけ有名になったらもう難しいのだろう。じゃあ、いいや。そんな有名で手に入りにくいものを特に食べたいとは思わない。

2月9日（木）

水風呂《ぶろ》でガンジーさんに、ふと「『奇跡のリンゴ』の木村さんって知ってる？」と聞いたら、有名になる前から木村さんのリンゴを買っている、もしよかったら今年のリンゴを明日《あした》持ってこようか？　今年は虫が多かったみたいで小さいけど、とのこと。

なんと！

「1個でいいからぜひ食べてみたい」と伝える。ガンジーさんは青森に行った時に奥さんにも会ったことがあるそう。そうとう変わってる人みたいだね〜と話す。

「どうやって買うことになったの？」と聞いたら、昔、丸かじりできるリンゴがないか調べてたらそこを見つけて、電話して注文したのだそう。

サウナで今日の晩御飯のメニューを考える。最近、これ！というのが浮かばない。小籠包《しょうろんぽう》の話をしている人がいたので、「シュウマイにしようかな〜」と言ったら、キューピーさんも「うちもシュウマイにしよ！」と急にうれしそうにシュウマイと言い出した。

今日はそのあと、ずいぶんひさしぶりに太極拳《たいきょくけん》に出た。1年ほども出ていなかったのですっかりやり方を忘れていた。

帰りにシュウマイの材料と最近夢中になっているカワハギの薄造りを作ってもらって買う。

肝醤油《じょうゆ》を作って、カワハギを食べる。サコが「うまいね」と。

あら、やっぱそう思う？

私がしょう油皿の中の山のような肝の上に刺身をのせて、たっぷりとくるんで食べていたら、「一度にそんなにたくさんつけるんだ」と驚いていた。

2月10日（金）

青竹踏み、ロコモ、と運動してからプールへ。

ジャグジーでまた3人。1時間ほどいて温まる。

そのあと私はいつものようにプールでぷかぷか浮かび。

その広い自由エリアにはだれもいなかった。

もうすんなりとできるようになったのでひと息で仰向けに浮かぶ。

いきなりの別世界。

天井が見えるだけ。音もとても静か。

視点が変わると心境も変わる。

このぷかぷか浮かびをしていると、ものすごく落ち着いた、穏やかな気持ちになる。

心が空白。

思う存分浮かんで、やっと起き上がったらいつの間にかキューピーさんも向こうで浮かんでいた。まったく気づかなかった。

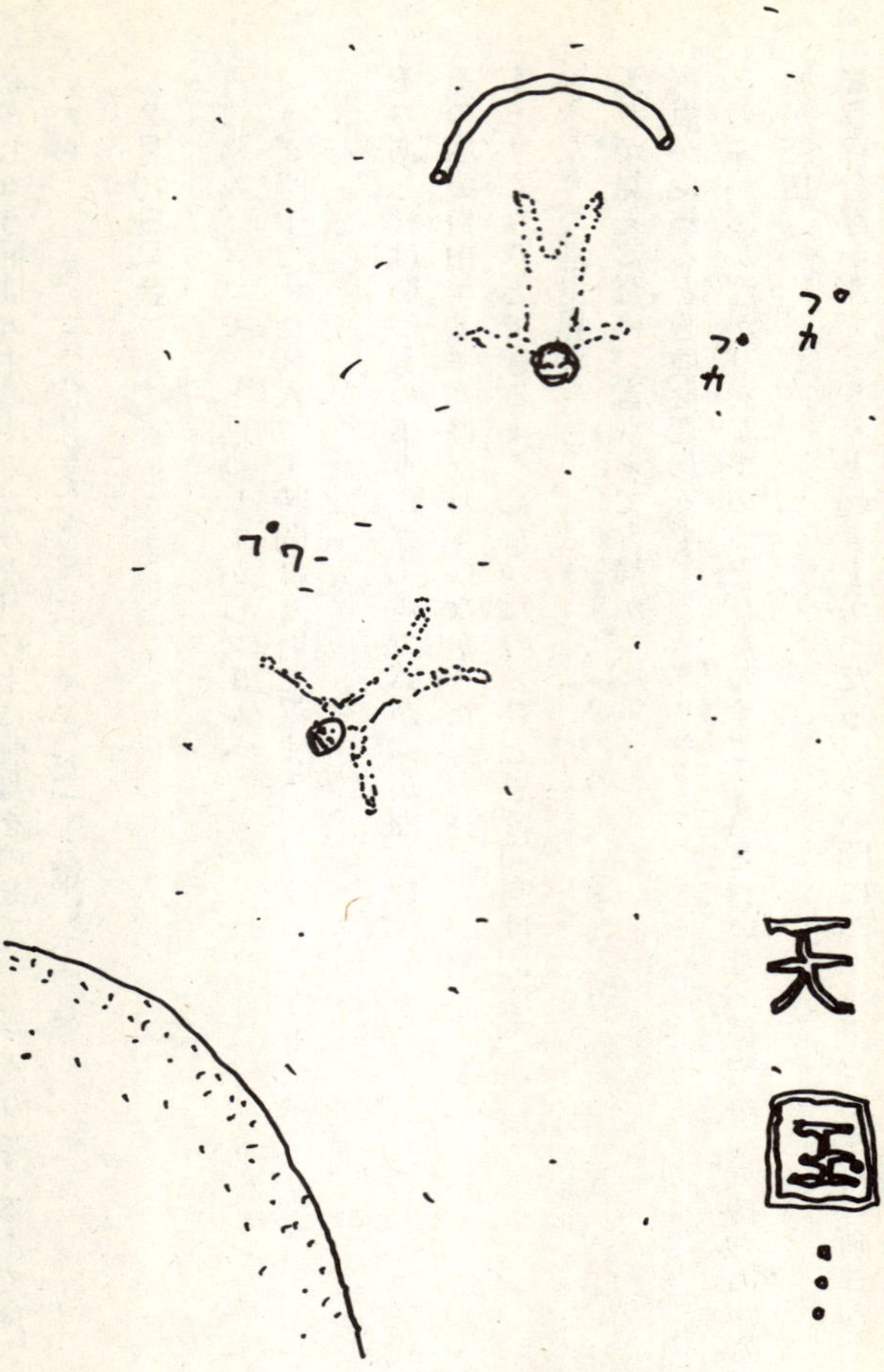

プカ
プカ
プワー
天国・・・

本当にこれは天国。このふたりのぷかぷか浮かび、遠くから写真に撮っておきたいほど。そしたらそれを私はお守りのように大事にして、これからの人生の節目節目に、見るたびに力づけられるだろう。


サウナに移動する。

そこでガンジーさんと、水風呂とサウナ交互に入りながらポツリポツリ話す。

過去にいろいろなことを体験して、そのせいでものごとの長所と短所がわかったという話をしていて、「経験したことでむやみに人や職業に憧《あこが》れなくなった。苦労がわかると、華やかさだけでなく辛《つら》さも想像できるよね」と。


今日は牛しゃぶサラダにしよう。

買い物して帰って、こまごまとしたことをして、ふと窓の外を見たら、何か綿毛のようなものが…！

雪だ！

わあ〜。雪が舞っている。なんだか厳かな気持ちになる。

木村さんのリンゴ、ガンジーさんに3個もらったので、さっそく食べる。やさしい味だよと言われていた通り、素朴な味だった。味だけみるともっと甘いリンゴはいっぱいあると思うけど、ストーリーを思い出しながら皮も芯《しん》も丁寧にいただく。サコにも夜、説明して出してみた。ふむふむとうなずきながら食べていた。

2月11日（土）

昨日の夜、寝る前に読んだ本の影響か、妙に心が重くなって、明け方に目が覚めてひさびさにいろいろと暗いことを考えてしまった。イカンイカン。

起き上がって外を見ると、青空が広がっている。

いいお天気！

さあ、気持ちを切り替えよう。

運動に行って、ヨガとむかご先生の体操とT先生のエアロに出て疲れ果て、プールとジャグジーとサウナへ。今日はひとり。静かに晩ごはんのメニューを考える。

牛丼にしよう。サコは牛丼が好きだということを知ったから（たまに牛丼を買って来て食べているので）。

私が昔から心に浮かべるイメージがある。

気持ちのいい昼下がりや夕方に、志を同じくする人々が木の下にわらわらと集まってきて、ゆったりとした時間を共に過ごす。

インドの菩提樹《ぼだいじゅ》の木の下のような、自然の中で。自由に。とりとめもない会話の中に深い信頼と信仰心のようなものと安心があり、笑いもある。

実はそういう時間を私はいつでもその気になれば持てる気がしてる。今までもさまざまな瞬間に感じることはあった。もうすでにあることを（やっていることを）、違う形で体験するだけなのだろう。ふと外を見たら、すごく大きなオレンジ色のものがビルのあいだから顔を出してる！

なに？

月だ。

満月だ。

みるみるビルのあいだを上っていく。

ああ。もう離れていく。こうやって建物の近くにあるとすごい速さだということがわかる。対照物があるから。空にいる時はわからないけど。

2月12日（日）

今日の夜はワシントンの『英語喉』の先生とスカイプレッスンする予定。記念に一度受けとこうと思ったからだけど、緊張してちょっと後悔してきた。最近は英語の勉強も滞りがち。

サコの入試も来週までにあと3回。私立大学だ。

私の時代は私立大学に行くなんて考えてもみなかった。地方（宮崎）だったので大学は国公立しか選択肢はなかった。私立は授業料が高いので、受けるとしても滑り止め、という意識。高校の先生も近くの国立大学を勧めていて、その合格者の数を宮崎県内の高校間で競い合っていた。

私も宮崎大学と鹿児島大学を受験しろと先生に強く言われたけど、絶対にここ（地元）から出たいと思っていた私は何の迷いもなく静かに「東京に行く」と思っていた。その頃はカメラマンになりたいと思っていた気がする。東京の国公立大学は難しいところしかなかったので東京に近いところということで千葉大学と埼玉大学を受けて（当時は2校受けられた）、どちらも受かって、学部で埼玉大学に決めた。そこにいるあいだにそこを足掛かりにして好きな仕事に就こうと思っていた。なので大学の勉強はあまり真面目にはしなかった。結局、卒業後、就職をせずに一度宮崎に帰った。突然作詞家になろうと思って行動を起こし、またすぐに（半年後）上京したのだが（その辺のいきさつはたまに書いてるか）。

ふりかえって今思うと、人生はなるようになっていると思う。どの時もすこしの不安はあったが。なので、あまり心配しないことが大事なのだと思う。

トーニング講座最終の3回目が今週あるのだが、忙しくなったのでキャンセルすることにした。刻々と状況は変化している。

今日もいいお天気。

アマゾンプライムで「ブルー・ジャスミン」を見つけ、ついつい最後までじっくりと見てしまった。3度目かな。ケイト・ブランシェットの美しさと気品。セレブ時代のシーンが好き。豪華な別荘やファッション。

それにしても、人生とは長い長い目で見ないとわからないものだ、とまた思う。点ではなく線で振り返ると、時の流れによってものの見方が変化するということがありありと。

いや、面で見るとまた別の価値が浮かび上がる。

いや、立体（空間）で見るともっと。

点→線→面→空間。今ここにいる「今」は点だけど、常に、線と面と空間の感覚を忘れないようにしたい。

テレビで、福原愛《ふくはらあい》ちゃんのドキュメンタリー番組を見た。3歳の時に初めて卓球のラケットを持った時からの6千本のビデオを編集したという番組。思わず涙。ずっと人々から見つめられ続けた人。いろいろな意味ですごいなあと思う。素敵な人と結婚したことを「よかったね」と、いつもはクールな私も思った（いつもは結婚を特におめでたいとは思わないので）。

スカイプレッスン終了。

きゃあ～。緊張した～。あっという間だった。やってみると結構難しかった。

終わって、シャンパンを飲みながら緊張を解く。

ふうー。

録音したものを送っていただいたので、今後、じっくりと身に着けていきたい。ここからまたやる気になったらいいけど。それにしても発音の違いがさっぱりわからなかった。私の耳には音の違いが分からない。

2月13日（月）

細かい用事を済ませ、午後は英会話教室。今日も週末に何をしたかを英語で言わなければならず、苦しかった。ほとんど家にいるので話せるような話題がまったくなくて。買い物して帰る。

家に帰ったらカーカが来ていて、卵ごはんを食べていた。コタツに入っていろいろ話してから、カーカはバイトに行った。今日の晩ごはんはポークソテー。

2月14日（火）

運動へ。

体操とストレッチをしたあと、プール。火曜日はいつも水温が低いので屋外ジャグジーで温まる。そのあとぷかぷか浮かびをして、冷えたのでまたジャグジーへ。キューピーさんとふたりで新しい遊びを発見した。ジャグジーでするぷかぷか浮かび。ジャグジーの流れで体が流され、側面にぶつかる。見上げるとビルのすきまに四角い青空。ここもまた小さな天国。

買い物して家に帰るとカーカがコタツで寝ころんでいる。今日はお休みらしい。お昼ごはんをそれぞれ食べて、パソコンで映画でも見ようか〜と言ってたらサコが帰って来た。

今日、この間受けた私立大学の発表があったはず。ネットで見られたはず。どうだった？　と聞いたら、落ちてたらしい。大丈夫と思っていたようでとてもショックそう。緑が多くて好きな学校だったらしくて。そうなると…、滑り止めに受けて受かった学校の入学金（20万円）を支払うべきか話し合う。

それを支払わない場合、18日に発表のあるセンター試験で受験した大学が落ちていて、これから受ける難しい大学も落ちたら、行くところがなくなるということだ。

どうする？

しばらく3人でワーワー活発に話し合った末、払うのはやめた。18日のが受かってる方に賭《か》けて。

「もし全部落ちたら宮崎に帰る？　浪人して、車の免許を取ったりしながら向こうで勉強すればいいじゃん」

「それもいいね」

なんて言って。

カーカとパソコンで「葛城事件《かつらぎ》」を見る。実際に起こった殺人事件をもとにしたという映画でちょっと見たかったもの。でもとても嫌な気持ちになるということだったので覚悟して見る。確かに気持ちのいい場面や朗らかな人の出てこない重苦しい映画だった。どうしようもなくつらい家族の、見ていて苦しい映画。

主演は三浦友和《み うらともかず》で下品で乱暴なお父さんを演じていたけど、三浦友和は品があるので私には違和感があった。美人女優がもてない役を演じるような。でもあれぐらいの違和感があったからこそ、まだ見やすかったのかもしれない。

今日はバレンタイン・デー。先週、家族用のチョコを買っておいた私。ジャン＝ポール・エヴァンの。小さい四角のそれぞれを3つに切ってひとつひとつ味見する。「やっぱり、ママ、こういうチョコはあんまり好きじゃない」と言ったら、「ママは必ずそう言うよ」とカーカ。私の好きなチョコはアーモンドやカラメルと一緒になってるチョコ。たぶんカカオそのものの味が好きなのではなく、チョコ味のお菓子として食べるのが好きなのだろう。

晩ごはんはトマトと玉子と明太子炒《いた》め、麻婆豆腐、野菜のスープ。カーカとふたりで作った。麻婆豆腐は山椒《さんしょう》の実をたくさん入れた本格風に最近の私は凝っている。なんとなく録画しておいたテレビ番組（的場浩司《まとばこうじ》が坂上忍《さかがみしのぶ》と家を探すやつ）を見ながら食べる。なんとかという整理整頓《せいとん》好きの芸人の家が紹介されていて、そこの家の幼い子供がかわいらしく元気いっぱいに話すところを見て、いつもならちょっとムカムカするところなのに、さっきの葛城事件の家族を見たあとなので腹も立たなかった。あたたかい家族の風景にほっとする。

食後にカーカはチョコチーズケーキ作り。

来月3人とも宮崎に帰るので飛行機のチケットやレンタカーを予約する。

その頃にはもう入試の結果がわかってるんだな。18日のがどうか、難しい大学はどうか。私としては他人事《ひとごと》なので楽しみ。サコの人生を近くで眺めている立場なので。

2月15日（水）

明け方のお告げ。今日は小説の書き方（？）だった。

「悪い人やケチな人を憎めない人として書くか、悪い人やケチな人なんて本当はいないんだと思わせるか、どちらかだ」

あの人は嫌なところもあるけどこういういいところもあるからしょうがない、それが人間だ。そもそも嫌だと思うこととはどういうことだろう？　ケチとは？　とそこを考えていく。後者の方が難しそう。私の考え方は後者だなあ。

今日は楽な運動をして、ジャグジーとサウナで温まる。

最近、苦しい運動はあまりしたくない。ストレッチや水中歩行みたいな気持ちいいのだけでうまく体が回っていくように習慣づけたいものだ。死ぬまでできるような体の使い方・習慣を身につけたい。苦しくて激しい運動は短い期間ならできるけどずっとはできない。ずっとできないことをスタンダードにはできない。楽しく気持ちよくできることを私の生活の基本にしたい。

お昼ご飯に和風弁当を買って帰って食べたらぐーっと眠くなってそのままコタツで昼寝。去年の後半、心を架空の清流でさらし続けたせいか、最近私はものごとにとらわれない。ふらふらしてない。ぐらついていない。人にもひきよせられない。軽はずみな好奇心もわいてこない。

もう探求の時期は終わったのだろうか？

好奇心旺盛《おうせい》で研究熱心だったかつての自分。

だとしたらうれしい。もう課題をやり終えたのかも。使命感に突き動かされながら人々や出来事を研究してどこへともなく報告していたような日々。

これからは本当に私自身の好きなことだけをしたい。自分の心の中の好きなことをコツコツと追求していきたい。隠者のように己の道を究めたい。

2月16日（木）

今日はあたたかいらしい。

木曜日は出たいスタジオレッスンがないので時間を気にせずに家を出る。そして30分ほどストレッチをする。主に足や腰をのばす。

ガラス越しに下のプールをのぞくとガンジーさんがウォーキングしていた。目があったので手を振る。私もプールへ。一緒にウォーキングしてから外のジャグジーへ移動する。さすがに空気は冷たい。

ガンジーさんと泡に当たりながら話す。

「いろいろなことに興味を持って人や物に近づき、経験や失敗を重ねてきたけど、結局、どんな人に聞いても知りたいことはわからなかった。人が何かを知ってるわけじゃない。自分の感覚に尋ねて、自分で判断するのがいちばんいい」というのがふたりの共通の見解。

「しあわせの青い鳥は家の中にいるっていうけど、外に出て遠くを旅してさまざまなことを経験したから、家に帰ってそれに気づくのかもしれない。経験したり失敗したりしないと青い鳥を家の中で見ていても気づかないかもしれないね」

ガンジーさんも過去には「しまった」という経験がたくさんあったという。

「今できることを自分らしくやっていこうね」と語りあう。

コツコツ、丁寧に、楽しんで。

「結局いちばん、人生を学ぶのは、自然の営みからかもね。木の葉が落ちて一周して戻っていくこととか、繰り返される生と死の循環、毎日の中でふと聞こえてくる人の言葉とか、そういうことからかもしれないね」

これからは自然の移り変わりや聞こえてくるなにげない人の言葉を教師にしよう。そういう日常のささやかな事柄の中に教えを見いだせるような生き方をしたい。そのためにはそう思えるような感受性を大事に育まなくては。改めてそう思うと世界の見え方も変わってくる。

いつものぷかぷか浮かびをしに行く。

慣れたもので一瞬でスッと仰向けになって、静寂の世界へ。

私の目標は…、今は毎日のようにここに来て気持ちのいいストレッチやこのぷかぷか浮かび、スタジオの運動をしているけど、できたらジムに来なくても毎日の暮らしの中で同じ効果を得られるようになりたい。

体をスムーズに動かし、食べるとさわやかになるような食事をし、瞑想《めいそう》するように人と会い、話し、笑い、時間を過ごす。そしてそれが自己表現であり、私の作品でもあるような暮らし。

サウナにも入り、気持ちよく温まり、買い物して帰る。

今日のメニューはトンカツ。明日を含め、あと3回を残す試験。どこかで1回はトンカツを作るねと言っといたんだけど、いつにする？　と聞いたら、「今日」というので。

午後は確定申告の書類作り。毎年やっているのにやはりあちこちわからなくなる。しかも、去年の申告用紙を見ていたら間違いを発見。多く払い過ぎていた。そういうことがよくある。今年は間違わないようにしなきゃ。


トンカツを作り、夕食後、再び作業を続けていたら、10時ごろ家に電話が。夜に家に電話が来るなんてめずらしい。どこからだろう？

出てみたらサコの塾から。さわやかな声の若そうな男性。先生だろうか。

「サコ〜。でんわ〜」

ハミガキ中だったので歯ブラシを加えたまま電話に出ようとしてモゴモゴしてる。

急いでゆすいできた。


塾長からのはげましの電話だったそう。かえって緊張が強まった様子。サコがこんなに緊張するなんてめずらしい。私もさすがにちょっと真面目な気持ちになって、

「まあ、もうこうなったら気楽にね。忘れ物だけしないように」と声をかける。
あと1週間で終わるからね〜。
サコ「3つも受けるんだからどれか1個でも」
私「受かったらいいね」
サコ「数時間だけ頭が冴《さ》えて…」
私「スーッとね！　あとはぼんやりでいいもんね。でもどうなっても数年後にはあれでよかったと思うよ」
サコ「死ぬわけじゃないしね」
私「そうそう」
受験勉強らしい勉強を始めたのは去年の8月、この塾に行くようになってからだったけど、サコにはこの塾があっていたのだと思う。先生が直接教えるのでなく、あらかじめ録画された授業をパソコンで見るタイプの塾で、その濃すぎない距離感が、たぶん。

2月17日（金）

朝。出かける時間になったので玄関で、石をカチカチ鳴らして見送る。すると、もごもごと小声で「ありがとうございま…し…た…」と。

「なに、それ」

「塾の先生が言うようにって」

「ああ〜、感謝ね！　戦争に行くみたいに？」

「うん」

「家からパワーを送るね」


私もジムに出かけて、ストレッチ。次にロコモ体操。確か10時から試験が始まる。肩甲骨の筋トレをしながら時計をちらちら眺める。今、始まったとこだ。ガンバレー。


プールでウォーキングして、ジャグジー、サウナ。

お風呂《ふろ》でガンジーさんとアンニュイな先輩Bさん（団体行動が苦手でスタジオプログラムには出ずにもっぱら個人行動）と旅行の話に花が咲く。

立山《たてやま》連峰、北陸《ほくりく》の話から瀬戸内海《せとないかい》や岡山県、山口県へ。そのへんは詳しくないので、詳しいふたりが話すのを熱心に聞く。Bさんはその方面の出身だそうで、「子どもの頃、父親に連れていかれてブーブー文句言ったわよ」と、どこかに行った思い出話を笑って話してる。その顔を水風呂《ぶろ》に入って下から見上げていた私は、ふとBさんが子どもだった頃の顔を想像した。聡明《そうめい》で素敵な少女だったんじゃないかな。こういうしっかりはっきりした同級生が私の子供の頃にもいた気がする。

それからガンジーさんの顔も見てみた。ガンジーさんの子供の頃、若い頃の顔も想像できた。このままの感じで若いガンジーさん…。元気でちょこまかしてて茶目っ気のある女の子だったんじゃないかな。その頃に会ってたらどんなことを話しただろう。

どの大人にも子どもの頃はある。私の知らない子どもの頃のその人を想像しながら話すのは、おもしろくて不思議な感覚だった。愛しいような懐かしいような。


あと、サウナで私とガンジーさんといつも顔にサランラップパックをしながら入ってる人と3人で話をしていて、新幹線の話題から、時代と共に進歩してきたものの話になって、前はポケベルだったとか、携帯電話がカバンぐらい大きかったとか、もっとずっと子どもの頃は生きてるうちに海外旅行に行けるとは思ってなかったとか、技術はこんなにも進歩したって話になり…。

「昔、私が子どもの頃、年寄りたちが昔はどうだったこうだったっておしゃべりしているのを聞いて、おばあさんたちの話だなあと思って聞いてたけど、今この会話ってまさにそうだね！　私たちあのおばあさんたちと同じこと言ってる！　私たちはおばあさんになったんだ！」とハッとしながら、「心は変わらないんだね」と言ったら、

「そう。心は変わらないの。見た目だけ年とってしわくちゃになるけど」とガンジーさん。

そしてまた水風呂に移動して、「私たちが死んだ後も今は想像できないものがどんどん発明されていくんだろうね。それでも長い人類の歴史の中のこの数十年間を見られただけでもよかったわ。技術が進んでもコンピューターにはできないものってなんだろう？ 人の代わりになれないもの」と考える。「人に手で触れる感覚、手触り？」

いつの間にかうしろで聞いていたBさんが「嫉妬《しっと》」。

日本のあちこちの街の話ができて楽しかったとBさんもガンジーさんも帰りがけに言ってた。今日はなんだか時間を超えたような会話をする日だった。

遠い旅をしてきた気分。行きたい街がたくさんあるなあ。

「先生」と呼ばれる人について、最近考えている。

私は先生と人から呼ばれる人に、生徒という立場ではこちらから近づかないようにしよう、と思った。どうも先生に生徒として教わりに行くと、途中からいたたまれないような気持ちになってしまう。従順な生徒役をやるにはもう歳をとりすぎている（経験をしすぎている）んだ。…ということがやっとわかった（笑）。

文教堂書店

市ヶ谷店

Tel:03-3556-0632
お買い上げありがとうございました
またのご来店お待ちしております。

■■■■ 領 収 書 ■■■■
2018年03月07日(水) 17時59分
00195-04　　担:冨田

文 庫
9784041058473
¥734

計　1点　￥734
(うち消費税等　¥54)
Suica　¥734

伝No. 11118454　Seq. 1145274

どうしても「この部分ではすごいと思うけどこっちの部分はそう思わない」とか、「うーん。そこはちょっと違うと思う」など、ついつい感想が湧《わ》いてきてしまい、すべてを含めて尊敬できないから。会ってる間すべてを含めて尊敬できなければ先生に近づくのは失礼な気がする。


午後、確定申告の書類書きを続ける。すると、サコが帰って来た。うつむいている。

「どうだった？」

「うーん。むずかしかった。確実にわかったと言えるのはあんまりなかった。運だね、運」

「だね」

「20人ぐらいの小さな教室で、それはよかったんだけど、みんな頭よさそうに見えた。帰り、人が多くて、違う駅まで歩いた」

「へーっ。記念受験が多いからね（サコもだけど）」

お互いしばらく動揺してたけど、あれこれ話していたらやがて落ち着いた。今日はスパゲティミートソース。


このあいだスカイプレッスンを受けてからしゅる〜っと英語に対する熱が冷めてし

まった。気が済んだのだろうか。また浮上するのを待つ。

2月18日（土）

昨日、日本のあちこちの話をしたので、旅の心が目覚める。立山連峰を調べてみた。立山黒部《くろべ》アルペンルート。前に行ったなあ。黒部ダム。室堂《むろどう》、弥陀ヶ原《みだがはら》。確か立山のホテルに泊まったっけ。富山県や瀬戸内海、山陽《さんよう》地方にも行ってみたい。

今日、センター試験で受けた大学の発表がある。ネット発表は11時からということなので、10時ごろ「運動に行くからわかったらメールしてね」と声をかけて、行こうとしたら、「番地が書いてなかったってメールが来てた」という。

「え？」

サコは普段メールを見ないので、今見たら、その大学から「番地が書いてなかったから確認して登録漏れの場合は連絡してください」と1月の下旬に来てたそう。あわてて申込書を確認する。番地を書いてなかったら合格できないのかな、とかあれこれ考えながら。確認すると、ちゃんと書いてある。どういうことだろう？

とりあえず、運動に行くのを遅らせて一緒に発表を待つことにした。ドキドキ。

一瞬、パニクったけどすぐに治まり、お皿を洗ったりお茶を飲んだりしながら待つ。

11時。

アクセスが集中していてなかなかつながらない。

待つのも飽きてきた。もう運動に行こうかなあ。落ちている気がしないし（楽観的なので）。状況を説明すると、ある大学の2つの学部を受けていて、ひとつは大丈夫そうで、もうひとつの方はギリギリかなあという。

携帯だと早いらしいというので、携帯で見ることにする。

出た！

受かってた。難しい学部と簡単な学部のどちらも。よかった〜。

それにしても携帯で見る合格発表の気軽さよ。ポンと「合格」の二文字。重々しく係の方がやってきて紙を貼りだし、ドキドキしながら自分の番号を探すあの緊張感がない。でもまあ、ふたりともうれしく、ホッとする。

「よかった。大学に行ける」とサコ。

「宮崎に帰ることも考えたからね」と私。そうなったらそうしようと。先日の不合格でシュンとなった気分も一気に払しょくされた。

思えば、去年の夏休みから受験勉強を始めることにして、塾に行くか図書館での独学か迷って、やはり塾に行くことにして、申し込みに一緒に行って通された小部屋の壁一面に貼られていた合格校と氏名の短冊。あの時はそのずらりと並んだ大学名を見ただけで次元が違う気がして「すごいね～」と身がすくんでた。あれが半年前だったとは。あっという間だった。あっという間に成績がのびたなあ。高校に入ってからの成績は悪くなかったんだけど、今までやってなかった分、のびしろがあったのだろう。「もっと早くからやっとけばよかった」なんて途中でポロリとこぼしたこともあったけど、結果オーライで私もうれしい。

さあ、運動に行こう。今日はのんびりストレッチなどを自由にしよう。

ずいぶん久しぶりに武士《ぶし》先生のヨガに出てから、お風呂《ふろ》へ。

大浴場のあったかいお湯につかった時に、「ああ～。私はこれから比較のないところで我が道を進んで行くのだな」と思った。だれとも何とも比べるものがない未踏の道。それは自分しかいない道だ。たとえ人がいても、自分しかいない。

親の責任は大学に入るまでと私はずっと思ってきたので、この春からたぶん、実際に意識が変化するだろう。どういう心境になるのか楽しみ。

夜はありあわせ。うどんと鮭ハラス焼き。鮭ハラスって大好き。

武田鉄矢のラジオを聞いていて思わずメモした言葉。どなたの本の中の言葉なのかわからないのだけど、「早く、そして小さく失敗すること。それが最高のリスクヘッジである」。今まで私は、失敗した！　と思ったら急いで失敗を認めて退いていた。失敗した事実は変わらないけど、少なくともすぐに動いたことで傷はそれ以上深くならなかったと思う。

2月19日（日）

日曜日なのでのんびりすごす。

ルンバが掃除しやすいように物を片づけたり、買い物に行ったり。

英語はすっかり休憩してるけど、先生のポッドキャストをチラッと聞いて参考になったのは、「どうやったら日常会話がスラスラしゃべれるようになりますか？」という問いに、「言いたいことを言うには10年早い。言えることを言ってください」。日本語で考えて、それを英語に訳して話すのは難しい。知ってる英語を並べて、簡単な表現でとにかく話すようにすればだんだん慣れていくと。私も今、英語で思いを伝えるところでつまずいているので、なるほどなあと思った。言いたいことを言うには10年早い！　と言われて気が楽になった。

家にいる。

静かな昼下がり。

この静けさはなんだろう。ずいぶんひさしぶりのような。

自由で、胸につかえるものが何もなくて、心が広がっている。

これがあの自由の感覚かもしれない。今朝、サコが出かける時。

「大学生になったらママも時々旅行に行ったりするから、サコも料理を作ったり、洗濯とかするようにしたらいいね」

「うん。料理はできるようになりたいな」

その時も、ふぁ〜っと何か広がるものを感じた。これからどんどんそうなるのかも。

ついに、私の人生の義務が終わった。

2月20日（月）

昨日の夜から朝にかけてはちょっと気が沈んでいたけど（なんでだったか忘れた）、今朝、明るくなったらまたのびのびとした気持ちだ。

さっき、かつて好きだったエックハルト・トールの動画をたまたま見ていたらいいことを言ってた。

普段、落ち着いていて気づきの状態にある人でも、ふと過去の失敗や誰かのことを思い出して反射的に怒りや悲しみがこみ上げてくることがある。それに関して、「自分の中でどんなことが強烈に自分を無意識に引きずり込んでいく力を持っているのか。それを知ることです。そこからはゲームのようなものです。そのことを考え始めたらどうなるのか。意識を保っていられるか、観察するのです。友だちに話したらどうなるか、身体はどういう感じになるか」。

私も自分を冷静にさせておけない強い感情を引き起こす出来事や人が存在する時は、何度もそのことを思い出し、考え抜いて、強い感情が消えるまで観察したものだった。長い時は嫌な感情が消えるまでに10年ぐらいかかったものがあったなあ。もう二度とああいう嫌な間違いは起こさないと思う。人生の中に2度ぐらい大きなミスがあった。いや3度か。

午後、強風で吹き飛ばされそうになりながら英会話レッスンへ。

今日行って、やはりもう今日で辞めようと思った。英語で週末の出来事などを無理に言わされるのがとてもストレスだったので。辞めることに決めたらホッとした。2～3日後、木曜日あたりに電話しよう。

テレビをつけたら今日の「しくじり先生」は新庄《しんじょう》とのこと。最近あまり興味のある人が出ないのでちょっと飽きていたところだった。見忘れないように録画予約する。

おととい合格した大学の入学案内が無事届いた。番地もちゃんと書いてあった。残りの試験も明日とあさってで終わり。

夕方、サコが帰宅。

「なんで受けようと思ったんだろう…」と遠い目をしている。

「運よく受かったらいいよねって…」

終わったらゲームを買おうとかいろいろ考えて気が散るらしい。「妄想はあさって終わってから思いっ切りやって」と言っとく。でももう今からやってもね。運というか、どんな問題が出るかによるね。

「気楽に受けたらいいじゃん。フェスティバルだと思って。頭のいい同年代の人たちが集まるお祭りだよ」

1週間前にちょっと胃がシクシクと痛んだ。どうしたのだろう。めったに痛くならない私の体が。なのでちょうどサコの受験もあるので、終わるまで、3月2日の発表まで禁酒しようと思った。そう思ったらなんともなくできる。理由さえあれば私も飲まないでいられる。
これからのことを考えていた。
これから先の楽しみを見つけようと。結局、趣味とかそういうのは自分の意思と努力で時間をかけて作り上げるしかないのだ。

しくじり新庄先生をリアルタイムで見た。おもしろかった。この番組が大好きで自分からオファーし、今住んでいるバリ島から飛んできたと言っていた。今までの先生とはどこか違った。悲壮感がない。スケールも桁外《けたはず》れ（ワールドワイド&44億円）。明るくて自由で、いい人なんだなあと思った。私も励まされたような気持ちになったけど、見ている人でそういう気持ちになった人は多いと思う。

夜、また塾から励ましの電話。大学生のアルバイトの方なのか若い声だった。サコが「そうですね～。英語がちょっと不安ですけど」なんて普通に話してる。それを聞いて、年上の人とこんなに普通に話せるようになったんだと成長を感じて、うれしく思う。

サコが部屋でベースを弾いている。

2月21日（火）

受験会場へ向かうサコを玄関で見送る。石をカチカチする。「ありがとうござい…」とまた言うので、「もういいんじゃない？」と笑う。ひとついいところが受かってるのでもう先週ほどの緊張は（私は）ない。記念、記念。

運動へ。

のびてのびてのツル先生が、「人のことは気にしない。自分の感覚を大事にしてください。バレエのレッスンでも、動き始めて、ちょっと調子が悪いと感じたら、ひとり、ふたりとすぐにぬけていきますよ。自分の体は自分にしかわからないですからね」とおっしゃる。

そうだなあと思う。

プールの水温が低かったのでジャグジーへ。ガンジーさんがいた。

黒ニンニクについて話す。最近黒ニンニクの話がちょこちょこ出ていたので私も気になっておとといの日曜市場で手作りのよさそうなの（青森県の熟成黒ニンニク）を見つけたので買ってみた。それを日曜日に食べたら数時間後に胃が痛くなった。昨日も食べたけどその時は何ともなかった。味はおいしかった。いったい黒ニンニクってどういいの？　と。

ガンジーさんは食べ始めてから手足や体が温かくなった、という。

「でもそれって黒ニンニクの効果だということがどうしてわかるの？」と聞いたら、ガンジーさんは毎日ほとんど同じ運動をして食べるものも同じようなものを食べているので、いつもと違うことをしたり食べたりしたらその影響がすぐにわかるのだそう。

「なるほどね〜」

シンプルな暮らしをしているから効果がすぐにわかるんだ。そこは重要。私もそういうふうになりたい。だんだんになっていきたい。

キューピーさんも来たので、ぷかぷか浮かびをしてからサウナに移動して3人で話す。キューピーさんは昨日大阪から帰って来たのだけど、飛行機が強風で羽田《はねだ》に着陸できず、10回以上もトライしたけど諦《あきら》めて、大阪に引き返したのだそう。それから新幹線で帰って来てすごく疲れたって。そんな中、「551蓬莱《ほうらい》の豚まん」をお土産に買ってきてくれた。おいしいと聞いたので、いつか買って来てと頼んでいたから。

家に帰って、さっそくその豚まんをセイロで蒸して食べる。どっしりとした食べごたえのある豚まんだった。サコが帰って来たら蒸してあげよう。

テレビでは連日マレーシアで殺害された金正男《キムジョンナム》氏関連のニュース。息子のハンソル君は過去のインタビューで「平和を願う」と言っていていい子だと思ったけど彼も危険な立場にいるらしい。うーん。みんな仲良くというのは本当に難しい。


今日の晩御飯はカツカレー。

サコのリクエストで。トンカツは先週作ったけど、またカツがいいんだって。

今日も風が強かった。


コタツでうたた寝してから、夕飯の準備を始めていたらサコが帰って来た。

「どうだった？」

「うーん。どうだろうね」

「むずかしかった？」

「本番に弱いかも」

「本番に強いって言ってたじゃん」

「難しく感じるようになった」

「やっぱりみんな頭よさそうだった？」

「そうでもなかった。今日はバカでかい教室で…、だれもしゃべってなくて」

「まあ、とにかく、明日で終わりだから。よかったね。制服の人多いの？」

「いや。私服の方が多い。これがいけないのかな」

「そうかもよ！　堅苦しいから」

「明日は私服で行こう。気分を変えて」

「そうだね！」

立ち止まってフリーズしてるので、

「どうしたの？」

「もっと勉強すればよかったって終わってから思いそう」

さすがに今日はもうリラックスして動画でも見てるようで部屋から笑い声が聞こえる。

考えるということについては、じっくりと分け入って奥深く考えた方がいいことと、もうそれ以上考えてもしょうがないのでスパッと切り替えて考えないようにした方がいいことがある。なんでも簡単に言い切れることってないね。丁寧に説明しようとすればするほど繊細で複雑な表現が必要になってくる。

2月22日（水）

最後の試験の日。

8時9分に出かけて行った。玄関で石をカチカチ。「がんばってね〜」ああ。行った、行った。ホッとしてカレーを食べて、私も運動へ。

むかご先生の体操の時、前屈する時間がある。いつも「左右曲がってませんか？」と声をかけられる。私は右足、左足を見て、頭がその真ん中の線上にあるので大丈夫…と思いながら前屈していたら、「曲がってますよ」と言われた。どこが曲がっているのかわからず、戸惑う。

終わって、ストレッチエリアでストレッチをする。同じクラスに出ていたSちゃんが来たので、前屈姿勢を見てもらうと、「ああ、曲がってますよ」と言って直してくれた。左の腰を前に、右の腰を上に。それは自分にはわからない曲がりなので、これからもたまに人に見てもらおう。

プールに行って、ウォーキング。キューピーさんと歩いていたら細ちゃんがやってきた。3人でしゃべりながら歩いていたら、細ちゃんが急に「足がつった」と。冷えたせいかもしれないと、外のジャグジーへ移動する。キューピーさんはササッと水を持って来たり、冗談を言って笑わせながら足をマッサージしてあげている。すごいなあと思いながら私は近くで足の曲げ伸ばしなどする。やがて興味を感じ、近づいて私も細ちゃんの足をおそるおそるマッサージした。

細ちゃんが帰り、私とキューピーさんはジャグジーでぷかぷか浮かび。

今日は水色の空に白い雲がまあるく綿あめのように浮かんでいる。薄氷のように空がうすく透けてきれい。上から下へと綿あめがすごい速さで動いている。その動きをぼんやり見上げながらいろいろと考えにふける。

いつのまにか涙が流れていた。

しばらくして起き上がったら、キューピーさんも起き上がって、「ええなあ。雲を見ながら、子どもの頃のことを思い出してたわ。涙が流れたわ」と言う。私と同じだ。

それからプールに移動して、またぷかぷか浮かびをする。ここでもまた心静かにふわ〜っと。

ぷかぷか。

気ままにぷかり。

すこし動いたりして。

うん？

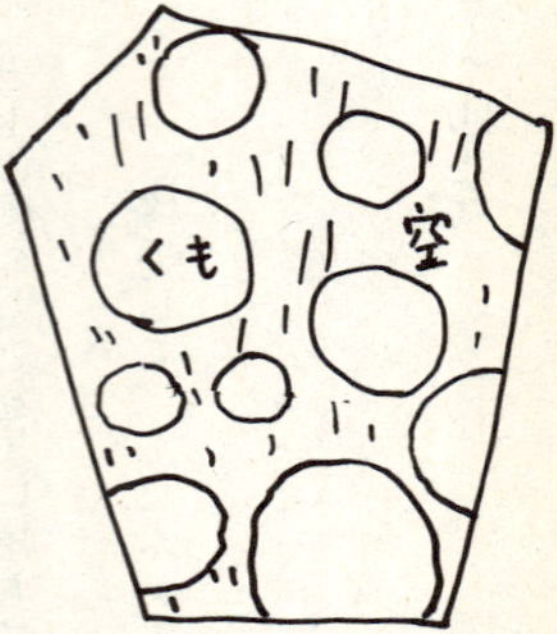

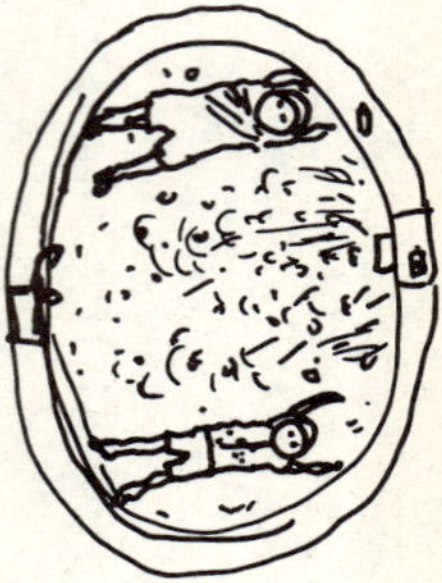

腕を頭上にあげると体が浮かび、下げると足が沈む。最初にやった時は足が沈むことが不安だったけど今はどうしてそうなるのかがわかるので、沈んでもなんともない。腕を上げると浮かぶのを知ってるから。ということは、できるようになってやり方がわかると、できない状態がどういうことなのかがわかるので平気になるんだな。それは他のことにもいえるなといろいろ考えを深める。

サウナへ。

ジャグジーといい、プールの中といい、ぷかぷか浮かびをしている時は本当に無心でリラックスしている。特にジャグジーで空を眺めながら浮かんでいる時は限りないやすらぎを感じる。

「あの、空を見上げてぷかぷか浮かびの時の心理状態を何かあったらいつも思い出すようにしよう。そうしたら心が落ち着くから。あれを心の支えにしよう」と言ったら、キューピーさんも「うちも」と言っていた。そして、最近思ったことを話す。

私「これからはひとりで楽しめる趣味を探そうと思う。ひとりでできること。ひとり旅もできるように練習したい」

キ「ひとり旅はなあ…、なかなか」

私「ごはんとか泊まるところとか大変だけど、どうしても見たいものを見に行くみたいな旅だったらできると思う。気持ちを強く集中して」

キ「目的があればなあ。でも山ちゃんはやっぱ本やと思うで。山ちゃんはな、人がひとつのこと見てひとつのことしか考えられへん時に、10のことを考えられるやんか。その才能をいろんな方向に生かして書いていくのがいいと思うで」

私「うーん。だけど今はまったく書く気が起こらないの。モチベーションがわかなくて。書く気がない時は書かなくていいよね」

キ「そやね。息子さんが受験やから知らず知らずにプレッシャーがあったんかもしれへんね」

考えてもみなかったが、そう言われるとそうなのかもしれない。私は感情を内側にひそませるタイプなので自分でも気づかなかったけど。3月2日にすべてが終わったら、本当に違う気持ちになるかもなあ。サコの合格（大学進学）は私にとっては「子育て卒業」の意味があり、それはもしかしたら私にはすごーく大きなことなのかもしれない。

家に帰ってあれこれやってたらサコ帰宅。マンガいっぱい（『ソウルイーター』全巻）と、食べたいものいろいろ（ペヤングソースやきそば、ねるねる、ファミマの焼ししゃも、ファミチキなど）を買ってきてる。

3つの中ではいちばん難しい学部だったはず。

「どうだった？」

「いちばん簡単だった気がする。問題が簡単だったんだな…」

「じゃあみんなもできたってことか…。同じ点数にたくさんいるってことだね」

「うん」

「そしたらもう運だね。どう？　終わって」

「うーん。しばらく席を立てなかった。はあーって」

「呆然《ぼうぜん》として？」

「うん。実感がわかなくて」

「他の人たちが立って帰ってる時？」

「うん。みんなはサッと帰ってたけど。しばらく机に座ってた」

そしてさっそく、念願のゲーム機（ＰＳ４）を注文してる。「誕生日プレゼントね」だって。それからテレビを見てアハハと声を出して笑ってる。ああ。この笑い声、ひさしぶりに聞いた。

２月23日（木）

今日は学校へ行く日だとかで登校した。学校に行くの、ずいぶんひさしぶりだね。

私は運動へ。

昨日うっかり水着を忘れて帰っていたので受付で受け取る。

ストレッチエリアに行ったらＳちゃんがいた。黒ニンニクの話を前にしたことを思い出し、最近買って食べ始めたことを話す。Ｓちゃんは物を指でつかむと波動を感じるそうで、ニンニクにはすごく強いものを感じるという。いろいろと大変なことが多いみたいなので、「じゃあ、もう自分の判断にまかせたら？」と言ったら、その強さがいい強さなのか悪い強さなのかの区別ができないのだそう。

「へえーっ」そりゃ困るね。

ニンニクは額にビクッとひびいて、こめかみが柔らかくなり、そこから全身にいきわたるとかなんとか言っていた。私がかつて衝動的に行動して後悔したことや人を見誤ったことの多さについて話したら、ハハハとおもしろそうに笑ったのでよかった。Sちゃんが笑ったから。


それからスカッシュを20分やって、プールへ。キューピーさんがいたのでジャグジーへ。ガンジーさんは今ニュージーランドでトレッキング中。ジャグジーで温まったあと、プールでぷかぷか浮かび。しばらく静かにぷかぷかしていたら、起き上がってキューピーさんが、「今、怖かったわ。小さい光が真ん中に見えてそれが消えたら足もとの方へすごい速さで流されて行きそうになってん。怖くてしがみついたわ」。

「どういうこと?」

「流されそうになってん。2回も」

「もしかして幽体離脱しかかったんじゃない? 最近やけにこれやった時、無になる無になるって言ってたけど。今度そうなったら怖がらないで流されてみたら? 大丈夫。私がそばにいるから」

そしてまたふたりで浮かぶ。

ぷかぷか。

すると、「やっぱ怖いわ」と起き上がってきた。

「いいんだ〜。無になれるからだよ。私はいろいろ考えてるからそんなふうになったことない」

「あのまま流されたらどうなるんやろ」

「行ったら教えてね」

「うん」

キューピーさん、リラックスできるからだなあ。私は考えるのが好きだから。いつも楽しいことを考えてる。いや、考えを整理するのが楽しい、か。


帰りに英会話教室に寄って、仕事の都合でもう通えなくなったと伝える。来月は休会ということにしてくれた。ホッとする。もう習い事は本当にやめよう(今度こそ)。買い物して帰ったけど、何もすることがなく気が抜けてる。

2月24日（金）

朝のニュースを見ていたら、こんな思いが浮かんだ。

子どもの将来を心配し過ぎることは子どもの自立を邪魔することになる。

自分の将来を心配しすぎることは未来の自分の自立を邪魔することになる。

いつものように運動へ。

昨日、私の前屈姿勢を見た先生に「ちょっとゆがんでいる」と注意されたことが気になり、始まる前にスタジオで友だちに見てもらってたら、今日のロコモの先生から「ゆがんでいない人はいませんよ」と言われてホッとする。「よく見ないとわからない程度のゆがみは誰にでもあるから気にしなくてもいいです」と。腰がちょっとねじれているのはわかってるんだけど自分ではなかなか気づけない。

ジャグジーでキューピーさんとこの人間世界で巻き起こる事件について話す。

ここでもそうだし、今までも、どこでも、人がいるところには事件があった。人間関係のトラブル。見ただけで悪人だとわかる人が引き起こす事件は、言ってはなんだけどまあ、わかりやすくて単純だ。口が悪かったり、意地悪だったり、わかりやすい嘘だったり。そういう人は他の人から見てもすぐにわかるのでまだ始末がいい。

怖いのは「えっ、あの人が！　まさか！」というような人が生み出す複雑な事件だ。悪魔のような人っている。世の中には大小さまざまな悪魔が。悪魔というか病んでいるというか（生まれた時のもともとは悪くはないんだろうけどね）。そういうような人とはできるだけ関わらないように生きていきたい。

人と人とのあいだには一線というのがある。ここから先に足を踏み入れたら危ないかもという一線だ。その線を越えなければ案外大丈夫なものなので、私が注意しているのは不用意にその線を越えないこと。その線はわりとはっきりしている（と私は思う）。そしてどこかおかしい人は最初から兆候がある。ごく小さなものだけど。ふりかえって思えば確かに…というような。

いずれにしても、その人を知る自然なスピードよりも速く近づきすぎてるなと思ったら私は慎重になる。油断しなければ別に怖くない。

そのあと、ぷかぷか浮かびへ。

今日の浮かびはことさら気持ちがよかった。水に浮かぶと、自然にふぉわ〜っとリラックスしていく。ぼんやりと聞こえるのは水の音、遠い音楽…。

この感覚は心の大切なお守り。

この冬の、「ジャグジー〜ぷかぷか浮かび〜サウナ」という一連のコースは、私にとってリラックスする練習のようなものだった。ずっと瞑想《めいそう》状態で過ごせた。他の人と話すと現実に引き戻されてしまうけど、キューピーさんとガンジーさんはその瞑想状態を邪魔しない存在だった。いや、ふたりも瞑想仲間だった。いろいろなことを話したのも、「考える教室」「過去を振り返り、考えを整理するレッスン」のようだった。

買い物して家に帰ってお昼を食べて、コタツで夕方まで寝ていた。

起きたら外が暗くなっていた。サコは遊びに行ってる。私も発表まではヒマなのだけど何もやる気になれない。

テレビでも見よう。

「人生が二度あれば」という特番でさまざまなスポーツ選手に引退当時の心境などをインタビューしていた。サッカーの中田《なかた》選手、野球の掛布《かけふ》選手、相撲の若乃花《わかのはな》、骨折しながら甲子園で投げた沖縄《おきなわ》の投手、誤審判定で勝った高校のサッカー少年など。それぞれにドラマがあった。それでもその時の選択を後悔する人はほとんどいなかった。過去の選択による分かれ道のように見えるものは、本当は分かれ道じゃないと思う。どんな時も人生は一本道なんだと私は思ってる。つまりその時はその選択しかなかったのだと。「日曜美術館」の青磁の回もよかった。

2月25日（土）

昨日、大したことじゃないんだけどちょっとシュンとすることがあって、今朝また思い出していた。でも考えてもしょうがないことだから。

土曜日。

今日もヒマ。どうしよう。運動へ行って、いつものように帰りに買い物か。映画でも見ようかな。近くで見たいのはやってないのでツタヤで借りてこようかな。

世の中の恐ろしい事件のことについてつい考えさせられている今日この頃なので、ジムへ行く路上でも私は気を引き締めていた。こういう時はいっそう姿勢を正すことにしている。丁寧なあいさつ、慎重な受け答え、控えめな態度。なんだか苦しい運動はますますやる気にならず、今日はストレッチと水中ウォーキングだけにしようと思う。なのでストレッチから。したい動きを身体に任せてぼんやりとやっていく。

苦しい運動はもともと好きじゃない。今後はどんどんしなくなる気がする。ストレッチとプールだけになるかも。そして最後はジムに来なくても大丈夫だと思えるようになりたい。旅をしてもどこにいてもそこの生活の中で普通にすごすだけでいいと思えるように。運動してない恐怖症克服だ。

最後のサウナまでひとりで考えごとをしながらやり終える。できるだけ短時間で効果を得られるようにと集中する。考えがどんどん深く進んだ。これはいい考察だ、帰って書かなきゃと思ったことがあったけど、帰ったらそれほどでもなくなってた。

帰ってお昼を食べたら眠くなってまたコタツで昼寝。

サコが部屋を片づけるというので私も少し手伝う。いらないものの整理整頓《せいとん》。

置き物につく細かいホコリといったら！

2月26日（日）

このあいだのSちゃんが話していたことを思い出す。

どこだかの駅の近くにある日本でも有数のヨガの教師のいるヨガ教室に行ってみたそう。その人はすごい人なのらしい。へーっと興味深く聞いた。時間をかけて、ひとつのポーズを何分もかけてやるのだそう。

聞いたあと、ひとりになって思い返して、私は思った。もうすごい人はいいや。すごい教師。すごい景色。すごくおいしいもの。

もういい。

私はそういう自分を鼓舞するようなものに力を与えられる人生の時期を、もう通り過ぎた。これから欲しいものは、安らぐもの。深い安心感やこのままでいいという自信を与えてくれるもの。それは普段歩いている時に、その道から見えるものだろう。どこかにわざわざ行かなくてもいい。ここから見えるもの。

そういうものはわかりやすく目立つような場所にはないだろうから、私もそれに気づかないといけない。それに気づく感受性を開いていること。

あんまり見ないのでもう解約してもいいかなあ…と思いながらひさびさに Netflix をのぞいたら、私の好きなシェフのドキュメンタリー番組「シェフのテーブル」の新シーズンがあった。おお。うれしい。シーズン2からさっそく見始める。1話がアメリカのシェフ、2話がブラジルのシェフ。

この番組は緊張感があり、詩的で、映像が美しく、示唆に富んでいる。素晴らしい料理人たちの人生や考え方に触れられて刺激を受ける。料理の映像、大好き。

なんか、私にとっては良質なドキュメンタリー番組が最高の教材かもなあと思った。カリスマドッグトレーナーもそうだった。その人の邪魔をせず、いちばんいいところを知ることができる。こちらのペースで。

見ながら、一瞬一瞬をじっくりと生きよう、と思った。

結婚について考えた。

夫婦という単位で協力して生きようと決めたカップルは、ふたりでひとつの仕事をする共同体になる。分業して。妻が専業主婦になった場合、夫が働き、妻は夫が働きやすいようにひとりバックアップチームとして全力を尽くす。

私はひとりで働きひとりで家のことも子育てもしている。その中で生まれる心の中の葛藤《かっとう》やもやもやは自分の心の中だけで動き回ってる。それが夫婦になると二人でひとつのチームだからチームの中で葛藤やもやもやをぶつけ合うことになる。私の場合の個人的葛藤＝夫婦《ふうふ》喧嘩《げんか》と思えば、とても納得できる。それは「犬も食わない」だろう。私の心の中のもやもやを犬が食わないように。共同作業部分についてのことだけど（それは家族にもいえる。ひとりでひとつの輪郭、ふたりでひとつの輪郭、家族全員でひとつの輪郭を持つ生きものという見方ができる）。

専業主婦にとっての離婚は離職に値するので大変なことだろう。生活がかかっている。私の離婚は（極端な言い方をすると）友だちがひとり減ったというようなものだった。子どもにとっては父親がいなくなったということなので重要だとは思うけど、子どもの人生の主人公は子どもで私は脇役なので子どもには子どもの人生を生きてもらうしかない。

…最近、夫婦とは？　っていろいろ考えるのでつい。

私の結婚観もどんどん変わってきた。とにかく結婚は人によって意味が違うということだけは確か。自分の中のどの願望を満たすために結婚したか、というのが人によって違う。

私の場合はあんまりはっきりしてなかったなあ。どうしてもと思ってなかったから結果もぼんやりとしたものになったのだろう。子どもと出会うためだったなとは思う。そう思えばとてもはっきりしてる。結果もはっきり。

さて、今日はいいお天気で、テレビでは東京マラソンが始まってる。上空からの映像には隅田川《すみだがわ》、両国国技館《りようごくこくぎかん》、門前仲町《もんぜんなかちよう》、富岡八幡宮《とみおかはちまんぐう》。行ったことある!

お、10時半。サコの受験の結果が発表になる時間だ。3つの学科のうちのひとつめ。電話の自動音声で聞ける。これは自信がなかったという。私もなんだかそう思う。

そして確かに「残念ながら不合格です」という声。

「こんななんだ～」

そうとなればさっそく、このあいだ受かった大学の入学手続きを開始。明日締め切りだから。明日入学金を振り込んで、書類を郵送する。そして残りふたつの発表を待って、受かってたらそっちへ、落ちてたらこのまま手続きを進めるという手順。

今朝は寝坊したのでベッドの中でうつらうつらしながらいろいろな場面が浮かぶままにまかせていた。目の前の画面が縦に3分割されていて、真ん中がおだやかな水色の海。左右が深い青の海。ずっと遠くに太陽のオレンジ色の雲が見えた。

新しい始まりといった風情。

心境がどんどん変化していってるなあ。

すごく楽しみ。

人の味わう、束縛と解放。悲しみと喜び。忍耐と自由。どちらも同量だと私は思ってるが、自分の人生の中に、その期間と量をどう配分するかはその人次第。

2月27日(月)

私は朝9時に銀行へ入学金を振り込みに行く。

サコはゆっくり起きて、昼ごろ出発。区役所の出張所に行って現住所の証明書を書いてもらってから郵便局で書類を出すために。

証明書の発行には保険証など身分を証明するものが必要だったそうでラインであれこれ聞いてきた。学生証で大丈夫だったって。こういう手続きもこれからは自分でできるようにならないといけないのでだんだん練習だね。

私は夕方、運転免許証の更新に(あんまり運転しないのでゴールド免許証)。

毎回、免許更新では派手な服とメイクで写真を撮るのを楽しみにしているのだけど、どうも、私がどんなに派手にしても思ったほどそうならないので方向性を変えることにした。今回は後ろの水色の背景に溶け込むような同じ色の服を着て、顔が浮かんでいるようにしたい。

出かけるまぎわにバタバタしてたらギリギリだ。

タクシーに乗ったんだけど受け付け締め切りまで22分しかない。運転手さんが「工事中で混んでるから裏道で行きますね」とおっしゃったので、「はい。もしできたら4時30分が締め切りなので急いでください。もし間に合わなかったらいいです」と伝えたら、裏道に詳しい方だったようでどうにかギリギリ間に合った。よかった〜。お礼を何度も言う。

免許証の更新はいつも緊張する。殺伐としているから。終わりかけは空《す》いているという噂だったけど、あわただしく落ち着かない雰囲気だった。

言われた手順でどんどん進み、写真を撮って、小部屋で講習を受け、ビデオを見る。気持ちが引き締まった。決して事故を起こさないようにしよう。すぐに終わった。

最後に、「みなさん。写真しか見ないようですが、ちゃんと生年月日や住所を確認してくださいね」と言われて、番号を呼ばれて、新しい免許証が手渡される。

写真は！

ああ〜。背景の水色と私のセーターの水色の色味が違った。セーターの方が薄い。

残念。そして髪の毛が短くてなんだか小さい人間に見える。前回のは堂々としていたのに。まあ、無事できたのでホッとしてまたタクシーに乗って帰る。今日は寒い。夕飯の買い物をして家に帰り、お腹が空いていたのですぐに食べられるイカとシソのから揚げを買ってきたのでパクつく。

ふー。落ち着いた。

また免許証を取り出して写真を眺める。次はもっと背景に近い色の服で撮ろう。山登り用の服で似た色の青いTシャツがあることに気づいた。あれにしよう。そして首も青にするために青っぽいストールを巻こう。あったかなと引き出しを開けて探す。いいのがあった。青と濃紺と白の縞模様《しまもよう》だけどこれをこういうふうに折りたたんで…と試しに首に巻いて鏡に映す。いい感じだ。青に取り囲まれる。次はこれでいこう。

今日の昼のこと。窓から外を見ていたら…、あれ？

私の心のオアシス、秘密の花園のような小さな散歩道風の公園に、ショベルカーが2台も入って地面を掘り返している。レンガの舗道もなくなってる。

どうしたんだろう？ なくなるのかな。それともリニューアルするのかな。気になって双眼鏡を引っぱり出してじっと眺める。

周囲には工事用のフェンスがはりめぐらされている。

どうなるのだろう？

まさか緑がなくなって建物が建つのか！

双眼鏡をのぞきながら悪い予想をぶつぶつとつぶやいていたら、見かねたのか、サコが「よくなるよ」とポツリ。

ハッ！

そうだね。悪い予想をしてもしょうがない。どうせなら、前よりもよくなるのかもって思った方がいい。もしそうじゃなかったらその時になってガッカリすればいい。今はまだわからないのだから。サコに教えられた。


夜。

免許証更新の講習でいろいろ考えたせいか気が沈んでる。こんなふうに気が沈んでいる時はテレビを見てもますます気が滅入ってしまう。一気に気分を切り替える方法がないものか。なにか大きく感情が動けば切り替えられるのだが。

夕食はカルボナーラ。

2月28日（火）

サッと運動に行って、買い物して帰る。するとカーカが近くに来たので、とやって来た。30分ほどあれこれしゃべる。

夕食は豚汁と、もずくとホタルイカの酢の物、豆ごはん。サコは今日はディズニーランドに行くので帰りは遅くなると言ってた。武田鉄矢の「今朝の三枚おろし」を聞きながら作る。もうこの番組のバックナンバーはほとんど聞いてしまったが、これは重そうだからと思って残しておいた真珠湾《しんじゅ》攻撃総隊長の淵田美津雄《ふちだみつお》さんの本の回を聞く。泣いたわ。

3月

3月1日（水）

朝、10時45分。

ふたつ目の発表。1回目ほどじゃないけどやはりあまり自信がないと言っていた学部。また家の電話でスピーカーにして聞く。暗証番号を入力すると間髪入れず合否がわかるのが容赦ないところ。「残念ながら不合格です」だって。まあ、しょうがないね。明日で最後。

今日の運動は短時間にプールとサウナだけ。

プールでのぷかぷか浮かびにちょうどいい場所を発見した。物陰になってて人目につかない奥の方で、上から水が打たせ湯のように落ちてくる場所があるのだが、その角。そこは川の流れで言うと端っこのくるくると落ち葉が回転するエリア。そこにすっぽりと隠れてぷかぷか浮かびをしているとひっそり感が増してとてもいい。

家に帰ったらサコがコタツで寝ていた。今日はゴロゴロしていた様子。

双眼鏡で花園をのぞく。今日は大きなクレーン車が来て、とても高くまでのびている。下では大きな木を移動しようとしている作業員の姿が見える。

どうなっていくのか…。広く地面が掘られてるところを見ると、建物が建つのかも。

3月2日（木）

今日の発表で最後。これで決まる。今日でサコの大学受験が終わる。もし落ちていたらこないだのところになる。あそこもいい学校だからいいじゃんと私は思う。イメージ的になんとなく似合ってる。ちょうどいい感じがする。

テレビ見たり、お茶を飲んだり、サラダを作ったり、落ち着かない。サコはまだ寝ている。今、9時7分。あと1時間半ほど。

10時頃、起きてきたので朝ごはんを食べる。


時間になり、サコが電話して聞いた。結果は…不合格。ガクリ。

ああ。しょうがないね。しばらくふたりともどんよりと暗かったけど、午後からサコは友だちと河原に遊びに出かけ、私はテレビドラマを見始める。このあいだ振り込んだ入学金が無駄にならずによかったと思おう。3時ごろカーカが来るというので、夜3人で映画を観に行ってもいいなと思う。

カーカが予定より遅く6時ごろ来たので一緒に夕飯の買い物をする。簡単にチキンソテーにしようと思ったけど、カーカがちらし寿司を作ると言い出したのでその材料も買う。とびこ、いくら、玉子焼き、しいたけなど。

家に帰ってふたりで調理する。私は久しぶりにシャンパンを飲んで、また飲みすぎた。ちらし寿司はおいしくできた。チキンソテーは普通。

食後、3人で「CURE」を見る。20年ぶり？　また最後のシーンを何度も繰り返し見た。

3月3日（金）

二日酔い気味で運動に行ったけど、なんだか虚脱感と寂寞《せきばく》感が…。

緊張が解けたから。3月いっぱいをかけてゆっくりしよう。


買い物に行くと、ドライフルーツとナッツの出店が出ていた。

前を通りかかったら呼び止められて試食をすすめられ、つい手に取ってしまった。

そのまいろいろなものを試食して、最終的に5袋も買っていた。好きなのばかり。

ドライパイナップル、なつめやし、カシューナッツ、マカデミアナッツ、アーモンド。

家に帰ってドライパイナップルをおいしいおいしいと食べていたら食べ過ぎてしまっ

た。夜は麻婆豆腐。いつもちょっと足りないと思うのでいつもの2倍作ったらあんまりおいしくできなかった。多く作るのはむずかしい。

「カンブリア宮殿」を見る。

塩麹《しおこうじ》を作っている大分の「糀屋本店《こうじや》」、気仙沼《けせんぬま》のニット会社「気仙沼ニッティング」。どちらも素敵な女性の社長さんだった。「人々のおなかを元気にして世の中を平和にしたい」という糀屋のおかみさんや、「お客さんと働く人が同時に幸せになる会社を増やしたい」というニット会社の聡明《そうめい》そうな社長さんの言葉を聞いてとてもさわやかな気持ちになった。

でも画面が変わって司会の村上龍《むらかみりゅう》の憂鬱《ゆううつ》そうな顔が大きく映り、さわやかさがしゅるんと消える。

次に、カーカに「見るといいよ」と薦められた Netflix のドキュメンタリー「ホワイト・ヘルメット　シリアの民間防衛隊」を見る。わずかに泣き声が聞こえ瓦礫《がれき》の下から奇跡的に救い出された生後1週間の赤ちゃんはミラクルベビーと呼ばれて、今も隊員たちに力を与えているという。

3月4日（土）

朝、録画しておいたテレビ番組を見る。ダウンタウンの「本音でハシゴ酒」では、女子アナの田中《たなか》みな実《み》が和田《わだ》アキ子《こ》とダウンタウンに突っ込まれて和気あいあいとした雰囲気。前川清《まえかわきよし》と和田アキ子の50年前のデートエピソードもおもしろかった。「サワコの朝」のゲストは坂上《さかじょう》みき。30歳の時に行った海外ひとり旅の思い出など。どちらの番組も遠い過去のエピソードが語られ、「時間」という、ものごとを見る時のひとつの要素について思う。時間がたつと本当に出来事の価値が変わる。どの時点から眺めるかで出来事の意味が変わってくる。出来事は変化する。過去は変わる、だね。

今日は土曜日。特にする用事もない。
洗濯して、運動でもちょっとするか。

プールですこし泳ぐ。それから屋外ジャグジーへ。外の空気も春めいてきたなあ。ひとりでぼんやりと入っていたら、現在水泳のコーチをしている、前に私もストレッチのクラスを受けていた役者先生が入って来た。ポツポツ話す。私に「春のイメージですね。僕は人を見ると季節をイメージするんです」という。「3月生まれなんです」と答える。そして運動の話になり、私が「最近はあまり激しい運動はやってなくて、ストレッチしたりプールでのんびり過ごすのが好きです」と話したら、「見てると、プールが合ってるように感じます」という。「うお座なんです」というと、「ああ～」と納得した様子。

スタジオでみんなで一緒にやる体操を先週やっていたら、なんでこんなことをやってるんだろう、と思った。右手あげて左手あげて、右足を前に出して、左足も前に出して…。バカみたい、と。

ということは、ついに私はこの運動を卒業する時が来たのかもしれない。熱心にやっていたことに疑問を感じる時って、そこから先に行く時でもある。おもしろさや興味やワクワクを感じられなくなる時。しばらくは自分のペースで好きなことをやってみよう。そうしてみて何を思うか見てみよう。

昨日のテレビで塩麹に興味を持ち、2種類の塩麹を買う。それで豚肉とキャベツの塩麹炒《いた》めを作ったらすごくおいしかった。まろやかな甘みがあって。これはしばらく熱中しそう。夕方は昼寝。コタツでうとうとと。

夜は塩麴豚しゃぶしゃぶ。Netflixの「アート・オブ・デザイン」もおもしろい。世界各国のデザイナーのドキュメンタリー番組。デンマークの建築家ビャルケ・インゲルスの「マウンテン」という集合住宅が好きだった。

3月5日（日）

細ちゃんからいただいた菱餅《ひしもち》を焼いて食べる。ピンク、黄緑、黄色、豆入り。菱餅って食べるの初めて。なんか、私にも渡してってキューピーさん経由で。このあいだの足がつったときのお礼だって。私はほとんど何もしてないんだけどね。

ウツが治った人たちのことが描かれてるマンガ本を読んだら、ウツ状態を想像しながら読んだので気が沈んでしまった。まるで自分がそうなっているような、そうであるような、いつかそうなるような気になってしまい。同調したり、想像力がある方なのでできるだけ苦しい本からは遠ざかるようにしているのにたまに手記などを読んでしまう。明日から宮崎にサコと帰るので、今日は冷蔵庫の中の食材をできるだけ使い切りたい。里芋とこんにゃくとゴボウと豚肉の煮もの。マカロニとチキンのサラダ。大根はどうしよう。

私の人とのつきあい方について考えてみた。

依存し合う関係は昔から苦手だった。感情の波が激しい人も悪意のある悪口を言う人も。そういう人から遠ざかっていると自然に同じような人と近くにいることになる。

一時期親しくしていても環境が変わったりしてお互いに連絡をとらない期間が続くと、もうその人はあの頃の考え方とは違うかもしれないと思うので、知らない人と同じように慎重に対応する。

私の性格とこういう仕事柄によって、あまり人と親しくはならない、と思う。

物を書く仕事ってどうしても心の中のことを書いてしまうので、人に敬遠されるのはしょうがないなあと思う。それでも私は日常生活で仕事の話はしないので、まだ普通に生活できている方だと思う。そこにはいつも繊細なバランスが必要だ。

ずっと本を読んでダラダラ。掃除しなきゃ！

評判を聞いてドラマ「カルテット」を見た。セリフが演劇っぽくておもしろかった。松《まつ》たか子《こ》など役者に芸達者が揃《そろ》っているのでおもしろく見られたけど、下手な役者だったら見られないというタイプのドラマだと思った。

3月6日（月）

サコと宮崎の家へ。

バタバタと準備して出発。空港でお昼ご飯を買う。私はいつもの天むす。おやつに「いか天れもん」。大きな袋のしかなかったのでそれを。

機内で天むすを食べたあと、いそいそと「いか天れもん」を食べながら雑誌を読む。CAの女性にお茶のお代わりを勧められたのでいただく。すると「私もそれ、大好きなんですよ。ビールと一緒に食べると止まらないんです」というので、「一気に食べちゃいますよね」といろいろ「いか天れもん」について話す。いか天仲間だ。

隣を見るとサコがニヤリと笑ってた。

レンタカーを運転して国分《こくぶ》で買い物してから家に帰る。

しばらくぶりなのであちこちチェック。天井の雨漏りのシミがわずかに広がっているように見える。うーん。やはり修理してもらおう。カーカが年末に帰ってきて料理したのでコンロが汚れている。油もはねている。すぐにそこを掃除する。

夜はいつも行くお店でチキン南蛮。

家のお風呂《ふろ》のお湯の出が極端に悪くなっていたので、温泉に入りに行く。配水管がつまりはじめているのかもしれない。ここも修理しないとなあ。あまりこっちにいないのでいろいろと不具合も出てくるのだろう。メンテナンスはきちんとしておきたい。それにしても寒い。とても冷え込んでいる。

3月7日（火）

昨日の夜は寒かった！

あまりの寒さに目が覚めてしまった。コタツの脇に布団を敷いて寝ていたサコも寒かったそう。今日からは寒さ対策をしなければ。

薪ストーブを焚《た》いたり暖房を早めに入れたり布団を増やそう。


午後。くるみちゃんと最近改装された近くの温泉へ行く。そこは昔からある温泉でしばらく閉鎖されていたところ。かつてはジャングル温泉と呼ばれてうっそうとしたジャングルのようだった。そこが半分ほどに縮小され、再営業されている。ふ〜むとキョロキョロしながら浴場へ向かう。壁や床がきれいになっていていい。ジャングル感はなく、さっぱりとしている。午後3時ごろなのでだれもいない。ほどよくあたたまって家に帰る。

薪ストーブを焚いたけど、それほど暖まらない。今日も寒い。シャンパンを飲みながら買ってきたもので晩ご飯。それから2階のサコの部屋の大掃除と片づけ。

3月8日（水）

昨夜は飲みすぎた。ちょっと後悔する。

朝、ゴミ出し。

朝食を食べてぼんやりしながら雑誌を読む。

サコと人吉《ひとよし》のイオンへ。寒いと思ったら途中の山道で雪がちらついていた。ユニクロでサコのパーカーなどを買って、ついでに携帯の機種変更も今しようかどうしようか迷う。他にお客さんがいないので早く終わるかもと思ってすることにした。すると担当の販売員さんがお昼休憩でいなくて、帰ってくるのを20分ほど待つ。手続きに1時間以上かかり、疲れた。パンとお菓子「ふんわり名人きなこ餅《もち》」を買う。

大好きな「夫婦の絆《きずな》」についてまた考える。

夫婦でなくても恋人や仕事のパートナーでもだけど、共通の危機感を持つことは絆を強固に、そして長続きさせる。まるで宇宙船の乗組員のような共通の目的や使命感、達成感を持つこと。なによりも危機感がいちばんつながりを強くする気がする。奔走しているあいだは前だけを見ていて、お互いを見る暇もない。とにかくいてくれて助かる、ってふうに。


夕方、母しげちゃんと兄セッセがお茶をのみに来る。

コーン茶を飲みながらしばらく話す。

しげちゃんはこの5月で89歳になるそう。いつもにこにこと穏やかそうにしている。大きな活字の本がほしいと言うので送ってあげよう。目が大分悪くなっていてあまり読めないみたいだけど昔から本が好きなので持っているだけでもうれしいようだ。他に何かほしいものや行きたいところはないかと聞くと、「特にないわ」という。いつもそばにいて、自然に近くに、同じ空間にいるという環境じゃないと、急に帰ってきて親孝行しようとしても無理というものだ。

孫とおばあちゃんの関係と同じで、たまにしか会わない間柄では親しくするにも限度がある。近くにいることといないことの差は大きい。日常ということ、長い時間を費やすことの価値を思う。

でもまあ、こうやってたまに会うだけでもいいのだろう。なんだかお互い、会っても会わなくてもいいような感じで、とてもらく。人間は年とったらこんなふうにおだやかにゆっくりと、いてもいなくてもいいようになって消えていくのがいい気がする。

本当に寒い。今年の3月は特に寒いとのこと。草も木も茶色。唯一、沈丁花《じんちょうげ》の匂いだけがすばらしい。

ふきのとうがたくさん出ている。帰るときに摘んで天ぷらにしよう。

3月9日（木）

ゴミを捨てに行って、落ち葉を掃く。

サコは、今日は友だちと遊ぶ予定。

私はくるみちゃんと、よく行く温泉旅館へ温泉とお昼。温泉はいつものようにまろやかでよかったけど、お昼ごはんがいつもほどではなかった。

英会話。次に進み出す方向が分からず、何もやる気になれず、壁にぶちあたってる私だけど、夜、動画を見ていたらいいのを発見！　マンガを見ながら英語脳を活性化させる「マンガ ENGLISH」というの。それを開発したという女性の話が、聞いていてとても納得でき、「まさに、そうそう！」と腑《ふ》に落ちた。

3月10日（金）

今日はサコが帰り、カーカがやってくる。同じぐらいの時間の飛行機なのでちょうどよかった。空港に10時過ぎにカーカが着いて、入れ替わりにサコ出発。

帰りにカーカとうちのお墓に寄ってみた。お花はどうだろう。するとˎ造花の緑色の葉っぱがSFみたいなへんな青色に変化していた。キャ〜。新しいのと取り替えたい。花を見てばかりでお参りするのを忘れる。

家に帰ってコタツでずっとゴロゴロ。体がコタツから抜け出せない。カーカも横になって眠り込んでいる。吸い込まれるような魔のゴロゴロ。

3時に、使ってないベッドを引き取りにくるみちゃん&男子1名がやってきた。ついでに「『ジョーバ』いらない？」と聞いたら「いる！」というので持っていってもらう。

よかった〜。ベッドを運ぶのをちょっと手伝ったら汗が出た。重いものって本当に重いなあ。もう重いものは買わないようにしたい。特に電気を使う重いフィットネス器具はやめよう。

夕方、カーカと買い物。お墓用の造花や夕飯のおかずを買う。かわいいハート模様がボトルについた赤ワインがスーパーにあったので、ボトル欲しさで購入する。

車の中でいろいろ話しながら帰る。

私のこれからの目標は、幸福感を自己コントロールできるようにすること。外部に頼らず、外部のものに影響されない、安定した幸福感を自分で作れるようになること。毎日の暮らしを丁寧に送り、感情を安定させ、心の奥に平安なよりどころである「ある根っこ」を作り、不安定時にはそこに立ち返ることで落ち着きと穏やかさを取り戻す。趣味とか、オタク的コレクションとか、瞑想《めいそう》とか、スポーツなどもそれになりえると思う。読書でも、そういう読み方の読書をすれば。そういう捉《とら》え方の映画鑑賞、そういうやり方の散歩も。

…なんてことを語る。

あのぷかぷか浮かびもその根っこを形作っている。

私は最近、なんとなく不安になりそうになったら、今までは思わなかったけど今は、「日常のコツコツした行いが日々根っこを強くしているからこのまま穏やかに暮らしていけばいいんだ」と思うようにしている。すると「そうだった」と思えてきて落ち着く。根っこを、基盤を、日常の営みの中に長い期間にわたって編み込むように育てていくと、それが私を支えるものになるのだと思う。

夜は、買ってきた鳥刺しや地鶏《じどり》の炭火焼など。

またしげちゃんとセッセをお茶に呼んだので来た。

「今まででいちばん幸せだったのはいつ？」としげちゃんに聞いたら、「今も幸せよ。いつってことないわね。いつも同じよ」。

セッセが「君は春先になるといつもこの人がおかしくなると言ってたよね」という。

「いや、それは一般的にね」

「どうもこの春、いつも以上に変なんだよ。ひとりごとが多くてね。笑ったり。思い出し笑いして」

「それは自然な老化現象じゃないの？　だんだんこの世とあの世の境目が曖昧《あいまい》になるって言うじゃない」

「うーん」と、セッセは心配そう。

「そういうふうにして移行していくらしいよ」

そのあとカーカと温泉へ。最後の方だったので人も少なかった。温まった。

3月11日（土）

ゆっくり起床。

カーカは明日ある同級生の結婚式のために帰ってきていて、そこで流す動画を編集するために遅くまで起きていたらしい。今日もずっとやるそう。

チキン南蛮のお店に遅いお昼を食べに行く。私は今日はナポリタン。おいしかった。ここでナポリタンを食べるときに限って私は同時にホットコーヒーを頼むことにしている。同時でないとだめなのだ。

帰りに買い物して、お墓参り。造花を入れ込む。隣のお墓の花がシンプルでしゃれていた。最近亡くなったという親戚《しんせき》のおじさんのお墓だったのでまだ造花が新しい。一周してほかのお墓のお花ウォッチングをする。「これいいね〜」「これ、後ろ向いてる！」「これバンザイしてるみたい」などと言いながら。

家に帰ってカーカはまた熱心に作業開始。私も同じコタツで熱心に仕事する。時々、大声で笑いながらやってるカーカ。私も見たくて、気になる。

寝ようとして自室にいたら、カーカの友だちのマーが来た様子。マーも大阪から明日のために帰ってきた。

私は「マンガ ENGLISH」の動画を次々と見まくる。ここ数日ずっと。

3月12日（日）

朝、6時すぎにカーカたちをマーんちに送っていく。もしかして動画の編集をしていてほとんど寝てないのかも。これから鹿児島まで送迎バスに乗って行くという。

お昼。くるみちゃんと隣町のイタリアンカフェにパスタランチを食べに行く。田んぼの中のイタリアン。菜の花とじゃがいものニョッキ、春キャベツとホタルイカとシラスのスパゲティ。お味は…、うーん。まあまあだった。

会計のとき、くるみちゃんが「おごってあげる。お誕生日だから」って。

「きゃあ〜。忘れてた！　だれも覚えてなかったよ」

それからその近くの小さな温泉へ。泉質がやわらかくすべすべしている。他に人もいなくて、ゆっくりあたたまる。

今日はあたたかい。やっと私の好きな春の雰囲気になってきた。これ。これだった。もう寒い時期には帰ってきたくないと思った。ずっといないから家が冷えきってるんだろう。陽が射して、車の中は暑いほど。いつもは通らない山側の道を通って帰ったら、途中に不思議なお寺があった。「般若寺《はんにゃじ》」。とても変わってる。

入口が閉まっていたので下から見上げると、鳥居に白蛇がぐるぐる巻きついていて、大きな仏像みたいなのがたくさん並んでた。それから石のお地蔵さんみたいなのが斜面にたくさん。遠くの山が見渡せて景色もいい。

「いつもと違う道を通ると変わったものを見るね」と言いながら帰る。いつかゆっくり見に来たい。

明日、東京に帰るので、片付けしたり、洗濯したり、リルケの『神さまの話』を読んだりする。

枯れた葉がまとわりついたバナナの茎も根元から短く切る。バナナは地下茎でどんどん増えていくので困ったものだ。毎年、新しい芽が出ている。それがどんどんのびる。驚くほど大きく。前に、バナナの葉が好きだからと庭にたくさん移植したのが運のつき。バナナ地獄だ。そのうち根から抜かないといけなくなるなあ。

夕方、白ワインを飲みながら気分良くすごす。

これ。

これが私の幸せタイムだった。いつもだったらこれが毎日あったのに。今回は寒すぎて、最後の1日だけしか味わえなかった。3月上旬は寒いということがわかった。メンテナンスしなきゃいけないところがいくつかあるので、次に帰ってきたときにやらなければ。5月にまた帰ってこよう。この家ができて今年で14年。そろそろ中規模の手入れをする時期。木の塀の塗り替えや水まわり、天窓まわりの補修、いらなくなったものの処分など。今年1年かけてやっていこう。

庭の散歩。ふきのとうがたくさん。
明日、帰る前に摘むの、忘れないようにしよう。天ぷらにするのだから。

夕方、カーカが帰ってきた。これから近所で2次会なのでまたすぐに行くという。友だちのリーが来た。ふたりとも眠いって。カーカは昨日一睡もしてないらしい。コタツでだらだらと楽しくしゃべってたら(温泉に入ってから行きたいなあって言ったりしてて)、お菓子屋の前で待ち合わせしていたマーがしびれを切らしてうちに来る。そしてまた4人でたらたらしゃべっておもしろかった。みんなのことは小学生の頃から知ってるので私も気をつかわない。信頼できるし落ちつく。なんか親友みたい。やっと腰を上げたみんなを、2次会のお店近くのコンビニまで送っていく。車で1

分。

そして家に帰ったら、コタツのところにリーの携帯が！

すぐに連絡して、またコンビニまで持っていく。

カーカに渡して車を出す。近づいてきてたリーが「ママ！　ありがとう！」と遠くの暗がりから叫んだ。「はーい」と私。うれしい私。

3月13日（月）

7時に起きて、ゴミ捨て、ふきのとう摘み。

9時にハウスクリーニングの見積もりの方が来た。4月に家全体をお願いするため。

11時に出発。「道の駅」に寄って、人気だという馬油のクリームを買おうとしたら売り切れだった。残念。次回に。

鹿児島空港でチーズ入りさつま揚げの小パック、あんこの入ってないかるかん饅頭《まんじゅう》、いつも買う「桜島《さくらじま》灰干し弁当」、初めて見た「鶏《とり》めし弁当」も買ってみた（おいしかった）。

カーカも一緒に家に帰る。

夜はあっさりしたものを食べたいと思い、豚しゃぶ。

まずは朝摘んできたふきのとうを天ぷらにする。お塩をふってサクッ。おいしい。

サコも帰って来た。あれこれバタバタしながら3人で話す。

明日はサコの高校の卒業式。どうしよう。行きたくない。でも行った方がいいのだろうか。親として。とても迷う。サコに聞いたら別に来なくてもいいよというけど、行ったら喜ぶのだろうか。「行かない」「やっぱり行く」を交互に繰り返す。

最後に「行く」にした。

3月14日（火）

雨だ。うう、寒そう。

「やっぱり行かないね」と伝える。ちょっと罪悪感を抱きつつ。

代わりにジムに行って、ひさしぶりに運動。プールでもぷかぷか。お土産のさつま揚げやふきのとうを友だちにあげる。また、思考と感情を見つめて整理する暮らしに戻ろう。

買い物して帰ったら、午前中にサコのパパから着信があった様子。かけ直すと、なんと卒業式に行ったのだそう。あら、よかった〜。助かった。感謝。

動画を送ってくれるそう。

留守中にたまっていた用事をあれこれ済ます。

夜。残ったふきのとうでふきみそを作る。

去年断食宿で食べたのがとてもおいしかったのでレシピを聞いたら、紙に書いてくれた。それを1年間、忘れないように冷蔵庫にはりつけておいたのだ。やっと試せる。

ふきのとうをサッとゆでて細かくきざみ、みそとみりんとお酒と砂糖を混ぜる…。できた。ふきのとうの味わいのある苦みがおいしい！

「マンガ ENGLISH」にトライすることにした。

英語脳を作るために「英語を暗記しない。日本語に訳さない。わからない単語があっても辞書で引かない」という方法は、私が求めていたものだと直感。とにかくやってみよう。なのでしばらくはそれ以外の英語学習はお休み。日本語を介さずに英語を音で取り込むという時期をすごさなくてはいけないから。

3月15日（水）

今日から今月いっぱいサコはお休み。のんびりとした春休みを満喫か。

私はお昼代をテーブルに置いてジムへ。

朝食は自分でお味噌汁《みそしる》を温めたり明太子で食べてもらって、夜は作って置いとけばいいね。お互いに自由に。

プールで少し泳いでからジャグジーへ。今日はとても寒い。

ガンジーさんがいて、やがてキューピーさんもやってきた。充分に温まってから、私はプールの奥の隠れ家（みたいな死角になってる吹きだまり）でぷかぷか浮かび。私はこのぷかぷか浮かびに慣れて、ずいぶん長くできるようになった。10分ぐらい目をつぶって浮かび続ける。キューピーさんがあとで、「飼い犬みたいに行ったり来たりしながら、溺《おぼ》れてへんか見に行ったわ」と笑ってた。

サウナに3人でいたら、あの何百人もの霊に取りつかれたスピリチュアルSちゃんがやって来た。

キューピーさんが「Sちゃん。最近なんかおもろいことあった？」

S「そうですね〜。ヨガの教室に通ってることぐらいですかね」

私「ああ〜、あの」

前に話してたヨガの先生のことだ。

S「見た目も声もかん高くてたこ八郎《はちろう》みたいなんですけど、すごい人っぽいオーラがあるんですよ」

で、3人でおもしろくあれこれ聞きまくる。私がいちばんいいと思ったのは、「ひとつのポーズを異様に時間をかけてゆっくりやる」というところ。ゆっくりじっくりやるって、いい気がする。そんなゆっくりしたのやってみたい。

急に興味がわいてきて、無料で1回体験できるそうなので私とキューピーさんで一度行こうかということになった。

S「あと、スーパー銭湯の『おふろの王様』がよかったですよ。私が一番感動したのが、寝ながら入るのがあるんですけどお湯の量が深すぎず、ちょうどよくて、浮かんでるみたいで…」

私「ああ〜。寝湯って深いと体が浮くよね」

キ「底がVの字になってるのは知ってるけどな」

S「そこのは平らでいいんですよ」

私「へえーっ」

また興味を覚えていろいろ聞きまくり、最終的にヨガの体験に行ってから「おふろの王様」に行って、帰りにビールと焼き鳥（か何か）でキューッと一杯やろうよ！ということになった。

私「調べてみる！」

夕飯用の買い物（グリーンカレーと牡蠣《かき》の酢の物）をして、最近お気に入りのブルーベリーショップでアイスを買って食べながら帰る。次は違う味のを試そう～。

家に帰っていろいろやってから、録画しておいた「徹子《てつこ》の部屋」（君島《きみじま》十和子《とわこ》夫妻）を見る。

十和子さんは50歳になっても美しい。この二人、結婚当時はいろいろと騒がれたけど、長く続いてる。これからも仲良くやっていく感じだった。夫婦って、長い目で見ないと本当にわからない。すぐに別れる夫婦もいれば、こんなふうにすぐに別れそうと言われても続く人もいる。

君島夫妻はお互いに相手を99点と98点と点数をつけ、妻は「マイナス1点は心配性なところ」と言い、夫は「マイナス2点は生真面目すぎるところ」と言っていた。お似合いだ。相性がよければ、お互いがよければ、それですべてOKなのだ。なんでも。

他人は関係ないよね。自分にとっていい人を見つければいいんだね。

感じたのは、相手のことを悪く考えなければ汚いところに落ちないのだろうということ。「いいふうにとらえること」が長い目で見るとどんなにか自分を救うだろう。

短期的にはお人よしと呼ばれても。その価値を私は重視する。

家のことあれこれ。メンテナンスや修理は大変。人に頼まなくてはいけないので時間もかかるし、判断に迷うことがある。

人が強くなるのは「失ったらどうしよう」から「失ってもいい」にスライドできた瞬間だ。

ヨガ教室と「おふろの王様」をみっちり調べる。

そのヨガの先生のことがまだよくわからないので、よく知るために、本を4冊も注文してしまった。「おふろの王様」は楽しめそう。

夜の食後。

卒業式の動画を送ってもらったので見る。数分ぐらいので、担任の先生が壇上に出て生徒一人一人の名前を呼び、呼ばれた生徒が「ハイ」と返事して立つところ。

小さくしか映ってないけど、あの感じのいい先生が声を詰まらせながら名前を呼んでいる。あら。なんか…。

サコの名前が呼ばれた。「ハイ」と言って立った。

キャア〜。なにこれ。ジーンとする〜。

感動だった。

悲しい。どうして行かなかったんだろう。

退場の場面もあった。こちらは緊張気味にカクカクと歩いてる。

ああ。私は後悔することはほとんどないけど、今は後悔している。行けばよかった、行けばよかった。きっとすごくいろいろなことを思い、感じたはず。

無念さを拭《ぬぐ》いされず、サコにぶつぶつと愚痴る。

「先生が泣いてて…。ママも感動したはず」

「まあ。あの場面がピークだよ」

ああ。しょうがない。寒いから行きたくないと思ったのは私だ。

この画面の中の小さなサコにすべてを凝縮させて記憶しよう。

注文した本がドッと届いた。うれしい。科学者の本とかスピリチュアル系の本もいくつか。来ると安心してしまう。積読《つんどく》にならないように…。

ガクリ…
ムネン…
ううう…

3月16日（木）

今日も午前中はジムへ。体操とプール。

プールで「ぷかぷか浮かび」の次を発見した。それを「ただよい」と名づける。

ぷかぷか浮かびは、両手を上に伸ばして全体的に水面にぷか〜っと浮かぶのなんだけど、それはやはりちょっと体に緊張がある。沈まないようにと。

でもただよいは、手もあげず、下にぶらんと漂わせ、足も浮かべようとせず、自然に落とす。すると手も足もゆるっと下に沈み、顔の真ん中、鼻のあたりだけが水面から出る。体はプールの波によって左右にゆれたりゆれなかったり。ただ力を抜いてただよう。

ただよい。水草のように。

これは今の私が到達した究極のリラックス。

夜はロールしないロールキャベツ。食べやすいように、ひき肉を、広げたキャベツの葉に何層もサンドして丸く整えてから煮て、ケーキのように切るのです。

ただ　ただ

ただよう…

「ただよい」

水草のように…

3月17日（金）

ジムへ。

自主ストレッチをしてスカッシュ15分。それからスタジオでロコモ体操。この先生は真面目で熱心なので最近のいちばんのお気に入り。やる気になる。もう今は出たいスタジオの先生は3～4人しかいない。

その熱心先生の指導で肩甲骨まわりを動かす。汗が出る。

次はヨガの時間なのだが、先生が急きょ来られなくなったそうで、引き続き熱心先生に。ソフトな筋トレ。これはよかった。

急ぎ気味にサウナに入って家へ。

家ではサコが待っていた。メガネを作るというので駅ビルのお店まで一緒に行ってあげる。実は昨日、メガネを失《な》くしたのだった。どこで失くしたかわからないって。一応、近くの駅で聞いたそうだけど。

「（なくしもの）けっこう出て来るけどね～。あのパスモも1年後にね。出てきたよね」と言いながら、去年作ったメガネショップへ。

フレームを決めて（ミッキーのにしてた）、そこで別れる。

サコはバンドの練習へ。私は帰る。

いいお天気でぽかぽかしていたので、あの工事中の「私の秘密の花園、心のオアシス」へ足をのばしてみた。

工事用のシートのすきまから中が見える。完成予定図も貼りだされていた。みんなが集えるパークに変身するらしい。秘密の花園はなくなるけど、こどもも遊べる広場ができるのだったらそれもいいのかも。

変化にはあらがわない。同時に、今あるものの価値を改めて感じる。それらもいつかなくなるかもしれないと思えば、ありがたさが増す。

教えるのがうまい人って、わからない人の気持ちがわかる人だ。最初からできてしまった人はできない人の気持ちがわからない。だから上手い人がいい教師になれるとは限らないのだ。できなさには段階があって、その途中の気持ちがわかる人でなければ（できないところからできたという経験を実際にした人でなければ）うまく教えることはできない。

イベントをするために作った「夏色会便り」というメルマガを今日、終了した。理由は、イベントをしなくなったから。

そのお知らせを送ったら、何人かの方からメッセージをいただいた。

近くて遠く、遠くて近い関係。本を通してどこかつながっていることを確信させてくれる人々の言葉に、改めて安心と信頼を感じた。

ひとつだけ、特にしみじみとしてしまったのがこれ。

「少しだけ、お礼を言わせてください。

生まれたての娘をあやしながら、小さなアパートで、『つれづれノート』の1巻を読みました。そしていま、その娘が産んだ子どもたちの子守りをしながら、『つれづれノート』を読んでいます。老眼鏡をかけるようにはなりましたが。

こんなに長い間、そばにいてくれる本を生み出してくれてありがとうございます。

風の強い晴れた日や、曇天で遠雷に耳を澄ませる時の様な心がスーッと静かになる瞬間、いつも私は銀色さんに話しかけてしまいます。不思議で幸せな感覚です。

どうぞ、これからもよろしくお願いします。」

泣きそうになった。

3月18日（土）

「サワコの朝」のゲストが小宮悦子《こみやえつこ》だったので見る。どちらも聡明《そうめい》な大人の女性。

ジムに行って、今日はプールで「ただよい」だけする。

サウナでガンジーさんと箱庭療法について話す。

もし私が箱庭を作るとしたら、さまざまな木と色とりどりの花と植物、岩に囲まれた平和な隠れ家のようなくぼみ、小川や池、そんな秘密の花園のような小さな天国を作りたい。そこに生き物は…見当たらない。遠くに鳥、ぐらい。花と緑の草でいっぱいで、カラッとしてて、さわやかで、静かで、人もいない。

ガンジーさんは、「地面がただ広がっていて、真ん中に大きな木、川が流れてる、それだけ」。


お風呂《ふろ》から出て、髪をざっと乾かす。

ロッカールームでガンジーさんにトコトコと近づき、「明日、美容院に行くんだけど、髪の色を変えようかな。パッと金髪とか」となぜだか急に言った私。

「メッシュとか入れたらいいかも」とガンジーさん。

我ながら突然そう思ったことが不思議。もう何十年もヘナなのに。

家に帰って、サコと入学式用のスーツを買いに行く。

実は、これが前々から憂鬱《ゆううつ》だった。

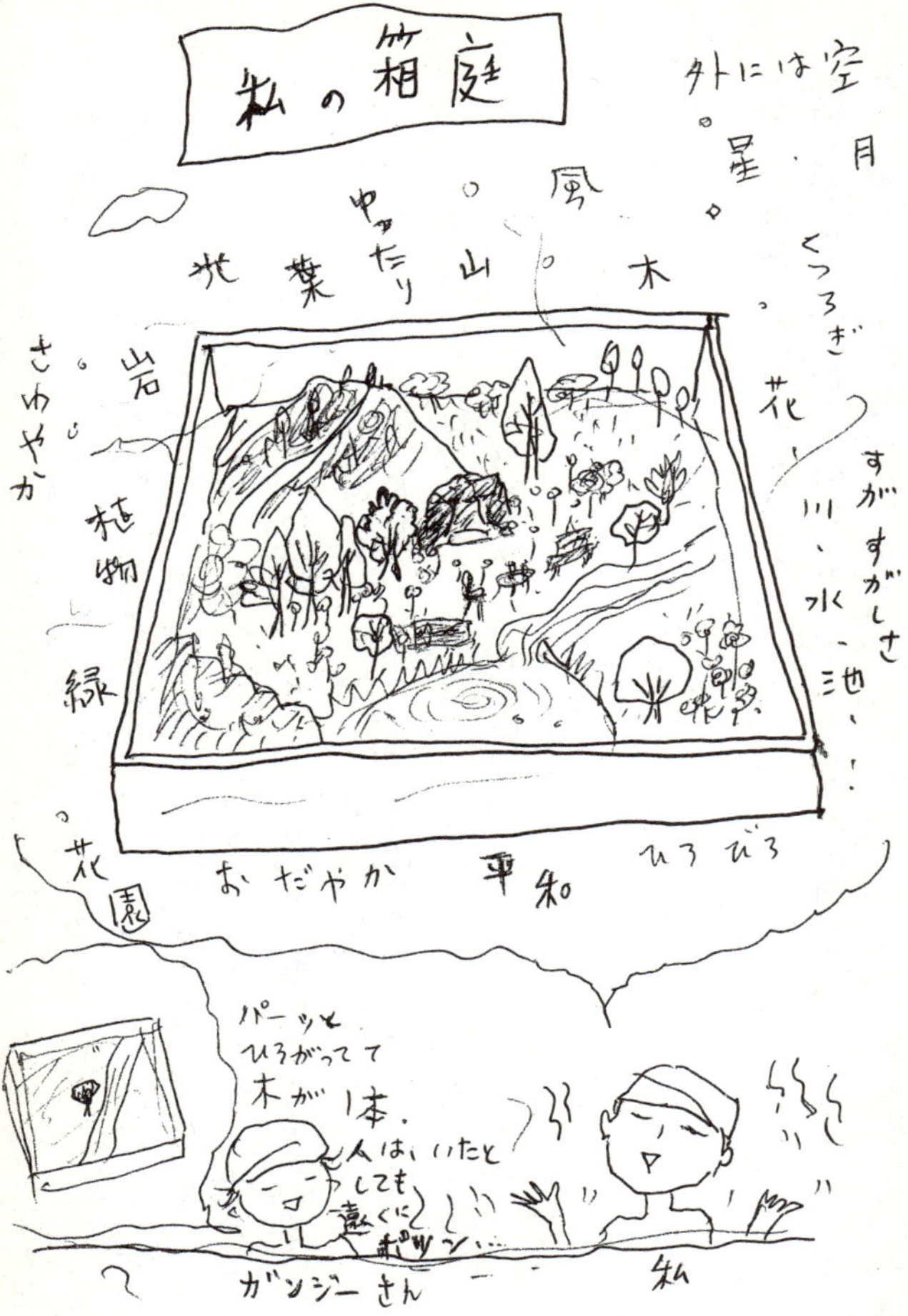

私の箱庭
外には空
星・月
風
ゆったり
光
葉
山
木
くつろぎ
さわやか
岩
植物
緑
花
すがすがしさ
川、水、池、!
花園
おだやか
平和
ひろびろ
パーッとひろがってて
木が1本.
人はいたとしても
遠くにポツン…
ガンジーさん
私

人の多い渋谷《しぶや》とか新宿《しんじゅく》に買いに行かなきゃいけないのかと思って。ひとりで行きたくないと言うし…。でも、家の近くにスーツショップがあることがわかったので、そこへ行く。経験のありそうな販売員のおじさまにすべてをゆだねた。流れるように一式買って（色は黒）、次にコンタクトレンズ屋さんへ。話だけ聞いて帰る。

ついでに私も遠近両用ソフトコンタクトレンズを作ろうかなあ。ちらっと聞いたら、最近はどんどん技術が進んで、いいのができてるらしい（結局ふたりともそのまま）。

夜。カーカがやって来た。ドドン、ドドンとゴジラみたいに。

「ラ・ラ・ランド」を観に行こうかどうしようかと迷って、結局行かず、すき焼きを作って食べる。カーカは中華丼をプラスして作っていた。

3月19日（日）

朝起きて、昨日ちょっと飲みすぎたことをいつものように後悔し…かけた。

でも！

なぜか、後悔に対する考え方を変えたくなったので、変えた。

後悔しかけたら、「あの時の自分は、とりあえずあの時にできることをせいいっぱいやったのだ！」と思うことにしよう。

だから、昨日の夜は楽しくなっていつもよりも多く飲んでしまったけど、あの時はそうしたかったのだから、せめて今は、後悔はしないようにしよう。

そう思ったら罪悪感がスッと消えた。そうだね。やってしまったことはしかたがない。せめてそれを重く引きずらないようにしよう。きっぱりと受け止めよう。


サコは朝早くに遊びに行き、私は部屋でアマゾンプライムの映画「ミート・ザ・ペアレンツ」をついつい見てから、9時ごろ起きる。

カーカはリビングで寝ていた。

朝ごはんを食べながら、カーカに勧められて松山《まつやま》ケンイチ主演の「聖《さとし》の青春」をネット配信で見る。千駄《せんだ》ヶ谷《がや》の将棋会館が出てきた。サコと行ったことがある！　羽生《はぶ》さんのことも改めていろいろ思い出した。


午後。

髪をカット&カラーリング。

あのバイク兄ちゃん。

「どうしますか？」と聞かれた。

昨日あれからいろいろ考えて、グレイ、シルバーグレイと言うのかな。そういう色にしたいなと思って調べたら、それはなかなか難しいみたいで、2~3回かけてやんなきゃいけないし、髪質にも関わっていて、細い方がいいみたいな。私は太いし。なのでもういつものヘナでいいかなあと、消極的な気持ちになっていたら、「ずっとヘナですけど、この辺で気分を変えて明るくするのはどうですか?」と言う。

あら! そういわれて、いいやすくなったので言ってみた。

「実は、グレイにしたいんです。シルバーグレイとか」

そしたら、「昨日、シルバーグレイのことを調べていたんです。で、これ、自分でグレイに染めたんですよ」と言う。

「あら。偶然。気持ちが通じたのかも」

ということで、長く続けていたヘナから、グレイカラーに染めることにした。今日はヘナを抜いて、新しく染めて、それからだんだん求める方向に向かって進んで行くことになる。

できた。今日の色味はパッと見、あまり変化は感じられないけど、今までとはちょっと違う。これからが楽しみ。

夜はキーマカレー。

人々が言う偉い人、すごい人、すごいことができる人を、すごいと思いすぎないようにしよう。すごい人は確かにすごいかもしれないけど、すごいことがすごいのではない。「私が思うすごい」が、私にとってすごいのだ。

3月20日（月）

今朝のひらめき。引き続き、「後悔と不安を持たない」。
後悔しそうになったら、「あれはあん時はしょうがなかったんだ！　あん時はあれでせいいっぱいだったんだ！」と叫ぶように思う。不安も、「大丈夫！」と一喝する。強く言うと、私の中の弱い部分がびっくりしながら従う。

春分の日。終日、家で掃除と読書。だんだん春になっている。

3月21日（火）

ひさしぶりの雨。
のびる運動とストレッチをして、プールで「ただよい」。
ジャグジーに入っていても、空気が冷たくないのですぐにのぼせてしまう。春になったんだなあ。

晩ごはんは簡単に、炊き込むだけの炊き込みご飯と鯛《たい》のお吸い物にした。

ヨガの先生の本を読む。4冊買って、3冊目。4月3日に体験の予約をしたので予備知識のために。書いてあることもわかりやすく、いばってなくていい感じ。この先生に最後の瞑想《めいそう》を教えてもらうのかと思うと楽しみ～。遠くから静かに体験させていただこう。

「カルテット」最終回。最後は意外とあっさりだったけど楽しめるドラマだった。主演の4人の雰囲気がよくて。終わってしまって寂しい気分。

松たか子は、前も思ったけど森光子《もりみつこ》を彷彿《ほうふつ》とさせる。微笑みの中に狂気がしまい込まれているような、何か恐ろしい隠し事があるのではないかと思わせるような気迫がある。

3月22日（水）

今日はいいお天気。

今の心がけは、呼吸する時、ゆっくり息を吐く。ふーっ。

思い出したら、ゆっくり長く。

ヨガの修行っていうのは、「自分自身を徹底的に知り尽くし、コントロールすること」って書いてある。私は幸福感を自己コントロールしたいと思っているんだけどわりと似てるところがあると思った。


プールの帰りに買い物。ヨガ行者に影響を受けてお酒も買わずに。

午後は会計仕事をコツコツ。

ふき味噌《みそ》を食べ終えてしまった。とてもおいしかった。また来年も作ろう。

3月23日（木）

プールで「ぷかぷか浮かび」。これにもすっかり慣れてリラックスできる。

ヨガの師の話で、瞑想中に体の中を数秒でサーチして違和感のある部分があれば治す、みたいなことが書いてあった。ふむふむ。私も私の体を私のレベルでやろう。

仰向けになって両手をのばして浮かび、目をつぶる。

繊細な光のカーテンが私の体を通り過ぎながらサーチする。どこにも違和感はないので、かわりに体中の細胞がいきいきと活性化することをイメージする。

それから「ただよい」をする。完全なる脱力。頭もまっしろ…。

想像の光のカーテンで

全身をサーチ!

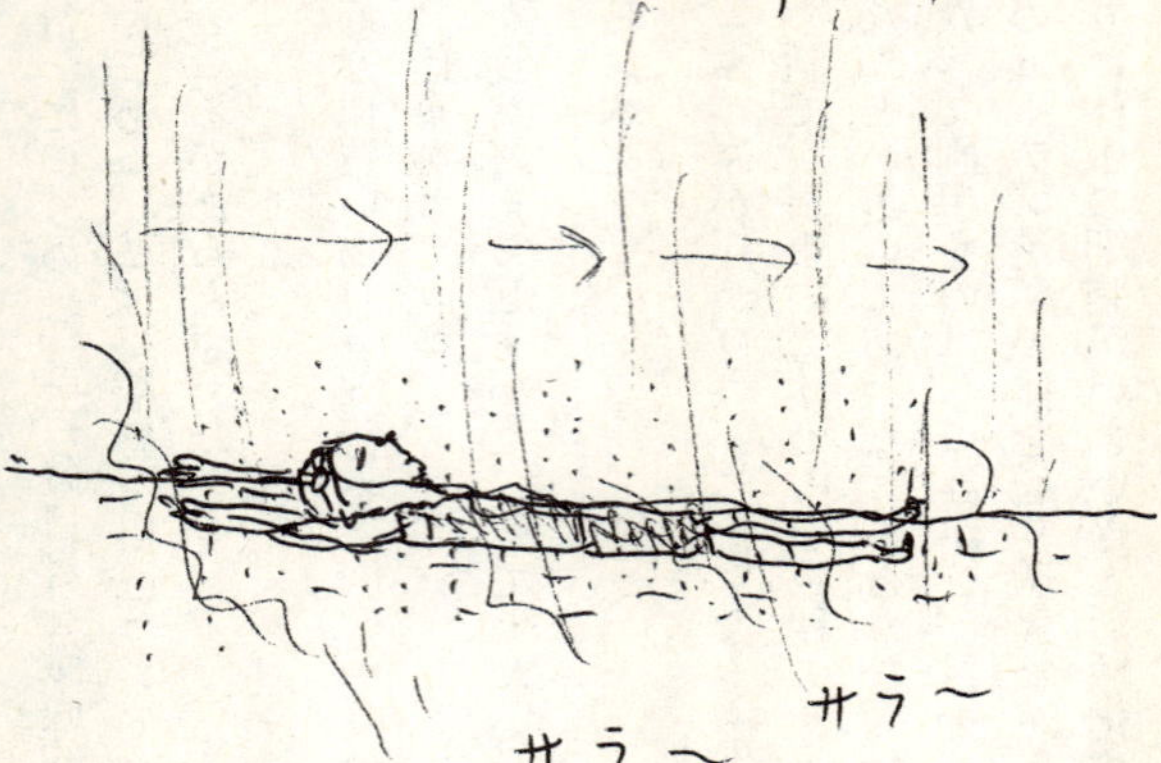

サラ〜 サラ〜 サラ〜

細胞がイキイキ

クリーニング

スッキリ

ピカピカ キラキラ

パワーアップ ……という想像

自分を最も癒やす声は実は自分の声だと言う。自分の体を最も癒やせるのも自分だと思う。それには自覚が大事で、自分を信頼するということ。自分を信頼するには、信頼できるだけの根拠が必要になる。人の言うことではなく、一般論ではなく、自分の感覚を信じる。成長とは、そう思えるまでの道のり。


ジャグジーに浸《つ》かりながらまわりを眺めていると、想像がふくらむ。

この場所はまるで神聖な祭壇のよう。正面に三角形の神棚。そこに並ぶ酔芙蓉《すいふよう》。今は葉っぱが落ちて、いちばん上の木は両手を大きく広げている。あそこからエネルギーが空にあがっていったり、おりて来たりしている。

楕円《だえん》形のジャグジーに浸かる私たちは神の子。神の子らは泡のお湯に浸かりポカポカに。このお湯ですべてが浄化される。頭上には空。

青空だったり、雲の流れる空。そこから雨や雪や眩《まぶ》しい陽射しが降りそそぐ。

この場所は聖なる空間…。

森友《もりとも》学園理事長の証人喚問を聞くために早めに帰る。今日の夜は蓮根《れんこん》のはさみ揚げにしよう。

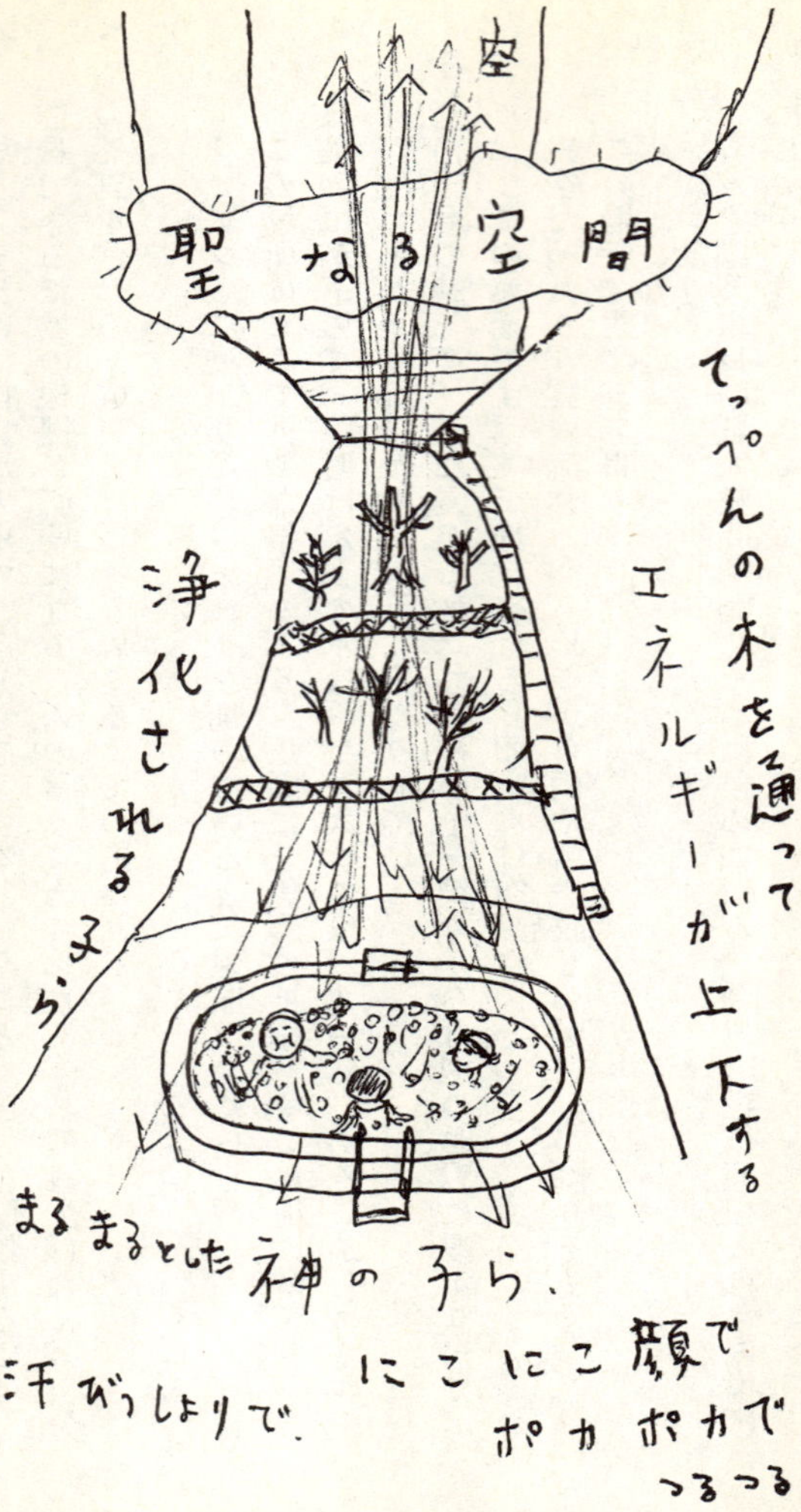
空
聖なる空間
てっぺんの木を通ってエネルギーが上下する
浄化される子ら
まるまるとした神の子ら、
汗びっしょりで。
にこにこ顔で
ポカポカで
つるつる

3月24日（金）

プールに浮かぶ。

いちばん端のレーンでおにぎり先生と3名の常連の高齢の御婦人たちがバランス歩行の練習をしている以外、誰もいない。

私は両手を頭上にのばして静かな水面に仰向けになった。

余計なことを何も考えないまっ白な時間がすぎる。

体のどこにも重さを感じない。何にも触れない。

ほあ〜。

ずいぶん長くそうしたあと、次に、両手を下ろして「ただよい」。

さっき以上に脱力。もう浮かぼうとする意識も必要ない。体を水にゆだねていると、ゆらゆらと時おり体が左右に動く。これもずいぶん長くやっていた。

満足して起き上がったら、新人のスタッフの方が遠くのプールサイドから私を食い入るように見ていた。もしかすると心配していたのかも！

サウナに行ったらガンジーさんがいた。他に人がいなかったのでいろいろしゃべる。ヨガの話とか。たこ先生の本を貸してあげたのでその感想も。

「あの先生は気楽にひょうひょうと生きてる感じでいいよね」というのが共通の感想。

それから何の流れだったか人の世話の話になり、「私は人の世話をするのが苦手。このあいだ細ちゃんの足がつった時、キューピーさんが冗談を言いながらテキパキとお世話をしていて、すごいなあ～って。私は近くでぼーっと見ていることしかできなかった」と話したら、「性格もありますよ」という。


買い物して。家に帰ってテレビ、昼寝、読書。

桜も咲き始めた。

今日は寒いけど、来週末には満開かも。やっと暖かくなると思うとうれしい。


余計な気を遣わない人間関係だけを育みたい。

お互いにのびのびできて率直に話せる関係。


人に相談すると、多くの人は、暗いことを言ったり、心配そうな声で自覚なく呪いのような言葉を言う（絶対病気になるとか）。なので私は人に相談しない。それか、この人は暗いことを言わないとわかってる人にしか相談しない。

人は、自分が言われたいことを言ってくれそうな人に相談するものだ。

夜。

きのうの「カンブリア宮殿」は伊賀焼《いがやき》の長谷園《ながたにえん》だったので、「おっ」と思い、録画して見る。おいしいご飯が炊ける「かまどさん」を持っている。それ以外にもいろいろ買った。宮崎の家にたくさんある。

7代目という社長さんは感じのいいおじいさんだった。8代目の息子さんも上品。前に長谷園のパンフレットを見て、中に載っていた従業員の方々の集合写真の笑顔が素晴らしくて感動したことがあったけど、納得。こういう方が社長だからなんだ。

包丁が切れなくなっていたので、東急《とうきゅう》ハンズの場面でチラッと映ったスーパーストーン包丁というのを注文してしまった。すごく切れるというので。

3月25日（土）

さっき夢でとてもきれいな花を見た。

ひとつは大きなこぶしの花のような白い花。もう一つはレモン色の丸い花がたくさん串《くし》にささったような花。

プールへ。

今日も気ままに水中ストレッチやぷかぷか浮かびなどをゆらゆらと。

向こうからだれかが泳いできて、私に声をかけている。あ、見たことのあるおばさまだ。

「今日はボール、でないの？」

いつも出ていたむかご先生のスタジオレッスンのことだろう。

「はい。最近は運動はあまりしたくなくて。そういう時はのんびりプールだけにしてるんです。気持ちには波があるから。その時の自分の気持ちにまかせて…」

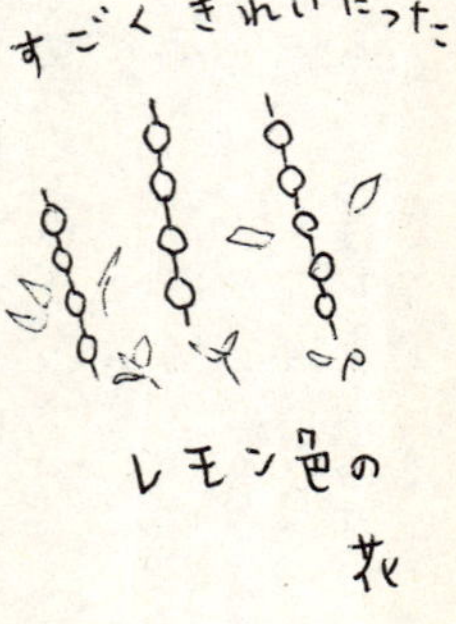

「それもいいわね。いいこと聞いたわ」

それから室内ジャグジーに行ったり、外のジャグジーに行ったり、また浮かんだり。サウナに行ったらガンジーさんがいた。

今日は食べ物について話す。結局、なにかが合う合わないはその人の体質による。この人の毒がこっちの人の薬になるし、その逆もある。人それぞれだから、世間のいうことは気にせずに、自分が食べたいものを好きな時に好きなだけ食べたらいいね〜と。私は家では好きなものだけを少品目食べるのが好き。外では好きなものを少量多品目。

ガンジーさんはもともと少食で、野菜とナッツと酵素玄米みたいなのしか食べない。それ以外のものは味見程度に食べるぐらいらしい。そのライフスタイルや性格や体型は、私から見ると都会に生きるヨガ行者。

「やっぱり…そうだね。自分が感じることを思う、というか。自分の感覚でね」

「そうそう」とガンジーさん。

「都会を森のように生きるのがいいね」

「そうですよ」

東京という深い森をササッと横切る動物のように生きるのだ。

都会を森のように生きる

出て、髪の毛を乾かしていたら、さっきのおばさまが隣に座った。

「こういうのもいいわね～」と言う。

なんのことだろう？

あ、気ままに、プールだけのこと？

「はい。リラックス…、リフレッシュしますよね」

「いいこと聞いたわ。ありがとう」

お礼を言われてしまった…。なんで？　ふふ。

でも私もぼんやりと疲れていい気持ち。半径1メートルの天国を作る。確かに今日は半径1メートルの天国と共に移動してるわ。


夜のお祈りについて。

最近は寝る時に何か言うのを忘れてる。たまに思い出すと、言うけど。

「大好きなカーカとサコと家族でいられて感謝しています」

でもこのあいだふと、感謝という言葉に違和感を感じた。

大自然を前にして謙虚な気持ちになる、みたいなのはいい。

でも、感謝というのは、感謝する対象がどこかにいるみたいに聞こえる。神とか宇宙とかなんかそういう大きななにかに感謝する、というような。

それって、なんか、違う。

そういう「人」みたいなのに感謝するというのは違う気がする。私には。

なので今は、「大好きなカーカとサコ（正確には、おもしろいカーカと大好きなサコ）と家族でうれしいです」と言うことにしている。幸福を満喫。生きていることを満喫。充分に生きる。この瞬間をうれしく生きる。うれしく思う。

そう、「この瞬間をただうれしく思う」。

これだ。これがいちばん近いかも。

3月26日（日）

雨。

外に出る用事のない日曜日の雨は大好き。

隠者のように生きたい。隠者のように生きている私。

このままずっとこんなふうな気持ちでいたい。そんな気持ちで朝食に豚肉のチーズしそ巻きをおいしく作って食べて、「ブラタモリ」を見て、読書。

夜。テレビであったアニメ映画「おおかみこどもの雨と雪」を見た。最初から悲しい気持ちでいっぱいになる。どの人も悪くないんだけどどうしようもない悲しさを持つことの比喩《ひゆ》として受け止めたから。アニメだと思っても、妙に悲しかった。

カーカがちょっと寄って、もらったというバウムクーヘンを半分分けてくれた。

サコの大学から入学に関する書類がいろいろ届いた。

わー。なんか忙しそう。

「大学に入っちゃえば、あとは自由に生きたらいいよ〜」なんて気楽にいってた私だけど、さっそく1泊2日のホテル泊ウェルカムキャンプというのがあってグループで熱くディスカッションとかするらしい。去年の動画を見た。この世界に入るのか…。うわあ。でも、最終的にここになったということは、これがサコの道なんだな！

「サコ。こうなったら、大学生活の4年間は、この学部の学生という役を演じるつもりでやるしかないね。役柄だと思って。その中で吸収できることを吸収すればいいじゃん」

そう思って楽しく泳いでほしい。この、なんか、リアルな現代社会っぽさを。でも、そういうものなのかもしれない。これは普通なんだ。たぶん今の、この年頃の。

大学の入学式は一般的には行かなくてもよさそうだけど、高校の卒業式に行かなかったことをちょっと後悔している私なので行ってみることにした。サコもひとりで行くのが嫌そうだし。すぐに終わりそうだし。

3月27日（月）

成田《なりた》空港は雪だそう。寒い～。私はずっと家で読書。しあわせ。

寝る前の言葉は感謝じゃないと書いたけど、それ以外のは違う。私は人の仕事は分業だと思っているので、私がしている仕事以外のことをしている人には全員感謝している。その先に人が見えるものには。ごはんを食べる時はこの野菜やお茶碗《ちゃわん》やお箸《はし》を作った人に、服を着る時はその服を作った人に、家具を見ても、街を見ても、足を包む靴を見ても、私には作れないそれらを作ってくれた人に、そしてここにいられることに、心の底で感謝している。そしてそのお礼に、私は自分の仕事を一生けんめいにしようと思うのだ。

3月28日（火）

のびてのびて体操とストレッチとプール。

毎週火曜日の、こののびてのびて体操で私の体は起きる。

ストレッチでは姿勢の話。常に広い空間の中にいるような気持ちで、前だけでなく背中も意識してくださいと言っていた。そしたら姿勢がよくなるそう。

スピリチュアルSちゃんがいたので、「来週の月曜日にキューピーさんとヨガの体験に行くよ」と報告する（「おふろの王様」は休業日だった）。Sちゃんは昨日行ったそうで、教室に「ムー」が置いてあって、見たら「不食」の記事にたこ先生のコメントが載っていたそう。

「『ムー』って何十年も前から全然変わってないんですね」とひどく感心していた。


キューピーさんは北海道《ほっかいどう》に行って風邪をひいて声が出なくなっていた。お風呂《ふろ》だけ入って帰って行くところに一瞬遭遇する。いつも誰かと絶え間なくにこやかに語らっているキューピーさんの声が出ないとは！

サウナでは格安旅行会社「てるみくらぶ」の破産の話題。ネットの広がりによる購買層の動きの変化について行けず、とかなんとか。

時間（時代）と共に旅行の形態もその他のことも変化する。変化する動きを、私もほどほどの距離から見ていよう。関係するものは近くで、関係ないものは遠くから。

スーパーストーン包丁が来た！　薄くて、滑るように切れる！

小さなじゃがいもを切るのが楽しい。肉じゃがを作ろう。

小ぶりの新じゃがいもと豚肉とエリンギをお鍋《なべ》に入れて煮る。ほかのことに集中していて忘れて、気づいたら焦げた匂い！

しまった！

やってしまった。焦げてる。

うう。そうっと表面だけ他の鍋にうつす。でも、まあまあ大丈夫。よかった〜。おいしい。油揚げのソテーもおいしくできた。パホパホッと香ばしく。

3月29日（水）

水曜日はプールが特に空《す》いてる日。

遠くの端におにぎり先生といつもの3名の御婦人たち。私は自由エリアでぷかぷか浮かび。ますますこの浮かびがうまくできるようになった。脱力して、いつまでも…。

最近はあまり運動をしていない。ただここで浮かんでいるだけ…。

はしっこまでゆっくりと流されて斜めになったまま止まったのでそのままじっとしておく。用水路や水たまりのはしっこなんかに葉っぱが斜めになって浮いてることがあるけど、あれってこういう感じなのかなあと思う。

午後は部屋の片づけ。クローゼットや本の整理をする。だんだん春になってきたので、気持ちも新しく。

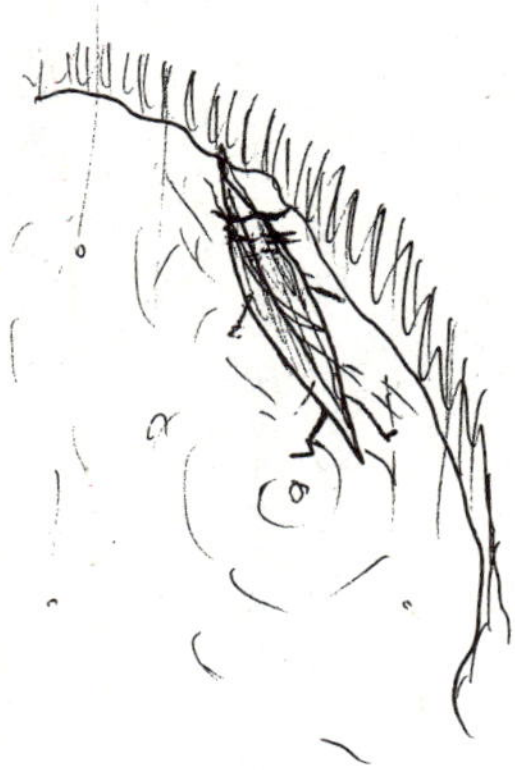

3月30日（木）

今日はさわやかな暖かさ。桜のつぼみもふっくら膨らむだろう。気持ちがいいので遠回りする。

ジムのプールでのんびり漂う。

両手でゆっくりと水をかくと、手のひらに当たる水がゆるいゼリーのようだ。ふるふる、ぷるぷる。仰向けになって水面に浮かぶと、水の境目を頬に感じる。くすぐったい。ふふ～。

サウナに行ったら、ガンジーさんとキューピーさんがいた。キューピーさんはやっと風邪から復帰。嗄《か》れた声で、「大丈夫。声変わり」といってた。

3月31日（金）

曇りのち雨。

お昼に打合せで「八芳園《はっぽうえん》」へ。とても素敵な離れの料亭「壺中庵《こちゅうあん》」。静かな部屋から広い庭が見渡せる。が、桜はまだ3分咲き。桜の特別メニューをいただく。見た目も美しい（お味の方は見た目に届かず）。

カーカからラインがきたので見たら、「最近話題になってる倒産したとこ、去年フィリピンから泣いて電話したとこ」

てるみくらぶか！　1泊目のホテルで、ガイドさんが帰った後に、泊まれないと受付で言われて、ひどいホテルに移動させられた件。2泊目からは泊まれたそうだけど。差額を返金すると言われて、結局振り込まれなかったそう。

「あら！　もっと大変なことにならなくてよかったね」と返事する。「うん。倒産してかわいそうだからしかたないね」なんて言うカーカ。

食後に庭を一周したら、撮影中の花嫁さんにたくさん遭遇した。

夜は鯵《あじ》のソテー。

明日からサコの大学が始まる。なんだか行きたくなさそう。最初はそうだよね。

たこ先生の本を読んで、インドのヨガの師のところに何年も修行に通ったという話に憧《あこが》れた。

私の妄想が広がる。その師ってどんなにすばらしい師なのだろう。

その時私の脳裏に浮かんでいた師は、仙人のようなイメージの、美しい老人だった。

そのあと、別の本でたこ先生とインドのヨガ行者が一緒に写ってる写真を見た。それを見た瞬間、私の妄想はスーッとおさまった。その行者はホームレスのおじいさんのようだったから。確かにヨガの修行者ってどんなにすごい人でも見た目はこういうものだろう。勝手な妄想を広げた自分を反省する。私はいつもそうなのだ。いつも全部がすばらしいと想像してしまう。

廊下から、洗面所にいるサコへ声をかける。

「サコ」

「うん？」

「あのね。人って言葉にして思ったことって案外、叶《かな》うものなんだよ。センター試験で合格したらいいなって言ってたらそうなったでしょ？（他のことも言ってたんだけどここはあえて）」

「うん」

「だから、大学も、どういうふうにすごしたいか言ってみて」

「…どういうふうにすごしたいか？」

「どうなったらいいか。受験はセンター試験で合格したい、みたいに」

「ああ…。気楽に…すごせたらいいな」

「だったらそうなるよ」

「そう？」

「うん。だってそれが指標になるでしょ？　無意識に、それをめざしてその他のことを選択することになるから」

人は、ゴールをはっきりと思い描くと、その方向に身体が向くから、一足ごとに自然とそっちへ進んで行く。

そしてゴールを思い描いてないと漂う木の葉みたいになる。

4月

4月1日（土）

今日から4月か。

プールとサウナ。

スピリチュアルSちゃんから、「あまり期待しないで行って来てくださいね。古い雑居ビルですからね」と言われたとキューピーさん。あさってのヨガ体験、楽しみ〜。もしその先生や場所が嫌じゃなかったら、呼吸法と瞑想《めいそう》を1から学びたいと思っている私。次に旅する世界は自分の内面しかないと思うから。それにはちょっと教わらないと。桜が咲いてたら帰りに散歩したいなあ。ちょうどいい頃じゃないかな。

今日、サコは学生証の受け取りと英語のレベル分け試験のために大学へ初登校。入学式は5日。どうだったろうか。気になりながら、ヘルシンキで行われてるフィギュアスケート選手権を見る。今夜はビーフシチュー。おやつは、カシューナッツのメープルシロップがけ。

帰って来た。疲れたと言ってる。サークル案内の冊子を見ながら「釣りもいいな」と言ってる。

羽生《はにゅう》くんが逆転優勝。すばらしい演技だった。宇野《うの》昌磨《しょうま》くんも。表彰式も素敵だった。北欧らしくブルーと白で。雪と氷のイメージ。とても美しかった。

4月3日（月）

ヨガ無料体験へ。キューピーさんと待ち合わせて電車に乗って行く。中はこぢんまりとしているけど清潔感がある。嫌いじゃない。受付にいた女性の方が最初に1時間ほどヨガを教えてくれた。この方は声を使った瞑想法をする方なので、きれいでよく通る声だ。

休憩の後、たこ先生が音もなく目の前に現れた。小さくて細くてまあるいお顔と白いひげで体重の軽そうなかわいらしい先生だった。ワタスゲのよう。

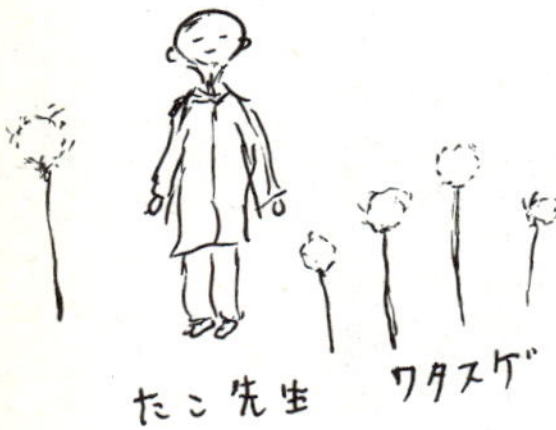

そしてその先生の声も、すごくいい声だった。はっきりとしていて簡潔で。ひとこと声を聞いただけで「この先生は話が早い！　頭よさそう」と思った。最初にヨガのポーズをひとつ、次に初歩的な呼吸法のやり方を教えてもらう。鼻の穴を片方ずつ閉じて、吐いて吸ってを繰り返す。

「できているかちょっと見ますね」といって、3人いた体験者それぞれをひと目見ただけで、「うん。できてますね」といった。その言い方が、ちゃんとわかっている人の言い方だ、と思った。なので安心して次の瞑想も取り組めた。

「雑念が湧《わ》いてきてもいいので、それを観察してください」と。

先生を信頼できたので、おだやかに瞑想する。想像が湧いてくるままにまかせる。

やはり嫌じゃない。

終わった。

「切り替えも、早くできたほうがいいです」とのこと。瞑想から日常生活への。

受付の女性に今週末にある会の質問をして帰る。基本のヨガクラスに出る前に、ときどきある単発の瞑想や呼吸法の会に出て初歩的なポイントを教わりたい。私が瞑想を勉強したいのには実用的な目的がある。悟りにも解脱にも興味はないが、仕事する時の気持ちの切り替えと集中力を高めるために使いたい。スッとあの静かなゾーンに行くために。

まだ3分咲きほどの桜の下を歩く。感受性の強いキューピーさんは瞑想の時にエネルギーが頭から肩へとグルグルグルグルグル回りながら移動するのを感じたそう。そして先生のことを、あんなに澄んだ声の人を見たことがない、とほめていた。

お昼のランチを食べてから帰宅。

カーカから「今日映画見ない？」とラインが。「いいよ」と答える。「ムーンライト」にした。安く買える日らしく、私のチケットも買ってくれた。

が、今日も途中でウトウトしてしまった。それほど好きでもなかった。

家に帰ったらテレビが壊れていた。ビーンビーンと変な音がして画面がつかなくなってる。そういえば昨日からちょっとおかしかった。

4月4日（火）

いつもののびてのびての体操に出ようとジムに出かけたら、満員。

4月からプログラムのスケジュールが変更になって混むかもと言われていたのだった。やはり。しゅんとして、プールへ。もうこのクラスも卒業かも。残るはあとひとつ。熱心先生のだけ。

でも、そろそろ私も自由に運動する流れになってきてたので、ちょうどいいのかもなあ。サッとプールで泳いでストレッチをして、サウナで温まって早めに帰って、午後、じっくり仕事をするという1日のスケジュール。あるいはその逆で、午前中仕事して、午後プールでもいいかも。試しにやってみて、どちらかしっくりくる方で。

2年ほど仕事をほとんどしていなかったけど、作りたい本が出てきたのでそろそろ仕事をしようと思い始めてる。


ジャグジーに行ったらスピリチュアルSちゃんがいたので、「昨日行って来たけど。よかった。いい先生だと思ったよ。どうもありがとう」と言ったら、「よかったです」と安心していた。気にかけていたみたい。

「あの先生、たこ八郎みたいじゃなかったよ」

「え？　たこ八郎じゃなくて、アホの坂田《さかた》ですよ」

「キャー！　間違えてた」私の記憶違い。「たこ先生」じゃなくて「アホ先生」？

でも「たこ先生」に慣れてしまった。

「声、甲高くなかったですか？」

「ううん。すごくいい声だと思った。年齢を超越してて」

「ああ」
Sちゃんは過去のディープな瞑想経験があるから、今回はあまり入り込まずにあっさりとやっていきたいと言っていた。

サコは今日、一日中スウェットで家でゴロゴロしてる。今日は何もないと言ってたから。そしたら、夕方、「今、大学でライブやってるんだって」。友だちのツイッターでわかったらしい。残念そう。いくつかある軽音部のライブを見てどこに入るか決めようと思ってたらしいので。「今から行ったら？」と言ったら、「もういい」って。

夜はチキンのチーズ焼きと、昨日カーカから花椒《ホアジャオ》をもらったのでそれを使って麻婆豆腐を作る。

テレビの修理、あさって来てくれることになった。今すぐにではなく、あちらの都合の日で承諾したので出張料を800円引いてくれるらしい。へえ〜。そういう仕組み。

テレビがないので静か。案外、ところどころでつけてたんだなあ。録画したのを見たりとかして。

本を整理中、中をパラパラ見ていたら、とてもおいしそうな芋けんぴ「吉芋花火《きちいもはなび》」というのを見つけた。いつか食べたいと思って付箋《ふせん》を貼ってあったのだ。

名古屋《なごや》の覚王山《かくおうざん》にあるお店で、名古屋でしか売ってなくてネットでは買えないらしい。その細長い形をじっと見る。こんなに細長くておいしそうな芋けんぴは見たことがない。9日から1泊であの瞑想《めいそう》温泉になごちんと行く予定なんだけど、なごちんは芋けんぴが大好きだと前に言ってたっけ。電話して取り寄せようか。行きの新幹線で一緒に食べたいなあ。そうしよう。

お店に電話して注文した。賞味期限は翌日までという短さらしいので、8日指定で。楽しみ。

4月5日（水）

私は時々、「好き！」と表現する時と「嫌いじゃない」と表現する時があるけど、それは認めているレベルとしては「嫌いじゃない」の方が上だ。

「好き」とか「大好き」というような軽い言葉で表現する時は私の中の軽い私が言っていて、「嫌いじゃない」「いやじゃない」と言う時は、私の中の真剣な私、芯《しん》の私が慎重に表現している時。

1/7　今日のオムライス

1/1　元旦　鳥のパネル

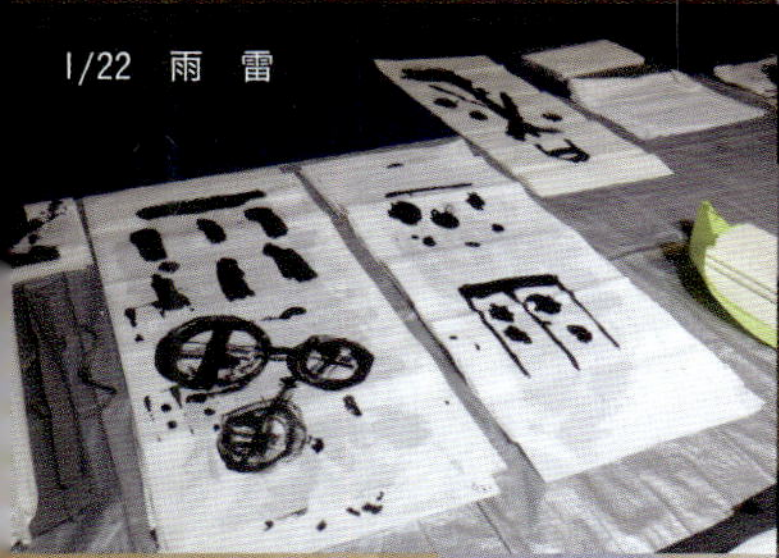
1/22　雨　雷

1/22　お寺のステンドグラス

2/10　木村さんのリンゴ

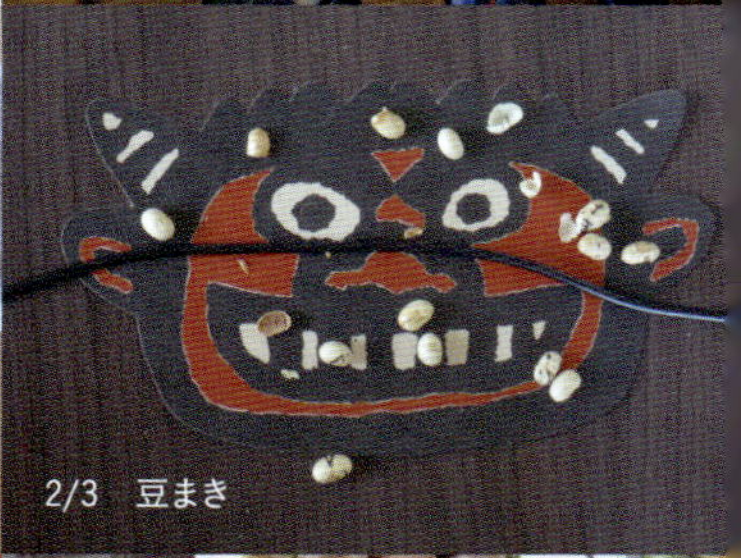
2/3　豆まき

3/9
温泉旅館でお昼
甘酒を飲んだかわいい器

3/2　ちらし寿司

3/11　おじさんのお墓のお花

3/11　カーカとお墓参り　うちのお墓

3/12　般若寺

3/11　かわいかったお花

3/16　ロールしないロールキャベツ

3/12　バナナの切り株

4/5　入学式

4/1　おやつのカシューナッツ

鳥の巣みたいな照明器具に鳥などぶら下げた

4/11 水着入れとして愛用した黄緑色のビニール袋

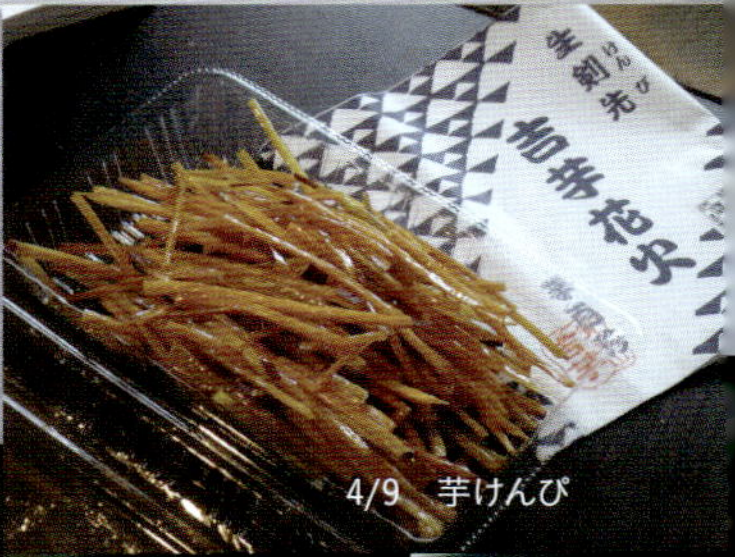

4/9　芋けんぴ

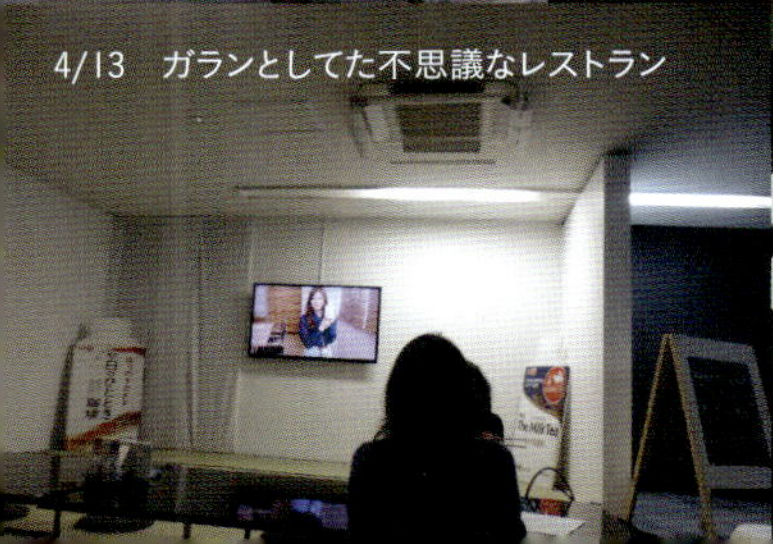

4/13　ガランとしてた不思議なレストラン

4/13　うどんや
発酵漬物5種

4/13　清澄庭園の見事な1本桜

4/13　東京証券取引所見学

4/21　富士山と蕨の器とどく

4/13　アオサギと亀

4/23　好きな朝ごはん

4/22　好きな晩ごはん

4/30　好きな朝ごはん

4/28　昔の写真
気持ちよさそうなカーカ

5/8　一太Tシャツを着てる

5/2　ケツ丸くん

5/8　好きな晩ごはん

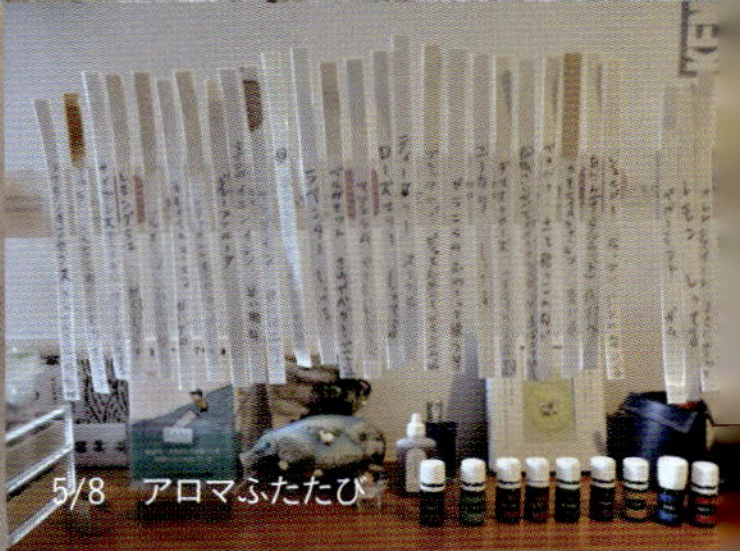
5/8　アロマふたたび

5/11　カーテンがなくなり、部屋がめちゃくちゃスッキリ

5/19　小石川植物園のイイギリの花

5/11　桜えびとチーズの炊き込みご飯

5/21　蛍草がたくさん

5/20　サンキャッチャー作り

5/23　みっちりと満開の野尻町のつるバラ

5/24　庭の花で作った花束

5/23　つるバラと私

5/27　情緒ある白峰温泉の町並み

5/24
しげちゃんのお誕生祝い　ローソクは89

6/7
リニューアルした公園
初夏の花がきれい

5/27　おいしかった旅館の夕食

6/5　ヨガの倒立

6/28　　拾ってきた苔で

6/13　記念切手買う

6/30　ちんこ団子？

6/28
とっくり型の蜂の巣が２個

リビングの照明のことだが、天井にダウンライトが4つついていて、そのうち3つが7ヶ月で切れた。切れるのが早すぎる気がして紙にメモして調べた。

ここは天井までの高さが高いので家にある椅子に乗っても届かず、いつも管理室で大きな脚立を借りてきて取り替える。それが面倒で面倒で。どうしたらいいかいつも考えていた。1個だけ切れた時点ではまだ替えない。2個でもまだ。さすがに3個切れると暗さが気持ち悪くなるので替える。電球をLEDに替えたらいいかもと思って調べたけどちょうど合うのを見つけられなかった。仕方なく、3個切れるまで待って替える、を繰り返していたけど、先日、そうだ、中央にペンダント型の照明器具を取り付けようと思いついた。

部屋の中央にペンダント型の照明器具を下げるのが嫌だったので今までつけないできたけど、シンプルなのだったらいいかも。そしたらもうダウンライトの方は使わないことにしよう。で、ネットでさがして注文したのがきた。

それはシンプルなのじゃなく、緑色の葉っぱが鳥の巣のようになってる丸い形のもの。緑色が好きなのでつい面白半分で。

サコと協力して椅子の背に立上がって、ワーワーいいながら取り付ける。

部屋にぶら下げたら、葉っぱのすきまから漏れた明かりが天井に映って、まるでミラーボール。明るさも明るくなく、落ち着かない。葉っぱもプラスチックで安っぽい。と思いつつも、そのうちこの葉っぱの巣から鳥をぶら下げたいなあとか思う。暗いのでやはりダウンライトは必要だ。全部切れたら取り替えようと、大きさが合いそうなＬＥＤの電球も準備した（なのに、最後の1個が1年たってもまだ切れない。不思議）。

寝る前に読んでいた時代小説『かけおちる』を読み終える。「この人は重いことを軽く言う」という言葉が好きだった。

本当に私は昔から「それをそう思われてないような見方で見る」というのが好きだ。逆の視点からとらえる、とか。そうすることで価値が逆転するところに痛快さを覚える。価値の逆転。そこにびっくりするほどの爽快《そうかい》さ、自由さを感じる。

私がこの世で一番好きな瞬間はそこ。

テレビがつかないので、今朝も静か。

私の裏庭。ただ今工事中の秘密の花園を双眼鏡で見てみる。だんだんできていく。フラットになって、人が遊べる、芝生のきれいな庭ができつつある。

プールに入って、早目に出る。

先輩に「スーパー浮世絵　江戸の秘密展」に行かない？　と誘われたのでジムのラウンジでランチにサラダ冷し中華を食べながら相談する。

「ちょっとこけおどしっぽいですよね」などと悪態をつきながらも、11日に行く約束をする。ついでにそのまま花見散歩をしようということになった。

会う前に日本橋《にほんばし》の髙島屋《たかしまや》で「有次《ありつぐ》」の菜箸《さいばし》を買おう。日本橋に行くことがあったら買おうとずっと決めていたのだ。菜箸の使いやすいのを探していて気になったのが「有次」の。先が細くてものをつかみやすいそうなので。

先輩が「最近、おなかがポコッと出てきたのよね。あのテレビで宣伝してる『シックスパッド』ってどうかしら」という。「ああ。買いましたよ。もう使ってないですよ」と言ったら、「ああ、そう。まわりにだれかいないかと思って、だれもいなかったの。よかったわ。わかって」と喜んでいた。


今日は午後からサコの入学式。

25分前には着くように行こうと提案したら「早すぎる」と言うので10分前着に変更。

あわてたくない私はやきもきする。サコはギリギリまでのんびりしてる。

外に出たら、足が痛いと言いだした。初めて履く靴、確かに硬そう。痛い痛いといっている。電車に乗ったら、痛いところになんか詰めよう。

座れたので、何かないか探す。ティッシュを持ってなかったのでお互いのメガネケースに入ってるメガネふきをたたんで、左右の足の痛いところ（くるぶしあたり）に入れたら、「痛くない」という。

会場のコンサートホールにはたくさんの人がもう並んでいて、前に進んでいた。落ち着かないわ。

新入生と保護者は途中で分かれて、私は3階へ。

式は厳かに始まった。けっこう興味深かった。キリスト教系なので違う世界みたいでおもしろい。聖歌を歌ったり、校長先生（とは呼ばないだろうけど）が着てらっしゃる服も祭服というのかローマ法王みたいな衣装で、演説の内容も愛とか光とかで。私にとってはドラマみたいでおもしろかった。

1時間ほどで終わり、そのまま大学へ見学に行く。

「入学式」と書かれた看板の前は写真撮影の長蛇の列だった。

そこをよけて進む。校内を一周して、校舎を背にした景観のいい、人のいない場所でサコの記念写真を撮る。桜も咲いていた。

「いいじゃん」

こぢんまりとしてきれいで、感じのいい学校だと思った。

サコはさっきの入学式で隣に座っていた男の子から話しかけられて、その子も同じ学部で軽音希望だったそうで、よかった〜と言っていた。口下手だからね。自分からは話しかけないから。

「よかったね。どんな感じの子だった？」

「ちょっとチャラそうな感じだった」

「その子にいろいろ教えてもらえばいいね」

「このあいだ隣に座ったのは理学部の人で、１９３センチだった」

「へえー、すごいね」


帰りに夕飯用に好きなものを買って、家に帰ってホッとする。

いや〜、終わった！　よかった。

「7日にいろいろライブがある」ということを発見してひと安心のサコ。

4月6日（木）

昨日、もっといろいろなところを見学すればよかったと今日になって後悔する。チャペルとか見たかったわ。もう行くことがないかもしれないから。

あの秘密の花園を双眼鏡で眺める。

着々と完成しつつある。今は木のまわりに花を移植しているところだ。造園家の方だろうか、長髪の男性が石畳に座り込んでほーっとひと息ついている。

テレビの修理の方が来た。

若い男性だ。見て、ハードディスクを取り換えるので今まで録画したものはすべてなくなります、とのこと。

ああ！

6年間、撮りためた貴重な番組が。世界の美しい風景も、空撮も、「ピクニック・アット・ハンギングロック」も、大好きなドキュメンタリー番組も、料理も、アンソニーも、サバイバルも、シーザーも、全滅！

悲しいけどしょうがない。保存してても最近はもう見てなかったし。

変化の時期と受け止めよう。
いろいろ質問した。大事なものはディスクに焼くとかしてバックアップを取っておいた方がいいとのこと。でもめんどくさがり屋の私なので、大事なものは心に記憶して大事なものがいつなくなってもいいように生きよう。
料金は約2万5千円。

桜がどんどん咲き始めてる。

映画のラストシーンのような、劇的な、感動的な、人間関係も、いつも、この目の前の瞬間に潜んでる。日常生活のどこにもそれが内在している。
ということに気づく瞬間というのが、ひとつ「悟る」というか、大人になるというか、脱皮するってことかしら。

テレビが直ってうれしい。さっそく「プレバト」を見る。

4月7日（金）

朝。録画した「おとなの基礎英語」を見る。うん？

4月になって内容が変わってる！ MCの福田《ふくだ》彩乃《あやの》がいない！ 他の人に代わってた。悲しい…。でも、せっかく慣れたのでとりあえず見続けよう。テキストはもう買わないけど。

プールに行って、3往復ほど泳いでから、水面を漂う。もうしばらくはスタジオの運動はせずに、このゆらゆら漂うだけでいい。

途中、広いプールにおにぎり先生と3名の老婦人と私だけ、という時間があった。流れて来るアベマリアにあわせて水面をすべるように動く…回る…浮かぶ。スーッと手を回したり、仰向けになって浮かんだり、クルリと回転したり。原生動物のミドリムシやゾウリムシ、流氷のクリオネ、クラゲって、こんな感じかなあと思った。

私はここを、こないだから「ディズニー・シー」と心で呼んでいる。マーメイドラグーンの美しいモザイク模様にほんの少しだけ似てるから。色は白一色だけど。共通点は流線型とモザイクタイル。私の白いディズニー・シー。

水中逆立ちにも挑戦した。1回転して鼻に水が入り、キィーンと、とても苦しかったので、そこで出る。優雅さから一転、現実へ。急にしゅんとなったわ…。

買い物して（今日はミートソーススパゲティ）、家に帰る。かわいい箸置《はしお》きを3つ、買ってしまった。朝の油揚げと豆腐のおみそ汁を温めて、イカ刺しと共に昼食。油揚げと豆腐のおみそ汁は大好き。特に油揚げが。


モー先生。

サコの中学生の頃の家庭教師の先生。カーカの高校時代にもお世話になった。めったに人に慣れない私たち家族が、めずらしく受け入れた先生。サコの高校合格の時、誰よりも、私たちよりも、興奮して大喜びに喜んでくれた先生。

あれ以来だったそのモー先生に、そうそう、と思い、サコの大学入学の報告をした。お世話になったお礼と共に。「○○大学には落ちたけど、受かった今の大学は私から見たらサコに似合ってると思います」と書いたら、モー先生も「私もそこの方が合っていると思います」と。そして「あとは自分がどう自立していくか、ですね」と先生らしいひとことも。

サッカーが大好きで海外まで追いかけてるモー先生、まだ独身みたい。モー先生。うちのたったひとりの家庭教師。「マンガ ENGLISH」の先生とイメージが重なる。

さて、いろいろやって、今、午後4時半。

「目黒川《めぐろがわ》の桜が満開」と今日ガンジーさんが言ってたなあ。

ヒマだし、桜でも見に行くか。

よし!

出不精の重い腰を上げて、外に出る。特に桜や花見が好きなわけではないが。

桜は、一期一会。その時のものだなあと思う。どんなシチュエーションで桜を見られるかは、人生の、その年の、自分の状況による。

桜を見ない年もある。

桜、桜とうるさいなと、自分には関係ないなと、思う年もある。じっくりとお花見を楽しめる年もある。いろいろだ。

「マンガ ENGLISH」の動画を聞きながらトコトコと歩いて、軽く疲れた頃、目黒川に出た。

人がいる。中目黒駅あたりはすごい人らしいけど、このあたりはまだ少ない。

私の好きなあの公園に向かう。

ちょっと変わってた。

まだ春浅いせいか、あまり草木が茂ってない。つんつるてんだ。すっきりしてる。

家族連れやカップルがあちらこちらで敷物を敷いてお花見してる。

花もまだそれほど咲いてないけど、木の枝やいくつかの花の写真を撮る。

一周して、また桜の下を歩いて帰る。


サコから「晩ごはん、いらないかも」とラインが。

「オッケー」と返事する。

2重にうれしい。夕食の準備が簡単でいいということと、だれかと楽しく過ごしてるのかもと思えて。私も気分よく、ワインを買って帰る。

ポテチとナッツをつまみながら、テレビをつけて飲む。テレビ。壊れてないテレビ。


アメリカのシリア空爆とか、桜、白ワイン。

いろいろなことがある。

一生の中の、喜びと悲しみの分量は同じ。

しあわせと苦しみの分量は同じ。

というのは私の持論だけど。

今の私は、淡々と毎日を過ごしている。ものすごく楽しい、という気分を遠くに置いて。たまに脳裏によみがえるその気分をまた味わうことがあるかはわからない。

でも少なくとも今は、淡々と過ごしている。

日々、貯金しているような気持ちだ。

この貯金、いつかまとめて下ろす時が来るのか。あるいはすでにもう使ってしまい、その借りを返しているのか。


うす淡い霞《かすみ》がかった川面《かわも》。

きれいな水辺。

そんなものを思うと、とりあえず心は落ち着く。

静かに落ち着く。


それでいいか。

それでいいや。

4月8日（土）

プールで自由に動く。

ちょっと泳いで、体が動くのにまかせて水中ストレッチをしたり、浮かんだり、犬かき、体のばし、浮かんで、またストレッチ、またちょっと泳いで、また浮かぶ、ストレッチ、階段状になってるところでねじりのポーズ、平泳ぎ5かき、ぷかぷか、と気の向くままに。

これがいちばん私には合ってる。この4年の運動期間の到達点かもしれない。

原生動物ムーブ。


夕方、たこ先生の「魂を磨く会」という会へ。テキストになる本を読んだけど、何をするのかよくわからないまま教室へ。20名ほどの方がいた。みなさん静かに、思い思いの姿で始まるのを待っている。男女比は半々ぐらい。

Sちゃんもいて、「こんにちは」と声をかけてくれた。

たこ先生がいつものつるつるしたオレンジ色のインドの民族衣装（？）を着て出てこられた。最初に質疑応答。あまり質問する人がいなくて、それでも3名ほどの方が質問をした。私の知らない専門用語を使っていたので意味がわからなかった。

それから両手を使って印を5つ作り、それを順番に繰り返す練習。

各自の指の組み方で2グループに分かれ、ひとり10回ずつ声に出して唱え、ひと回りするとのこと。

ひゃー。グループワークは苦手。いや、はっきり言うと嫌い。習うのは大人数でもいいんだけど、練習はひとりでマイペースでやりたい。

形をすぐに覚えられず、焦る。だんだん私の番が近づいてくる。

学校時代を思い出す。

私は冷や汗をかきながら、途中一度わからなくなったりしながら、みんなの前で10回唱えた。右隣の男性は私よりもたどたどしく間違えながらやっていて気の毒だった。

次に、聞こえない音を聞く、という瞑想《めいそう》。うす暗くして、自由な格好で、耳をふさいで、聞こえてくる音を聞く、というの。私は寝ころんで聞いたけど、途中で耳をふさぐ両腕が痛くなり、休み休みふさぐ。最後にまた質疑応答があって、1時間半の会が終了。

疲れた…。

駅までSちゃんと話しながら帰る。

Sちゃんは今日の午前中、ランニング教室に行ってきたという。かなりの運動派だ。私はさっきの、「学校を思い出した。やっぱり習うのはもういいかなあ」という。

先生の本を読んだら、修行も、なにごとも「必然性があるかどうかが大事」と書いてあった。私もそう思う。熱心な修行をする人たちは、どうしてもそうしたいからしてるんだろう。あそこにいた人たちは学んだり研鑽《けんさん》することが好きなんだ。ムーラバンダ、100万回とかって言うし（ムーラバンダっていうのは、肛門《こうもん》をすぼめたり緩めたりすることで、寿命を延ばす効果があるそう)。

私はやはり、我が道を行く、だなあ。どんなにいい先生でも先生は先生で、生徒は生徒。生徒になったら生徒の道だ。

私は瞑想と呼吸法を知りたいと思っていた。好きだったら自然と学びたくなるはず。今日やってワクワクしたり、心が踊ったり、やりたくてたまらなくなったら次もやろうと。でも特に学び続けたいとは思わなかったわ…。

今回、先生の本を(結局)8冊も読んだから少しわかったし、もういいかな。先生の日々の食事のことや末期がんになったらインドに旅に出てそこで死ぬ、とかいういろいろな考え方もわかった。

さまざまな職業がある中で、修行したり祈りを捧《ささ》げたりする生き方も世界には存在する、と書いてあり、私の職業はやっぱり、本を作る、だと思った。本を作るのがいちばん好きだし、なんというか、そのままだから。


夜、カーカがやって来た。映画見ようかとか、いろいろたらたら話す。

カーカが腹筋を4回ぐらいやってやめたのを見て、「これやったら?」と「シックスパッド」をポンと投げ渡したら、「あれっ!」と驚きと喜びの目。欲しかったのだそう。

さっそくつけてあげる。ビーンビーン。

「痛っ！　アハハ～」

最近、急激に体重が増加したというカーカ。私よりもあるらしい。確かにはちきれんばかりに見える。ぎっちりと身が詰まった活《い》きのいいマグロのようだ。円筒形というのか、奥行きがある。こたつに寝ころんでる顔をこっちから見ると、あごと首のところがナンシー関《せき》を思い出させた。

「でもこれで頑張る！　カーカのためのものがあったわ。今月一番いいことだわ。今年かもしれん」と興奮気味。

「そう。よかった。先輩にプレゼントしようかなと思ってたけど。まずカーカの効果を見て、もし痩《や》せたらママも再トライしよう。でもママは脂肪が厚いから難しいかも…」

そう思って挫折《ざせつ》した気がする。効果を感じられず。５センチぐらいあるんだもん。

「よかった～」と喜んでバッグにしまってるカーカ。

ついでにリファの顔痩せローラーもあげた。前に使ったら顔の皮膚が灰色に変色したからもう使ってなかったのだ。金属が私の皮膚に合わなかったみたいで（そうなって逆にホッとしたわ。もうしなくていいから）。

うれしそうにコロコロしてるカーカ。コロコロしているコロコロしたカーカ。

ねころんでる あごと首が…

4月9日（日）

昨日は、サコは学校の合宿でお泊り。お台場《だいば》のホテルなんて、いいんだ。

私は今日からなごちんと大好きな瞑想温泉へ。お天気は雨だけど温泉には特に関係ない。かえってしっとりとして静かで情緒があっていい。雨の1泊温泉旅行は大好き。


カーカがゆっくり起きてきた。

昨夜から熱心に友だち20名で行うバーベキューパーティの計画を立てている。会費を最初2千円としたけど、それでは安すぎると言われて（私も言って）、3千円に変更。飲み物の種類と数をあれこれシミュレーションしながら考えて決定し、注文する。

そして、「あ!」と思い出したようで、「シックスパッド」を始めた。「痛い〜」なんて言いながら。調べてくれたんだけどやはり皮下脂肪が多い人は効果が出るのが遅いのだとか。

「遅いって…。じゃあ、遅いけどいつかは効果が出るの？　だったらママもやろうかな」

「うん」

「でもそんなのでつけた筋肉ってすぐに消えそうだね。でもそれをきっかけにすればいいのか。筋肉を目覚めさせる起爆剤にね」

「そうそう」

引き続きバーベキューの段取りを考え中のカーカに、「行ってくるね」と言って東京駅へ。いつものように「峠の釜《かま》めし」を買う。日曜なので人が多い。寄り道せずにさっさと買った。

新幹線の席のチョイスを間違えた。2階建て車両の1階を予約していた。知らなかった…。外が何にも見えない。駅では目線がホームと同じ高さなので、なんか息苦しい。席も壁に向かういちばん前だし（これは自分で選んだのだが）。隣は空席なのでそれはよかった。息を止めるようにして、急ぎ気味に「峠の釜めし」を食べる。

途中、高崎《たかさき》あたりでは晴れていて青空も見える。暑いほど。

が、越後湯沢《えちごゆざわ》では雪が見える。山の上はまだ雪なんだ〜。

そして、浦佐《うらさ》の駅で降りたのだが、まるで吹雪かと思うほど。空気が冷たくて、雨も降っている。改札でなごちんと合流した。

タクシーで宿へ向かう。途中の景色が墨絵のよう。白と黒の世界。地面や山すそに白く霞《かすみ》がかかって美しい。

瞑想《めいそう》温泉に到着。まわりにはまだ雪が積もってる。いつもながら静かでひっそりとしている。とても落ち着く。部屋のこたつで芋けんぴをおいしく食べながらしばしくつろぐ。細いので、「きんぴらごぼうにしか見えない」となごちん。

ぬるい温泉にゆっくりとつかる。

夕食は地元の野菜中心でおいしく、食べ終えても苦しくないのがうれしい。夕食後、私はまた温泉へ。ヨガのことをまた考える。

ヨガというのは「体を使う技」みたいだな。

呼吸法も瞑想も、体を使う。アーサナというあのポーズも体だ。まるで体育会系のスポーツみたいだ。だからテクニックを教わって、練習、練習、なんだな。

そうだな。スポーツだ。瞑想も。昨日はもう教わるのはいいやと思ったけど、ゴールデンウィークにある単発のヨガと呼吸法のレッスンは出てみようかなと、また思い直した。

4月10日（月）

朝ぶろに入って、8時に朝食。

静かにゆっくり食べる。

なごちんにヨガのことやたこ先生のことをあれこれ話してたら（先生の生き方3原

則。１、法を破らない　２、他人に迷惑をかけない　３、すべてを愉しむ）、急に興味を覚えたらしく、「私も無料体験に行ってみようかな…」と言いだした。

「あら！　じゃあ、その時私も行こうかな」

今度一緒に行くことにした。

「近くにおいしいと評判の立ち食いうどんのお店があって、ひとりでは行きにくかったから終わってから行こうよ」

「行きたい、行きたい」

むー。それも楽しみ。

帰りの乗り換えの駅（小出《こいで》駅）で電車を待ちながら立ち話。

「瞑想ってね。頭の中にいろんな想念が湧《わ》いてくるけど、それはいいんだって。どんな偉い人でも湧くんだって。でも湧いてきた考えにこたえずに、流すんだって。たとえば、今日の夜何をたべようかな、って思った時、それにこたえて、サンマでも焼こうかな、って思ったらだめで、考えをそこで止めて、今こういうことを考えたなって思う。次に、足がかゆいな、って思ったら、今度はそれもただそれだけにして、次に行くんだって。そうすることはテクニックだし、練習すればできるようになるでしょ？　気づくのが大事なんだって。いつも何を考えてるかに気づくこと。それが大事って」

「そうか！　テクニックなんだね」

「そう。そうしたら、いつもいろいろぐるぐると嫌なことを考えて無意識に負のスパイラルにおちいる、あれを止められるんじゃない？」

「いいね。そうなりたい」

そのテクニックを使って日常生活を平常心で送れるようになれたらいいなと思う。


越後湯沢の駅で、カタクリやアマなんとかって山菜を買う。アマなんとか、「私はバター醤油《じょうゆ》で炒《いた》めるの」と売り場の女性が教えてくれた。欲しかった海老《えび》の味噌汁《みそしる》の素を見つけたので買う（同じ商品ではなかったけど）。

通路のところにある売店を見て、「前にここでカーカと豚汁買って新幹線の中で食べたんだよ」と言いながら近づく。蒸した草団子があった。生で、土産物売り場の箱入りのとは全然違うというので2個買う。それから五平餅《ごへいもち》もあった。ここのはおいしそう…。味噌味のをひとつ買う。地ビールもあった。まだしばらく時間があったので、2つ買ってベンチで飲むことにした。売り場のおじさんとおばさんが親切だった。

どれもおいしく、草団子はものすごくよく伸びて、五平餅ももちもち。やはり米どころ、お米がおいしいからお団子もおせんべいも味噌もおいしい。

新幹線の中では眠くてコクリコクリ。

今度は2階席だったので外がよく見える。大宮《おおみや》あたりは桜が満開。ふわふわの薄ピンクのもこもこがあちこちに。きれいだ。あたたかくやさしい春の色。

冬と春。ふたつの季節を二日で往復した気分。じゃあね、って別れてから思い出したけど、「おふろの王様」にもついでに行きたいな。


山手線《やまのて》に乗って帰る。座席に座ってたら、品川《しながわ》駅で、どこの国の人かわからないけど小さなスーツケースをひいたカップルが乗ってきた。彼女の方が私の隣に座った。彼はその前に立っている。携帯で何かを調べて、きょろきょろしながら話してる言葉が聞こえてきた。タイの人かもしれない。次の駅で私は降りる。そして着く直前に体勢を整える。床に置いた荷物の取っ手をきゅっとつかんだ私。そして隣の彼女の方を見た。彼女も私を見た。

そして彼女が先にうなずいた。私もうなずく。目と目で交わしたその言葉は、
私「次で降りるから、彼、ここに座れば？」

彼女「わかった」

お互いにニコリともせず、私は席を立つ。心で分かるなら言葉はいらない。気持ちが通じてうれしく思う。

家に帰ってしばらくしたら、サコが帰って来た。

「合宿どうだった？」

「ああ。けっこうおもしろかったよ」

実際のアパレルの企業とタイアップして、新しい販売戦略をグループごとに競い合って考えたのだとか。

「ホテルはどうだった？　2人部屋？」

「3人」

「ごはんは？」

「ほぼお弁当。朝はバイキングだったけど品数は少なめ」

なーんだ。じゃあうらやましくないわ。

サコ、なんか落ち着いてる。もう自分でやっていく感じ。滑走路から飛び立ったね。

入学式で隣に座ったあの男の子がグループ分けも部屋割りも偶然、一緒だったそう。

「あら。縁があったりして。ちょっとチャラいって子だよね？」

「いや、そうでもなかった」

5人グループで、女子2人はどちらも頭がよさそうだったって。ひとりは帰国子女で、ひとりは中学時代を海外で暮らしていたという。

なんかみんなイキイキしてて、目的意識がはっきりしてそう…。

「いろんな人がいて刺激を受けそうでいいね」


夜は、帰りに東京駅の駅弁屋「祭」で買って来た駅弁5個で駅弁祭り。うに、いくらと鮭、鶏めし、牛タンと明太子、米沢牛《よねざわぎゅう》焼き肉から、まず3つ食べた。アマなんとかをバター醤油で炒めたらすごくおいしかった。カタクリもさっと茹《ゆ》でて、海老の即席味噌汁と食べる。

4月11日（火）

朝は昨日の残りのお弁当2個を二つに分けて温める。もう家で駅弁はいいかな。

今日は寒い。9度だって。

プールで軽くストレッチ。今日からもうスタジオには出ず、自由な時間に来てフリースタイルで運動することにした。春になって外出も増えるし、これからは仕事もするので、時間も短めに効率的に運動したい。

私の水着入れは、黄緑色のチェック模様のどこにでもあるビニール袋。

とりあえず家にあった袋をずっと使っていて、いつのまにかもうボロボロ。穴も開いている。何回も脱衣所の棚に忘れて、朝、「すみません。水着の忘れ物がありませんでしたか?」と受付でたずね、「干しておきました」と水着と共に手渡された袋。とても長く重宝していたこの袋もそろそろ限界だ。似たような大きさの、また探そう。長いことありがとう、黄緑色のビニール袋。

なごちんから、あのアマなんとか、バター醤油で炒めたら家族みんながおいしいおいしいと言って食べた、なんて名前だったっけ? とラインが来たので調べたけどわからなかった。アマなんとかじゃなかったかも。

テレビのチャンネルを替えながら、「おしゃべりクッキング」の上沼恵美子《かみぬまえみこ》の声がちらっと耳に入ると、いつもチャンネルを止めてしばらく見入ってしまう。ひとことでも笑えたり、唸《うな》ったり。上沼恵美子が発する言葉はいつも真剣に聞く。

桜について。

なんでみんな3月になると、桜はいつか、桜はまだか、桜が咲いた、雨が降った、風が吹いた、桜が散った、と大騒ぎするのだろうと考えた。日本中でニュースもワイドショーも日々の挨拶《あいさつ》も3月~4月にかけてはその話題ばかり。

そして思ったのが、季節の風物詩で、全国共通で、年度の変わり目で、寒い冬が終わって暖かい春がくるという、その象徴みたいなものだからかなあと。

4月にいろんなことが変わって、多くの人が仕事や学校や住む場所が変わるし、季節の風物詩で考えてもそれ以外だったら、梅雨の紫陽花《あじさい》、台風、秋の紅葉、冬の雪、などがあるけど、どれもあまりみんなが喜ばないものだ。秋の紅葉はきれいだけど、桜のように一種類じゃないし、時間の幅も広い。やはり日本人の桜に対する思いは特別だと思う。


芸能人の不倫報道について。

結婚と恋愛は両立しない、ってことがそもそものベースにある。

既婚者でも、魅力があって、お金があって（特に男性の場合）、人と会う機会が多くて、性欲もあったら、恋愛をしないことの方が難しいと思う。そうじゃなかったら難しくはない。

結婚と恋愛は完全に違う種類の人間関係なので、そこをどうするかは各自の考え方によると思う。結婚したらもう絶対に不倫はしない、と決めた人はそうするだろうし、結婚しても好きになったらつき合おうと思う人はそうするだろう。

結婚後の恋愛の取り扱い方は、結婚に何を求めて、何を大事にするかというその人の考え方によると思う。

4月12日（水）

お天気は、昨日とはうって変わって暖かい。

今日もジムはショートバージョン。来てから帰るまでを2時間ぐらいにおさめたい。

プールに私と（2時間レーンを独占する）おじいさんだけの時間があり、静かにゆらゆら動く。

水の中に浸《つ》かって20分ぐらいすると、体と水が一体化して、どこが体と水の境目なのかわからなくなる。そうなったらとても気持ちいいので水から出たくなくなる。

おにぎり先生のクラスが始まり、流れるクラシック音楽を聞きながら、体中を縦横無尽にのばす。帰りに廊下で先輩に会ったので、明日、「スーパー浮世絵展」を見に行く約束の時間を再確認する。

買い物して（ぶりの照り焼きにしよう）、家に帰る。

お昼ご飯を食べて、うとうと昼寝していたら、今日は2時間だけだったというサコも帰って来た。

「フライパンあたためて食べて」

キャベツとアンチョビ炒《いた》めを作っておいた。

とけるチーズを入れてあたためてる。そして、お皿に移したあと、火を消すのを忘れてる。なんかいい匂いがすると思ったら。


双眼鏡であの庭を見る。

どんどん完成に近づいている。土だったところに芝が張られ、木のまわりの花壇の花も根づいて。お披露目は4月29日のゴールデンウィーク初日らしい。たくさんの家族連れが来るんだろうなあ。なんか見守る心よ。


女性で、一見素敵で、感じがよく、でしゃばらず、人あたりもいいんだけど、しばらくつきあっていると、なんだかもやもやとした気持ちになり、どんどん好きじゃなくなっていく人がいた。

言うことがポジティブで、本当にすごく前向きないい人だと思ったんだけど、そのポジティブさって傲慢《ごうまん》さとプライドの高さなんだと、やがて思うようになった。だれに対しても基本、上から目線というのか。おごり高ぶっている人ってこういう人なんだなあと思った。でも見た目はさわやかで控え目なので、私は密《ひそ》かに腹立つことが多かったわ。

夜。サコとメルカリ初体験！

カーカが置いていった新品の「ヨナナス」。うちではだれも使わないので出品してみた。出品はとても簡単だった。おもしろい。他に何か出すものないかなとあちこち探す。サコがゲーセンで獲得したぬいぐるみをいっぱい持ってきた。

4月13日（木）

今日はお出かけ。

先輩おすすめの「スーパー浮世絵展」。11時現地待ち合わせ。

その前に近くの日本橋髙島屋へ寄って菜箸《さいばし》を買う予定。きっちり分刻みの予定を立てて、10時20分に髙島屋に着いた。そしたら、まだ開店してなかった。ガクリ。10時半からだって。正面入り口前で30〜40人ぐらいの人が開くのを待っている。

開店時間を調べてくればよかった。菜箸を買った後に地下のお菓子売り場を見たいと思っていたのにそんな時間はなさそう。

しょうがないのでぶらぶらと歩き、花びらが散って葉桜になりかけてるくすんだような桜並木をチラと見て戻る。みんながいる正面の扉のすぐ近くに進んで待っていると、きれいにお化粧した女性が3人来て扉を開け、中のひとりが3分前の説明というのを始めた。

最後に、「それでは本日の薔薇《ばら》をご紹介いたします」と言いながらどこに持っていたのか突然、銀の一輪挿しにさされた赤い薔薇の花を高く掲げ、その薔薇の名前を教えてくれた。

あら、素敵。

ぽーっとその薔薇を見つめる。それからまた扉が閉まり、ちょうど10時半にふたたび開いた。「いらっしゃいませ」の声に包まれながら「有次」の菜箸に向かう。
確か、8階かな。8階では催し物が開かれていた。熊本の物産展みたいなの。
「カステラの切り落としはこちらです」の声が響く。

8階ではなかったよう。7階だった。階段で7階に降りると、そこは食器売り場。クルクル回って「有次」を探す。見つからない。降参だ。近くの売り場の方に場所をたずねたら、なんと！　先月いっぱいで閉店したとのこと。今はもう京都でしか買えないのだそう。

ガーン。

ずっと楽しみにしていたのに。近づくと逃げる逃げ水のようだ。また遠くに行ってしまった。遠くで涼しく光ってる。

ガクリと肩を落として浮世絵の会場へ。歩いて行けるところ。

トコトコ歩く。

あったここだ。普通のビルだった。浮世絵には興味はないけど…、どういうものなのだろうか。ちょっと早く着いたのでショップをのぞく。かわいらしいものが並んでる。歩いたので汗びっしょりだ。入り口の方をちょこちょこ見ていたら先輩が来た！

急いで近づく。にこにこと。

当日券売り場でチケットを買う。浮世絵のデジタルアートと、見て食べる体験型デジタルアートのレストラン（私はこのレストランの食べ物の方に興味があった）両方で3400円（おいなりさん1個付き）。高い…と驚く先輩と私。

まずは浮世絵のアートから。係の人はみんな若く、学生のアルバイトみたいに感じた。部屋に1歩足を踏み入れた私の感想は、「学校の文化祭みたい」。

いくつもの部屋があったけど、どの部屋でも、切り取られた浮世絵の中の人物や魚や波などの絵柄がデジタル画面の中で動いているだけだった。1ミリも興味なし。人も少なく、さっさと進む。階段が多いので注意、注意。せめてケガしないように。次の部屋に入るたびに椅子に腰かけて汗をハンドタオルで拭《ふ》く。汗を拭くのにちょうどいい時間だった。

憮然《ぶぜん》とした気持ちになって出て、次は食に関する「不思議なレストラン展」。お腹が空《す》いてるので今は食べるのだけが楽しみ。おいしい出汁《だし》やお米、稲庭《いなにわ》うどんなど厳選された素材を使って日本の超一流の料理人が監修しているとパンフレットに書いてある。

食のデジタルアートはさっきの浮世絵のアートよりはよかった。一部屋だけとてもきれいな部屋があって、そこは大きな暗い部屋で、四季の変化が提灯《ちょうちん》と画像を使って表現されていた。でも別に見なかったら見なくてもいい、って感じでもあったが。

最後がお楽しみのレストラン。

そこは、「大学の文化祭のバックヤード」みたいだった。ガランとした空間で、窓がなく、セルフサービスなのだけど係の人の説明がわかりづらく、発酵漬物5種と日本酒のセットを注文したけど日本酒が出て来なくて催促したり、うどんも時間がかかった。細かくいうともっといろいろあったんだけど、とりあえずお盆を持って、日本酒をこぼさないようにヨチヨチ歩いて、隣の広い部屋に移動する。そこも窓がなく、青い紙が巻かれた照明の色も落ち着かない。客は数人。

企業の珈琲《コーヒー》飲料とタイアップしているようで、その飲み物のCMが大きな画面にエンドレスで流れ続けていて軽い拷問のようだった。前にどこかの歯医者さんの待合室で、ずっと歯の病気と治療のVTRが流れ続けていて気分が悪くなったことがあったんだけど、それを思い出した。いそいで食べて、出る。

逃げるように建物の外に出て、10メートルほど進んでから、やっと呼吸ができた。

先輩が「ごめんね」と謝っている。

「10年ぐらい、チクチク言える」

「ああ〜」

このあと人形町《にんぎょうちょう》の方に散歩しようという計画だったのでそちらへと進む。散歩はいい。すぐ近くに東京証券取引所があるから見学しない？　と先輩が言うので行く。

新しくなったビル。

ほう、ここか。ちょっと気分があがる。

ドアも重々しい。ちょっと緊張する。

手荷物検査を受けて、タグをつけて中に入る。お昼時で人はいない。

でもテレビでよく見るあの株価がクルクルまわる電光掲示板を見た時はとても興奮したので、記念写真を撮ってもらう。カンカン叩《たた》かれる鐘もあった。

それから近くにある兜《かぶと》神社にお参りする。

「このあいだ証券会社の女の子に勧められて公開直前に『スシロー』の株を買ったけど上がらなかった」と話したら、「『スシロー』の株が上がりますように」と先輩が祈ってくれた。

「スシロー」の3000円の株主優待券をサコにあげようと思ったばかりに…。

私もおとなしく手を合わせる。損しない程度にあがったらすぐ売ろう…。でも長い目で、と言ってたっけ。

「証券取引所がよかったから5年に縮まったよ」と言ったら先輩が嬉《うれ》しそうだった。

でも「まだ5年もあるの？」とつぶやいてた。


人形町は先輩が昔からよく行っている町だそうで、いろんなお店を知っている。

いつも買う佃煮《つくだに》屋さん、たい焼き、お寿司、お茶、煮豆、「魚久《うおきゅう》」。

「親子丼屋さんは私も知ってる」と私。「ずっと前に並んで食べたけど、落ち着かなかった。並んで食べるところってゆっくりできないよね。外で人が待ってるかと思うと」

お茶屋さんでほうじ茶と、迷ったすえに桜入り日本茶も買う。

これから浜町《はまちょう》の公園に行って桜を見る。

「コーラフロートを飲みたい。桜を見てから静かな喫茶店で休もうよ」と私。

「休みましょう。コーヒーを飲みたいわ」と先輩。けっこう歩いた。

公園の桜は、散っているもの、咲いているもの、色もさまざまできれいだった。特に、風が吹いて花びらがチラチラチラチラ無数に舞い降りてきた瞬間があって、その時がいちばん美しく、写真を撮ろうと思ったら、もう風が止まってた。しばらく待ったけど、もうあんなふうには吹いてこなかった。

隣の小さな公園のしだれ桜もきれいだった。黄緑色の葉っぱが出ていて、やわらかな和菓子のようだった。

「コーラフロート、コーラフロート。のどがカラカラ。もうまず自販機で水を買おう。喫茶店、どこにあるかな」

さっきの人形町にはコーラフロートがありそうな昔ながらの喫茶店があったけど、このあたりにはないみたい。スマホで探したら、近くに「茶房もり」とかっていうお店がある。

「先輩、『茶房もり』っていうしみじみした名前のお店がありますよ！　コーラフロートがありそうじゃないですか？」

そこへ行ったら、お休みだった（「茶房もり」じゃなくて「茶房やま」だった）。

ガクリ。

「どうしますか？　次に行きたいのは清澄《きよすみ》庭園なんですけど、歩くか、タクシーか、電車か」

「歩いても近いんじゃない？」

「そうですね。歩きますか。私は大丈夫」

「私も」


隅田川を渡る。近かった。15分ぐらい。

清澄公園を通って行く。イチョウの新芽が出て来る様子を見て、先輩が「初めてみた！」と驚いていた。クリスマスの電飾のようなとげとげの先から一気に数枚の若芽がもりっと飛び出してくる感じだった。

そこで私は清澄庭園の入り口を間違ってしまった。すぐ近くだったのに反対側に進んでしまい、ぐるりと外を一周。1キロぐらいあったか。

足も疲れ、のどもカラカラ。

「すみません！　3年引いて2年にします」

「まだ2年あるの？」

ヨロヨロしながら中へ入り、まず自販機で水を買う。水がなかったのでお茶にした。ゴクゴクと一気に半分ほど飲んだ。

池の周りを一周したのだが、この庭園には桜はあまりない。でも池の真ん中の島に1本だけ大きな白い桜が咲いていて、それが見事だった。ベンチに腰かけてしばらく眺める。和風の庭石がたくさん。絵になるアオサギと亀。落ち着いた重厚な庭園だが、あまり魅力を感じない。先輩も「もう（来なくて）いい」と言っていた。

近くの深川江戸《ふかがわえど》資料館に気乗りしない先輩を連れて行く。前に来ておもしろかったから。でも今回は特にどうってことなかった。小唄《こうた》謡の人も出てなくて、驚きもない。

つるっと見て、また喫茶店を探す。

ない。どうしよう…。

「門前仲町まで行って、そこで探しましょうか」

都バスが通っていたので飛び乗る。よかった。歩くと結構あったから。

門前仲町でまた喫茶店を探したけど、わからず、グーグルマップで調べたカフェに入る。小さなカフェで、長居できない感じ。

カフェラテを飲みながら、これから行く居酒屋を探す。前に門前仲町には安くておいしい居酒屋が多いと聞いていたので。いくつか見て、評判のいいカウンター10席ほどの小さなお店に決めた。どれも安くておいしいと口コミに書いてある。

歩いて、探す。5時開店で、今、5時。まだ開いたばかりでだれもいない。ひとり入り口近くで店主の知人らしい女の子がビールを飲んでいる。

「ふたり入れますか？」と聞いたら、愛想のないお兄ちゃんが「いいですよ。奥に」と。奥に進んで荷物をカウンター下の棚に入れる。

飲み物を聞かれたので生ビールを頼んで、メニューを眺める。

いろいろあるなあ。あれこれ頼みたい。赤貝、鰯《いわし》の酢じめ、チキン南蛮、カラスミ大根、焼き空豆、お浸し、鶏《とり》の塩焼き、牛タンカレー…。迷うわ。

飲み物はすぐに出てきたので乾杯する。人が増えないうちに注文しようと思い、気難しそうな店主だったので、できるだけ大きな声ではっきり言わなきゃと、いつになく大きな声で「すみません。いいですか？」と聞いたら、「お通しができてから。順番に聞きます」とぴしっと言われる。

ビクン。そういうお店なんだ。なんかルールがあるんだ。ここ独特の。

先輩の方をそっと見ると、苦々しそうな顔をしている。

「なんか、ルールがあるんですね」と双方に気を遣う私。

「そうは言っても客商売だから。私はこういう性格だから喧嘩《けんか》して飛び出しちゃうかも」

「抑えてくださいね！」

「大丈夫」

私はドキドキ、緊張で苦しい。だんだん人も入って来た。先輩はすきっ腹に飲むと酔うからと、ひと口も飲んでない。私はビールを飲み続ける。どうやってうまくここから帰ろうかと、そればかりを考えながら。

先輩がまな板をのぞいて、「玉子切ってる」。

「早々に切り上げましょうね」とそっと耳打ちする。

うなずく先輩。

しばらくしてやっとお通しが出てきた。

うなぎ2切れと煮玉子。

おいしい。

しばらくして、「はい」と注文を聞いてきた。

「赤貝の刺身と、鰯の酢じめをお願いします」

と、結局、最小限だけ注文した。ふたつだけ食べてすぐに出よう。

カウンターはいつの間にかいっぱいになってる。目の前のコンロに火がついてとても暑い。奥の2席はとても暑い席だったんだ。

しばらくして、鰯の酢じめがでてきた。おいしい。量もたっぷり。

先輩も「おいしいわね。私は好き」と味を認めてる。

私はつけ合せの細切り大根や三つ葉、玉ねぎがまざったツマがおいしくて驚く。

「このツマ、妙においしい。こんなにおいしい刺身のツマは初めてかも。大根も玉ねぎも甘くてシャキシャキしてる。やっぱりここはおいしいお店なんですね」

ちょっと見直した私は、もしかすると全部おいしいのかも、だとしたら味を経験したい、と興味がわいてきた。他のも注文しようか…と熱心にメニューを読む。その様子を見て、「ここに腰を落ち着ける？」と先輩が聞く。

「うーん。それでもいい」

でも、やっぱり落ち着かないのは嫌だなあ。

「やっぱりこれだけにして出ましょう」

すると、うれしそうにうなずく先輩。

「食べ物屋に何を求めるか、ですよね。安くておいしい、よりもやっぱりもう今となっては居心地の良さを求めたいですね」

「そうよ」

赤貝が来た。こちらはまあまあ。もっとコリコリしててほしい。でも色鮮やかで値段からしたらいいほうだ。家の近くのスーパーの赤貝のお刺身は小さくて色も薄くてペタンとしてるもん。

生ビールのお代りを頼む。すぐきた。よく冷えてておいしい。

全部食べたので、出ることにする。店内はいつのまにか大盛況。みなさんすっかりいい気分になってる。お会計は３１５０円。ホントに安いわ。

「どうやって出るかよね」と先輩が言うので横を見ると、壁が全員の背もたれになっている。つまり通路は０センチ。

うう、と思ったけど、「すみません～」と声をかけたらみなさんサッと前傾して通路を開けてくれた。外に出たら、ものすごい解放感。本日2度目のこの感じ。

「先輩～。０年です。もう貸し、なしです」

時間を見るとまだ7時前。ハラハラしたけどおもしろかった。

やはり私たちのジムのあるなじみの街へ移動して口直ししよう、と地下鉄の駅をめざす。そこへ！

メルカリから「『ヨナナス』、購入されました」の一報が！

ヤッタアー！

大興奮。さっそくサコにも知らせる。

なじみの駅で降りて、もうどこでもいいとばかりに、駅ビルのオーガニックイタリアンみたいなお店に入る。とりあえずここは注文時のルールもなく、何にも言われないだろうから。店員はとても若い男の子だった。

アヒージョとパスタをひとつずつ注文してふたりで分けることにした。

すると出てきたパスタは注文したものとは違った。男の子が間違えたみたい。

伝票を見ると、すでに伝票から間違ってる。私が頼んだのは店頭に写真が出てたパスタ（アスパラとホタルイカのなんたら）。来たのはとろろとなんとかのねばねばしたパスタ。でももういいや〜とそれを食べる。味も別にうまくもない。

アハハ。

先輩と今日一日をしみじみと振り返る。

「なにはともあれ充実してましたね！　また花を見たりしに行きましょう〜」

家に帰ったら9時半。サコはまだ帰ってない。今日は遅くなると言ってたな。

メルカリ。配達の準備をしなきゃ。私は責任感でとても緊張し、もう、今すぐにやろうと思う。ネットでファミマの宅配に苦労しながら登録し、パッキングをして、すぐに持って行く。

やった。無事にブツが手を離れた…。

最終的にこちらに入るお金は900円ぐらいか。なんかすごく疲れた。もうこういうのはいいやという気分。ガックリ疲れて就寝。

4月14日（金）

朝食を食べながらいろいろ考える。

「有次」の菜箸《さいばし》。私のお箸の持ち方は正しくなくエンピツ握り。なので小さなものを太いお箸ではつかめない。だからお箸は細いのが好き。菜箸もそういう理由で、とても細いという「有次」の菜箸がほしかったのだ。

ずっと前に「有次」で買った大根おろし。もう目が擦り減ってしまい、よく擦れなくなった。目立て直しをしてくれるそうなのでいつか頼もうと思いながらそのまま。あれを直してもらうついでに菜箸も一緒に買えないだろうか。聞いてみようか。

昨日の高島屋で食器売り場をウロウロしてた時、妙に心惹《こころひ》かれる食器があった。近づいてよく見ると、宮内庁なんたらと書いてある。やはり。いいものなんだ。山の絵が描かれてたあの食器、気になる。

調べました。「深川製磁《ふかがわせいじ》」の富士山《ふじさん》と蕨《わらび》が描かれた器。こっくりとしていて、いい感じ。でも何を入れたらいいんだろう。煮物、お浸し、ポテトサラダかな。

4月15日（土）

昨日の器、通販で買ってしまった。毎日使おう。

黒柳《くろやなぎ》徹子の特番でディーン・フジオカを見る。眉毛《まゆげ》のあたりに品がある。いろんな人のいいところを集めたような顔だ。奥さんの顔も好き。チャン・ツィイーに感じが似ていると思った。

栗原《くりはら》はるみの料理番組を見る。ポテトサラダと串《くし》カツ。この人は性格がヘラヘラしていておもしろい。大らかな人なのだろう。そしてこの人の料理は本当に簡単でおいしい。


サコが北朝鮮がミサイルを発射して戦争が始まるかも、と怖がっている。地下に逃げるんだって、と教えてくれた。

「地下も怖いんじゃない？　くずれたら」


プールに行ってストレッチ。今日は人が少ない。外のジャグジーで温まっていたら、桜の花びらが1枚、浮かんでる。近くに桜の木はないのに。飛んできたんだ。遠くから風に乗って。

夜は渋谷で大澤誉志幸《おおさわよしゆき》さんの35周年記念ライブ。ライブなどの催し物は、じっとしてるのが苦手なので敬遠しているのだが、昨日、プロデューサーのキーちゃんも来ると聞いたので行くことにした。とても久しぶり。

行ってきました。

行ってよかった。聞きながらいろんなことを思い出し、考え、反省し、わかったこともあった。しみじみと。あるいはハッと。

大澤さんは変わらず、飾らない人柄の良さと歌の好きさがにじみ出ているライブだった。ゲスト出演された山下久美子《やましたくみこ》さんに終わって挨拶《あいさつ》できたのがよかった。昔、歌詞を書いたことがあったのに一度もお会いしたことがなかった。その歌を今日、直接聞けたことがうれしかったので、「歌を聞けてうれしかったです」とお礼を伝える。

そのあと、キーちゃんと当時のスタッフの松田《まつだ》さんと3人で軽く食事する。土曜の渋谷だからね。どこでもいいけど静かなところがいい。

キーちゃんがずっと昔、何十年も前に来たことがあるという近くの和食屋さんに行ったら新しいビルに建て替わっていて、最上階にその店が入っていた。ずっと昔、海《え》老《び》の焼いたのがおいしかったというのでそれを頼む。いろいろ思い出しながら話すのはとても楽しかった。キーちゃんとももうめったに会うことがなくなってしまった。私が音楽の仕事から遠ざかったからなあ。

4月16日（日）

今日は宮崎に帰る日。今年は家のメンテナンスの年。

昨日は家に帰ってから、ちょっと飲み足りなかったのでひとりでシャンパンのハーフボトルを気分よく飲んだのがいけなかった。二日酔い。

ひさしぶりの二日酔いだ。本当に二日酔いだけはもうしたくないと思っているのに。自分が情けない。げんなりしながらタクシーに乗って空港へ。

鹿児島空港の視界不良でもしかすると引きかえすか、福岡に着陸することになるかもしれないそう。でもいつもそういう時は大丈夫な私。

2時間後。鹿児島は曇っていたけど視界は良好だった。

長そでだと暑いくらいの26度。

途中の「道の駅」で買い物する。タケノコの水煮、キャベツ、玉ねぎのさつま揚げ、出店で鯖《さば》の一夜干し焼き、焼き芋、あんこ餅《もち》。

夕方、くるみちゃんがお茶を飲みに寄ってくれた。

するとと、1週間前にお父さんが出先で脳出血で倒れて、今治療中という。

「あら…。まあ。何歳だったっけ？」

「84」

「そうか〜。こればっかりは、しょうがないね」

「うん」

ずっと元気でピンピンしていたそうなのに。心配性のお母さんはぐずぐず泣いてるとか。

「旦那《だんな》さんは？　あいかわらず？」

「うん。まったく変わらず」

植物状態。

「でも顔の色つやはいいよ」と。

「そんなに長くそういう状態が続くと、もう慣れるね」

「慣れる」

いつかいなくなるということにも。

そして、最近定年して竹細工を作り始めた旦那さんの知り合いの方が先日竹ひごで作った鳥かごを持ってきてくれたそうで、中に輪切りの竹で作った鳥が入ってたとか。大きさは手のひらサイズ。

それはまだよかったんだけど、このバタバタしている時にまたその方がやって来て、今度は40センチぐらいの高さの太い木の枝に巨大な松ぼっくりのフクロウが5つも乗っかってる置き物をくれたそう。そしてそればかりでなく、高さ2メートルぐらいの囲炉裏で使う自在鉤《かぎ》まで持って来て渡されたという。囲炉裏もないのに。あまりの驚きに、ひとりになった玄関で涙が出るほど笑ったと、今もまた涙が出るほど笑いながら話してくれた。

「その写真、あとで撮って送ってよ」

送ってくれた。

思ったよりもすごかった。大きなフクロウの置物、そしてふすまほどの高さの自在鉤。竹でできている。そのおじさん、どんどん腕を上げている様子。次は何だろうか。

そのあと、焼き芋とあんこ餅を持って母のしげちゃんちへ。椅子に座ってテレビを見ている。セッセもいた。ちょっと話す。

最近は何度も同じことを聞いたり、ひとりごとを言ったり笑ったりして、ボケが進んできたかもとセッセが言う。確かに私にも、「だれかと一緒？　長くいるの？」と何度も聞いてくる。そのたびに「ひとり」「4～5日」と答える。

セッセが「近ごろひどくなってね～」と心配そうに言うので、「ほがらかなボケは幸せの証拠だよ。幸せに老いていってるって証《あかし》だから大らかに受け止めないとね」。

「そう。だんだん気にならなくなってきたよ」

「そうそう。気難しいボケだと周りもつらいけど、こんなににこにこして楽しそうでいいじゃん。ね？」

「そう。楽しいわよ」としげちゃん。

「前に若い女の子と話した時。その子は大好きなおばあちゃんがボケてきたのが悲しくて腹立たしくて、おばあちゃんが間違ったことを言ったら、怒りながら一生懸命何度も何度も訂正したって言ってたけど…、若さだね。自然なことだもん。ボケは明るく受け止めないと。ボケてる本人は気分よくしてるんだから。こっちがキリキリしたらダメだよね。ボケって死への恐怖心をやわらげるための知恵、なんて言うしね。いいふうに受け止めようよ」

もちろん状況によっていろいろだろうけど。うちの今の場合は。

私もだんだん話す必要がなくなってしまった。自然に、話す必要がなくなるのは悪くない、と思う。だって話す気にならなくなるんだもん。悲しくもなく、いいことだ。

それから庭のバナナの話。どんどん増えてしまって大変。切っても切っても切った隣から新しい芽が出てきて、放っとくと何メートルにものびるし、過去の切り株はいつまでも残るし、どうにもできない。

「そうなんだよ！」とセッセも困り顔。「そして枯れた葉が邪魔なんだよ。捨てるのも大変で」

「そうそう。庭のすみに山積みになってる。大きくて丈夫。南の島では屋根に葺《ふ》くほどだもんね。葉っぱが好きだからって、庭のあちこちに5か所も植えて、それがどんどん増えて、もうどうしよう。夏はいいんだけどね。涼しげで」

「しげちゃんも『やっぱりバナナはいいわねえ』って言ってるよ」

「…そうなんだ。じゃあ、びわもいちじくも切ったから、せめてバナナは置いといてあげたら？」

「ううむ」

「なんであんなに増えるんだろう」

「バナナは木じゃないんだよ。草なんだよ、草」

「切ると大量に水が出るよね。私の知ってる人んちの中庭。わりと広いんだけど、ある日見たら、その庭じゅうがぜんぶバナナだった。ぜんぶ。バナナしか生えてなかった。強すぎる」

バナナショック!
おおおうっ…

と、バナナショックについて語り合う。

セッセは相変わらず庭のガラクタの処分が大変らしい。倉庫をやっと解体して、今は中身を分別中というので見に行く。たくさんのものが種類ごとに山になっていた。柱や梁《はり》に使われていたという大きな木材も短く切りそろえられていた。それだけでも大変だったろう。大きなゴミ屋敷を整理しているような感じだな。もう何年かかってるっけ。10年以上だと思う。物がぎっちり詰まった古い日本家屋と倉庫が3～4棟あったっけかなあ？


夜、温泉へ。

こっちにあるセラミック製の白くて丸いおろし金を使ったら、とっても使いやすい。銅のおろし金の目立て直しをしてもらうのはやめてこっちを使おう。軽い力でできるから。タケノコと油揚げの炊き込みご飯を作る。

寝る前にプライムビデオで「リリーのすべて」を興味深く見る。この主人公の男の人、女性かと思った。女性の役者が男性を演じているのかと…。

4月17日（月）

今日から家のハウスクリーニング、4日間。主任のKさん（見積もりに来てくれた方）と、女性2名。今日は雨なので水回りをやりますとのこと。お風呂《ふろ》、トイレ、換気扇など。うちは窓が多いので、窓と網戸と木製ブラインド掃除がいちばんの大仕事だろう。

テレビをつけたら鹿児島放送が映らなくなっている。前にチラシが入っていて、携帯電話の電波を新しくする関係でテレビの映りが悪くなる可能性があるのでその場合は連絡ください、と書いてあった。

みんなに聞いたら、くるみちゃんちもセッセのところも大丈夫だったそう。私だけ影響を受けてる。悲しい。宮崎放送とNHKは入るけど、鹿児島のチャンネルが映らない。電話した。あさって来てくれることになった。

天窓の「雨漏りSOS」の人も、あさって来てくれる。

お湯の出をチェックしたら今度はちゃんと出てる。先月は、しばらく使ってなかったから水が冷えすぎて沸くのに時間がかかっていたのかもなあ。とりあえずこちらは大丈夫。

木の塀の壊れている部分は応急処置として麻紐《ひも》で結んどいた。

外の階段が腐りはじめている件に関しては、ここ2～3年で対策を考えよう。木ではなく、もっと長持ちする材料でやり直せないか。

塗料が剝《は》げてきている縁側と玄関まわりは塗り直す。

あと、いらなくなったものの整理。壊れた電気器具や道具類の廃棄。

14年前のペンキや大工道具、壊れたスコップなど、車庫でほこりをかぶっているものたちを見直さなくては。

方向としては、シンプルに、手入れしやすい家、できるだけメンテナンスフリーの家をめざす。木製の塀や階段は耐久性のあるものと取り換えたい。

長く持つように。長く住んでも手入れが大変にならないように今から考えたい。

この家を作った時はそんなことは考えなかったなあ。先のことなんて何にも。木製品のぬくもりがいいと思っていたし。でも14年たって腐り始めたのを見て雨の当たる外部は木製じゃないのにしようと思い始めた。まあ、先のことは今はわからないから、今は今できることをしていこう。とりあえず。


お掃除の方が一生懸命にやってくれているので私も一緒に倉庫の整理など。

中学生の頃の下手な絵が出てきた。裏に自分の感想を書かされている。よくないところをあれこれと並べ立てたあと、「けなそうとおもえばけなせるし、ほめようと思えば自分で勝手にほめられるので書きようがなくなってきたので終わります」だって。この性格、今と同じだ。

夕方、温泉へ。夜、今日は寝る前に「黒い家」を見る。怖かった。

4月18日（火）

昨日の夕方からはすごい雨だったけど、今日はいい天気。暑いので半袖《はんそで》に。今日もお掃除の人が3名。今日は窓と網戸などをやってくれる。

私も張りきって、押し入れの片づけ。

ゴキブリの死骸《しがい》やホコリをきれいに掃除して、古いスーツケースやいらなくなったものをガレージに運ぶ。

近々、これらをまとめて処分を頼もう。「軽トラック積み放題パック」というのがあるそうなのでそれがいいかもしれない。古い自転車が4台もあるし。

4月19日（水）

今日はお掃除の方が4～5人来られた。引き続き窓と網戸とブラインドの作業。

「晴れてよかったです」とうれしそうなKさん。窓が多いのでとても大変そう。取り外せるブラインドは外して外で洗って日に干してる。時おりうんうんうなりながら熱心にやってくれる。

長い間にたまったレールや窓枠のホコリもピカピカになって、さすがプロ。私だったら2〜3個やっただけでヘトヘトになりそうな作業だ。

そして今日は他にもたくさんの方が来た。まず「雨漏りSOS」の方。でも、実は今日の午後、この家を建ててくれたT建設のTさんも急きょ来てくれることになったので、そのことを説明して、とりあえず見積もりだけ出してもらうようにお願いした。

それから先月お湯の出が悪かった件で水道屋さん。でも今回帰って来てお湯を出したらちゃんと出たので、問題はなさそう。どうして先月はちょろちょろとしか出なかったのだろう…。

次に、テレビが映らなくなった件で、見に来てくれた。ブースターを換えたり、いろいろと熱心に見て下さって、結局携帯電話の影響ではないようだということになった。アンテナがずれているのかも。近所の電気屋さんへ電話する。

そしたらすぐに男の子が来てくれて、映るようにしてくれた。

最後にTさんが天窓のメーカーさんとやって来た。メーカーさんにみてもらっているあいだにいろいろ話し、今後はメンテナンスフリーの方向で考えていきたいと伝える。なので天窓はもう失くして屋根を葺《ふ》く方向で。「SOS」の方もその方がいいとおっしゃってた。

その他に今後やりたいこととして、腐ってきた板塀とテラスに張ってる板を耐久性のある樹脂製に換えることと家の外壁や木部の塗装がある。

14年前に家を建てた時、私は木が好きで、樹脂とかプラスチックとかが嫌だったからさかんに「木でやりたい。木でやりたい」と主張して、木は腐ることを知っていたTさんは難しい顔をして、どうにかガレージと物置き小屋の外壁だけは火事対策も兼ねて樹脂製でやることを勧めてくれて、私はいやいや従ったそうだが（覚えてない）、今となっては本当にガレージと物置き小屋を木で作らなくてよかったと思う。あの頃はメンテナンスの大変さというものをわかっていなかった。数年ごとに塗装をし直し、腐ってきたら作り直さなきゃいけないってことを。

まあ、ずっとここに住むと思っていたので自然に、徐々に考えればいいと思っていたからなあ。ずっとここにいるんだったらメンテナンスもそれほど苦じゃなかったはず。でもたまにしか帰って来られなくなった今は違う。状況が変わってしまった。

で、いろいろ話した。

総2階なので、塗り替える時は毎回家のまわりに高い足場を組まなくてはならない。その大掛かりな感じは、考えただけでも胸が痛い。

2階部分の木の壁を覆うのもひとつの方法ですと言われた時、それがいいと思った(1階部分は塗り壁なので大丈夫)。今はいろんな素材があるそうだから思い切って違う色にして気分一新するのもいいかもなあ。

「とにかく、メンテナンスフリー、というのが今の最優先です」と何度も伝える。いくつかのやり方の見積もりを出してもらって決めることにした。神様、できるだけ安くあがりますように…。外はしっかりガードして、家の中は木で健やかに。


障子の破れたところを習字紙を小さく丸く破って水のりをつけて補修する。

ガレージのホコリだらけの道具類を見て、すてるものをより分ける。14年分のホコリが積もってる。14年使わなかったものはもう捨てよう。いつか使うかもと思って取っておいた木材やシート、ロープ、運搬用の箱、錆《さ》びた作業道具など。これからはちゃんと使うものをきれいな状態で保持しよう。どんなに性能のいいものでも、きちんと手入れできないものはその存在が私には荷の重い、持て余すものなのだ。

物置小屋の裏にマロンの犬小屋を見つけた。これも捨てよう。ひとりで捨てられない大きさのものやごみ収集車が持って行ってくれないものは今回、すべて処分しよう。そうしないといつかだれかが捨てなきゃいけなくなる。セッセが今苦労している先祖のゴミみたいになってしまう。

使うものだけを、大事に。

次はこのガレージと物置小屋を掃除しよう。ホース類がたくさんあるんだけど、これもまっ黒。こうなるときれいに使う気にならなくなる。

家に入って、押し入れを見てみた。使わない座椅子2つ、捨てよう。座椅子ほど邪魔なものはない。

それから！　なにこれ！　一度も使ってない蚊帳《かや》が3つも！　3畳用、4畳半用、6畳用。折りたたみ式タイプまである！　傘のように体にすっぽりかぶせるやつ。これは…、おもしろい。お掃除のみなさんに聞いたら、もう蚊帳ってだれも使わないって。蚊帳というものを知らない人もいるって。そうだよね。

着物もねえ、着てないわ。25年前のだ。結婚前に着つけ教室に通ってて買ったやつ。今見ると別に素敵でもないなあ。

ああ、カーカたちの昔のマンガやおもちゃがたくさん…。これらをどうするか、相談しよう。

夕方、くるみちゃんが病院の帰りにおいしいというチーズのお菓子を買ってきてくれた。私としげちゃんとセッセにと3こ。車の中のお母さんが見える。

「だれてる（疲れてる）よ」

ホントだね。そっとしとこう。

そのお菓子を持って、温泉に行く途中にしげちゃんちに寄ったら、セッセが「今日、この人がひとりで教会まで行ったんだよ」。

「え？　ひとりで？」

700メートルぐらい離れたところにある畑の中のなじみの場所。

「そう。台車を押して」

「よく行けたね。どうしてわかったの？」

「ずっと捜したんだよ。君の家まで行ったけど車がたくさんとまってたから…。もうすこしで電話するところだった。徘徊《はいかい》が始まったんだよ」

「ふうむ」

「ずっと行きたい行きたいって言ってたから」

「だったら徘徊じゃないと思うけど。もしそうだったらこれからが心配だね」

「そう。早く塀を作らなきゃと思ってるんだけど」

「この一番狭い玄関の前の通路をとりあえず何かでふさいだら？」

「台車をしまおうか」

「それがいいかも。そしたらそんなに遠くまでは行けないんじゃない？　ふさぐの、今、一緒にしようか？」

「いや、いいよ」

テレビを見ているしげちゃんに「今日、教会に行ったの？」と聞いたら、「そう。行きたいと思ってたのよ」という。

「ひとりで出かけたらダメだよ。

…と言っても無駄か（と、セッセに）。行きたいっていうところには連れてってあげた方がいいかもね」

「思ったよりも体力があるとわかってびっくりしたよ」


いつもの温泉で、温泉蒸気むし風呂《ぶろ》に入っていたら、先客がいて気さくに話しかけてくれた。その方はひとりで温泉でゆっくりするのが大好きなのだそう。娘と一緒に入っても熱い熱いってすぐにでてしまうし、買い物もひとりがいい、見たいお店を自由に見られるから、などいろんなことを詳しく教えてくれた。見知らぬ人に気さくに話しかけられると、うれしさと緊張でどぎまぎしてしまう。

家のメンテナンスや14年ぶりの片づけについていろいろ集中して考え始めた。家の中やガレージや物置小屋で置きっぱなしの物を見るたびに、これはどうだろう…と自分に問いかける。本当に、家を大きく作りすぎた。今だったら、この半分、いや、3分の1ぐらいにするだろう。そして一人暮らし用に。

でもそれを言ってもしょうがない。14年前はそう思ってなかったから。自由に思う存分作りたいものを作ったのだから。あの時はそうしたかったのだから。

この家の大きさはもう変えることができない。

なのでこの条件の中で最善をつくそう。

いつかこっちに軸足を移すかもしれないから、できるだけきれいに維持したい。

なので今の私にできることは、中の物を整理整頓《せいとん》して、せめてこれから先を生活しやすくすること。物が少なかったら掃除も楽だし、歳をとってもメンテナンスに無駄にエネルギーを使わずにすむ。今年はそのことを頑張りたい。

そしてもっとこの家やこの町に帰ってくる楽しみを作らなくては。今は掃除しに帰ってくるみたいになっていて、あまり楽しくない。他の楽しみを作って、「早く帰りたい、こっちも東京もどっちにもそれぞれのよさがある。どっちに帰る時もすごく楽しみ！」というふうになりたい。

何か、こっちでしかできないもの、人とのつながりとか、趣味、楽しみ、そういうものの必要性を強く感じる。

絵を…絵を描くなんて、まさにぴったりなんだけどなあ。

前から絵を描きたい描きたいと思って、ときどき道具をそろえていたのになぜかやる気になれず、不思議だった。まだその時期じゃないという感じで。その時期がこれからなのかな。まあ、様子をみてみよう。

生きることは、穴を掘って、それを埋める作業に似ている、と何かで読んだけど、そう考えるとなんとなく退屈で無意味なことのように一瞬思ってしまう。でも、たとえばその穴を、よし！　完全な円形にしようとか、手触りをとてもなめらかにしようとか、自分なりの目標を作ったら、どんなに退屈そうな作業もとたんに楽しくなってくる。生きがいとはそういうことだと思う。自分なりの目標があること。それが強くて遠いほど、長く夢中になれる。そういうものを持っている人を時々見かける。そういう状態は人を高揚させるから、そういう人はよそ見をしない。そういうものを私も持ちたい。

4月20日（木）

寝る前にベッドで、「エクス・マキナ」を見る。微妙なB級SF映画だったけど飽きずに見た。

お掃除最終日。今日は曇りで雨もよう。ポツリポツリと降っている。肌寒い。

今日は家の中をやってくれる。2階から1階へと降りていきますと言っていた。

私は明日東京に帰るので、今日中にフキを摘んでフキの佃煮《つくだに》を作りたいのだけど。雨が止んだら摘もう。

お掃除、とても丁寧にやってくださって、すごく気持ちがいい。次回、物を捨てたら、ガレージと物置小屋もお願いしたいと伝える。道具類の汚れを落としたい。

お昼、いつもの喫茶店にひとりでナポリタンを食べに行く。

小雨の中、とても落ち着く。しっとりとした雨の日の雰囲気。

1時過ぎだったので、もうランチの賑《にぎ》わいは収まっていた。

カウンターに常連さんらしきおじいさんとおばちゃんがいて、女主人と若いウェイトレスと4人で楽しそうに語らっている。今朝のワイドショーの話題。坂口良子《さかぐちりょうこ》の娘の話や熊本の62歳の女詐欺師のことなど。

その会話がとてもほのぼの和気あいあいとしていて、思わず聞き入ってしまった。こんなに心癒される世間話を聞くのは初めてかもしれない。

ウェイトレス「62歳ってことは、(私たちも)まだイケル!　ってことですよ」

じいさん「話術」
女主人「わたしたちもちょっと見習わんといかんね」
ウェイトレス「自分に投資からよ。まずはエステから」
女主人「練炭殺人の人、知ってる？　いい暮らししてたって。今日はどこどこの肉って」
ウェイトレス「獄中で2回結婚したって」
女主人「どうやって出会ったんやろねえ」
いつまでも聞いていたかった。素朴な感情でおだやかに編まれた地球の片すみの人情ニット。後ろ髪を引かれながらこのぬくもりから出る。
お掃除が終了した。あらゆるところがピッカピカ（あとで仕事部屋の棚や机の上の拭き残しを発見してガックリ。ちょうどお昼ご飯で中断したからだ）。ステンレスの曇りのない輝き。スカッ。ピカー。特に窓のレールがうれしい。
会計して、次もまたお願いしますと頭を下げる。Kさん。いい人だった。
入れ替わりにくるみちゃんがお茶を飲みに来た。
蚊帳《かや》を見せたら、これはどこかに欲しい人がいるかもしれないよと言う。
「メルカリで売ろうかな。でもそんな人いるかな」

「いるかもよ」

「捨てるのはもったいないよね」

「うん」

出品が簡単とはいえ、梱包《こんぽう》して送るのがちょっと面倒だが。必要な人がいるかもしれない。

それから押し入れの、ＡＮＡの細長い飛行機デザインの抱き枕を「これも捨てよう」と見せたら、「(ベッドで病人の)姿勢を直すのにちょうどこういうのがほしかったからちょうだい！」とうれしそう。「(夫と父)どっちに使おうかな」と思案している。「来月また来るからまたね」と言ったら、「その頃には落ち着いてると思うから遊ぼう」って。「今は気が張ってるから。また円形脱毛症ができるかも」なんてことも言ってた。

夕方、お風呂《ふろ》に行くついでにしげちゃんちに寄る。今日はひとりで出かけてないかな。雨だから大丈夫だと思うけど。しげちゃんがテレビを見ていた。セッセはいない。ちょっと話して、「お風呂の帰りにまた寄るね」。

お風呂に浸《つ》かりながら、しげちゃんを今のうちに温泉にでも泊まりにつれて行こうかなと考える。帰りにまたしげちゃんちへ。今度はセッセがいた。

「さっきも来たんだけど、言ってなかった？」

「いや」

「今日は出歩かなかったかなと思って」

「大丈夫だったよ。注意して見てたから」

「今のうちに温泉でも泊まりにつれて行こうかなと思ったんだけど…」

「うーん。もういいんじゃない？　普段の生活リズムを崩さない方がいいと思うよ」

「そうか。そうだね。別に行っても行かなくても、特に意味もなさそうだしね」

「そうそう」

「どうせこのままだんだん老化も進むだろうから様子を見るしかないね。何かあったら連絡してね」

「うん」

「…インドに行ったのはいつだったっけ？」

「うーん」

「5年ぐらい前？」

「いつだったかなあ」と、思い出したくないのか渋い顔をしている。

行先を知らされずにいきなり空港に連れて行かれ、出国ゲートで「インドに行かれるんですか？　いいですね」と言われ、「そうか私はインドに行くのね」と思ったというしげちゃん。そしてインドの暑さと食事でダウンして、お医者さんにかかって点滴を打ったしげちゃん。当時のセッセ曰《いわ》く、「サイババにしげちゃんの膝《ひざ》を治してもらおうと思って行った」。

ふっ…。まあ、もう何も言うまい。


家に帰って晩ごはん。こっちでの食事は量は多くないけど、白米を食べる量だけはぐんと増える。おいしくて。

キャベツを炒《いた》めながら思ったこと。人って大変なことが起こるたびに謙虚になるけど、謙虚でばかりいると大きなことができない。

テレビでメンタリストＤａｉＧｏのジョーカー当てをやっていた。私は表情に出るので負ける自信がある。

ふと見ると腕時計が止まってる。もっとよく見たらリューズがない。いつのまにか落としていて壊れたのかも。この時計は「ｓｗａｔｃｈ」の黒い花模様で気に入っててもう何年も使ってる。一度壊れた時には同じものを買った。また同じのを買いたい。

くるみちゃんからライン。

「いただいた抱き枕、母が気に入ってさっそくベッドに持って行きました。介護用にもらったんだけど（笑）」

あら、よかった！

今日寝る前にアマゾンプライムで見た映画は、「ウディ・アレンの6つの危ない物語」。登場人物が少なくてセリフが多いドラマは好き。

「リリーのすべて」の主人公のまなざしをときどき思い出す。印象的だった。

4月21日（金）

夢を見て、夜中に目覚めてしまった。

その時に見ていた夢、というか夢うつつで考えていたこと。

この世界は安全なんだ、そう信じてこのまま生きていって大丈夫なんだ、と信じ続けることは時々難しい。心が折れそうになることもある。その難しいことを信じるための力を持つには、やはり自分自身の精神の強さが必要で、その強さを得るには変化しやすい自分の外ではなく自分の内側に強さの支えを見つけたい。

それを見つけるための方法のひとつが、今の私にとっては瞑想《めいそう》で、その瞑想の技術を習うには信頼できる先生が必要で、その先生は、今の私にとってはあの先生だと思う。たこ先生の姿が浮かんだ。

ゴールデンウィークにある瞑想のレッスンに行こうかどうしようかものすごく迷っていたけど、やっぱりまだ空いてたら行こうかな。

聞いてみよう。

たこ先生の難しい瞑想の本ではなく読みやすい話し口調で書かれた本を読んだ時、わかりやすく、押しつけがましくなく、この人の考え方のここは嫌だなと思うところもなかったので、かなり私は「この人は嫌いじゃない」と思ってる。人を見る目が厳しく、細かいところが気になる私にとって、そう思える人ってだけでも貴重な存在かもしれない。

朝、スッキリと目覚める。フキを摘んで帰ろう。

帰る準備をして、フキを摘む。たくさんあっても大変だからほどほどにした。

スーツケースを持ち上げたら、玄関の土間にノートパソコンが落下！　キャー。ファスナーを閉めてなかった。壊れてなければいいけど。

空港に行く途中に道の駅に寄る。タケノコの水煮を買って家に帰ってタケノコご飯を作ろう。

そしたら、今日はまだ出てなかった。残念。東京のいつも行くスーパーでは小さなタケノコが今、千数百円、水煮も800円ぐらいする。こっちでは大きなタケノコも水煮も200円～300円。しょうがないので120円のピーマンを買う。

外に出たら風がさわやか。気持ちいい～。

これ、これ！　この気持ちよさだ。

これがあればそれだけで天国のような気分になる。これを味わうために面倒なことやその他の作業をコツコツとやっていこう。

飛行機の中で食べるお弁当。今までは「桜島灰干し弁当」の小だったけど、前回おいしいのを発見したので今日はその「枕崎《まくらざき》だし弁当　鶏《とり》めし」にした。鶏そぼろの入った五目御飯に薄味のお煮しめ。シンプルで味わい深い。

午後3時、家に帰り着く。サコがいて何か作って食べていた。留守中なにかあった？　と聞いたら、特になし、とのこと。学校のことをポツポツ聞く。自炊もけっこうしたそうで、洗い物がたまっている。洗濯はしてない。

深川製磁の陶器（瑠璃《るり》富士白金蕨《わらび》）が届いてた！　ワクワク。これはしまいこまずに毎日のように使おう。

夜。フキを煮る。

皮むきが大変だったのでほどほどの量にしてよかった。あっさりめに煮た。庭に食べられるものが生えてくるっていい。

詩集『ひとりが好きなあなたへ』が重版になりましたというお知らせ。うれしい。この本は地味に地味に読まれている。1日に1冊、ひとりずつ、手渡しで伝わっているようなイメージだ。この中には私の好きな詩があって、見るといつも泣きたくなる。あれがあるからかもしれない。

4月22日（土）

サコは学校へ。

私は東中野《ひがしなかの》へ映画を見に行く。建築家のドキュメンタリー映画「人生フルーツ」。カーカとなごちんと行くはずだったけど、カーカから「調子が悪いからDVDで見るわ」と。「二日酔い？」

そうみたい。10時半からなので10時15分に現地集合。

しばらく並んで、入場。

90歳と87歳の夫婦の物語。この人にこの人、という組み合わせだったからこの生き方が可能だったんだろうなあと思った。ごはんもとてもおいしそう。食の豊かさとはこういうものか。我が道を生きるふたり。最後あたりの伊万里《いまり》の人が出てきてからは涙がツーツー出た。この建築家の思いが世の中で生きていく、と思ったから。

終わって、パンフレットを買って外に出る。

お腹が空《す》いたのでお昼を食べよう。駅前の商店街をウロウロ歩いて小さな洋食屋に入る。バターのおいしそうな香り。うーん。こういうのこういうの。あたたかい店内。

ハンバーグとカニクリームコロッケ定食を注文する。

食後、映画館の1階のカフェでお茶を飲む。長居できるいい雰囲気のところだった。でも、さっきのランチがお腹にもたれて苦しい。聞いたらなごちんも。実は味も意外においしくなかった。キャロットケーキとハーブティーで、ゆっくりできた。


腕時計を買った駅ビルの時計屋さんに壊れた時計を持って行ったら、「ｓｗａｔｃｈ」は修理は受けつけていないし、(同じものを注文しようとしたら)今はこのお店では「ｓｗａｔｃｈ」を扱っていないのだそう。そして渋谷にお店があるけどこの商品はもう販売してないと思いますという。トリプルショック。

「そうですか…。じゃあ、しょうがないですね」とあきらめて帰ろうとしたら、「電池は切れてないですか?」という。

「うーん。わかりません。しばらく換えてない気がします」

そしたら、電池の残量を調べてくれた。

切れてた。

新しい電池を買って入れたら、動きだした!

リューズは壊れているけど、爪でほじくり出したら使える。

「ありがとうございます!」とお礼を言う。

家に帰って、しばし昼寝。あのハンバーグ定食がまだもたれてる。苦しい。

いつのまにか雨が降り出してた。静かだ。

サコが帰って来て、しばらくしたらカーカも来た。月末に行うバーベキュー用の肉を冷凍庫に入れさせて、と言って。参加者が26人も集まったそう。

今日はとても疲れたので明日は休養デーにしよう。


フィギュアスケートを見ながらごはん。

玄米に高菜明太少々、大根おろしとちりめんじゃこ、フキの煮たの、トマトとピーマンとチーズの豚肉巻き、もやしと玉子炒《いた》め、桜島大根の味噌《みそ》漬け。こういうごはんがいちばん好きかも。

4月23日（日）

今日はずっと家にいる、と思うとうれしい。

冷蔵庫の中の食材を見て、あるもので工夫すればおいしそうなものが作れると思った。牛肉が少しあるからサコ用の夕食は牛丼。昼は空港で買って来た明太子入り高菜漬けのチャーハンにしよう。玉子やちりめんじゃこも入れて和風味にして。

朝ごはんは、私は、富士山の器に玄米、焼き油揚げ、桜島大根の味噌漬け、フキの煮たの、ふき味噌、納豆。

富士山の器はごはん茶碗《ちゃわん》には適さなかった。ごはん茶碗とみそ汁のお椀《わん》がああいう形である理由がよくわかった。手で持ちあげて食べやすいように、高台が小さいのだ。この富士山の器は高台が大きく、置いたままお箸《はし》で中の物を上からつまむおかずに合っている。煮物とかそういうの。

サコは遅く起きてきたので、焼きジャケ入りお茶漬け。


この部屋のカーテン…。やけにボワッとしていて暑苦しい。どうしてロールカーテンにしなかったんだろう？

なにか理由があったのだろうか。重大な。忘れてしまった。思い切ってロールカーテンに換えたい。ネットで探して見積もりの問い合わせをした。


瞑想《めいそう》について、昨夜もまた寝ながら考えていた。

瞬時に瞑想状態に入り、瞬時に出る。その時に感情の切り替えができる（それによってもやもやした感情や嫌なことがスカッと消え去る）。

それが私が瞑想で得たいと思う技術だ。

瞑想に自信を持つとはどういうことだろうと考えた。

たぶん他の運動や訓練と同じで、「時間をかけること」かもしれないと思った。

自信とは常に揺らぎがちで、誰にとっても完璧《かんぺき》ということはない。いつも不安が心を覆うという恐れがある。

そんな時に自分を支えてくれるものは、時間の積み重ね、毎日毎日コツコツと練習して来たという、単純だけど確かな記憶の蓄積だけかもしれないと思った。単純だけど確かなもの。

カーカが寄って、バーベキュー用の肉やウィンナーをうちの冷蔵庫にしこたま詰め込んで行った。なにしろ26人分。

4月24日（月）

朝のテレビで見た、14歳の藤井《ふじい》聡太《そうた》四段が羽生さんに完勝したという話はひさびさにさわやかなニュースだった。

今日は渋谷税務署に書類を出しに行く。人の多い渋谷に行くのは気が重いのでのばしのばしにしていたのを、意を決して。

トコトコ歩いてNHK方面へと向かう。

すると、渋谷公会堂と渋谷区役所のあった場所が工事中になっている。建て替えかあ…と思いながら、壁の案内をなんとなく見たら、税務事務所が移転しましたと書いてある。

え？　と思い、書いてある番号に電話すると、今は恵比寿《えびす》に移転中とのこと。びっくりしていろいろ聞いたら国税は税務署へ行ってくださいという。よくわからないいま、隣にあったはずの渋谷税務署に向かったら、渋谷税務署はまだあった。区の税務事務所と税務署は違うんだ。よかった。ホッとして中に入る。

若い男の子が受け付けてくれた。

「控えはありますか？」と聞かれたけど、控えは書いてない。なにしろこの書類は初めてなので要領がわからなかったのだ。住基カードも持ってきてないし。控えがなかったら、書類にまた同じことを書いて控えにするか、もう控えはいらない、という選択肢があるという。

「じゃあ、いりません」と答える。

無事に提出して、東急ハンズへ。配送グッズを買うために。

道具類を見ているとついつい買いたくなってしまう。今日は、雑誌や新聞紙を紐《ひも》でくくる時にキュキュッときっちり縛れる道具にとても惹《ひ》きつけられた。値段は500円ぐらい。ふつうの形のとイルカの形のがあって、青いイルカのを手に取ってレジに向かい、すんでのところで買うところだったけど、「雑誌類を紐で束ねるのって年に何回ぐらいだろう?」と自問自答して、「年に1~2回かも」と心で答えた時に、ハッと我に返った。

どんなに便利な道具でもめったに使わないものは買わなくていい。イルカを棚に返して、紙とガムテープだけを購入。

それから、ちょうどお昼時だったのでランチへ。

実はカレーを食べたくて事前にいろいろ調べた。いいなと思うお店があったんだけど今日はお休み。そこ以外のお店は、カレー好きが集うようなカウンター形式で、なんだかゆっくり食べられないような感じだ。だったら、昔からよく行ってた西武の5階の「トップス」のカレーにしよう。行ったら、人も少なく、ゆっくり。

これこれ。この落ち着いた感じ。ひとりでもまったく気まずくない。

ビシソワーズ、トマトサラダ、空豆とタケノコのキーマカレーを注文する。ゆっくりとおいしく食べられた(タケノコはあまりおいしくなかった)。

満足して出る。２０００円弱。

さっきまでタクシーで帰ろうと思ってたけど、元気が出たし、今年は家の修理の費用がかさむので無駄遣いしないようにしようと思い電車で帰る。


カーカが帰って来た。土曜日のバーベキューの仕込みをするために。肉を切ってつけだれにつけるのだとか。

「カーカ。また太ったんじゃない？　ほっぺたのところのカーブが何かに…、ふぐの飾り物に似てるけど」

「ううん」と認めようとしないカーカだった。

これからサコとビックカメラにノートパソコンを買いに行く約束してるのと言ったら、カーカも一緒に行くという。


ビックカメラのノートパソコン売り場でサコと待ち合わせ。

私も買おうと思って来たけど、話を聞くうちにぐったりと疲れてしまい、本当にすぐ必要というわけじゃなかったので買うのはやめた。授業で必要になるというサコだけが買った。そのあと、お腹が空《す》いたのでごはんを食べようとデパートのレストラン街へ行く。まだ5時なのでガラガラだ。いろいろ迷って五右衛門《ごえもん》のスパゲティにした。

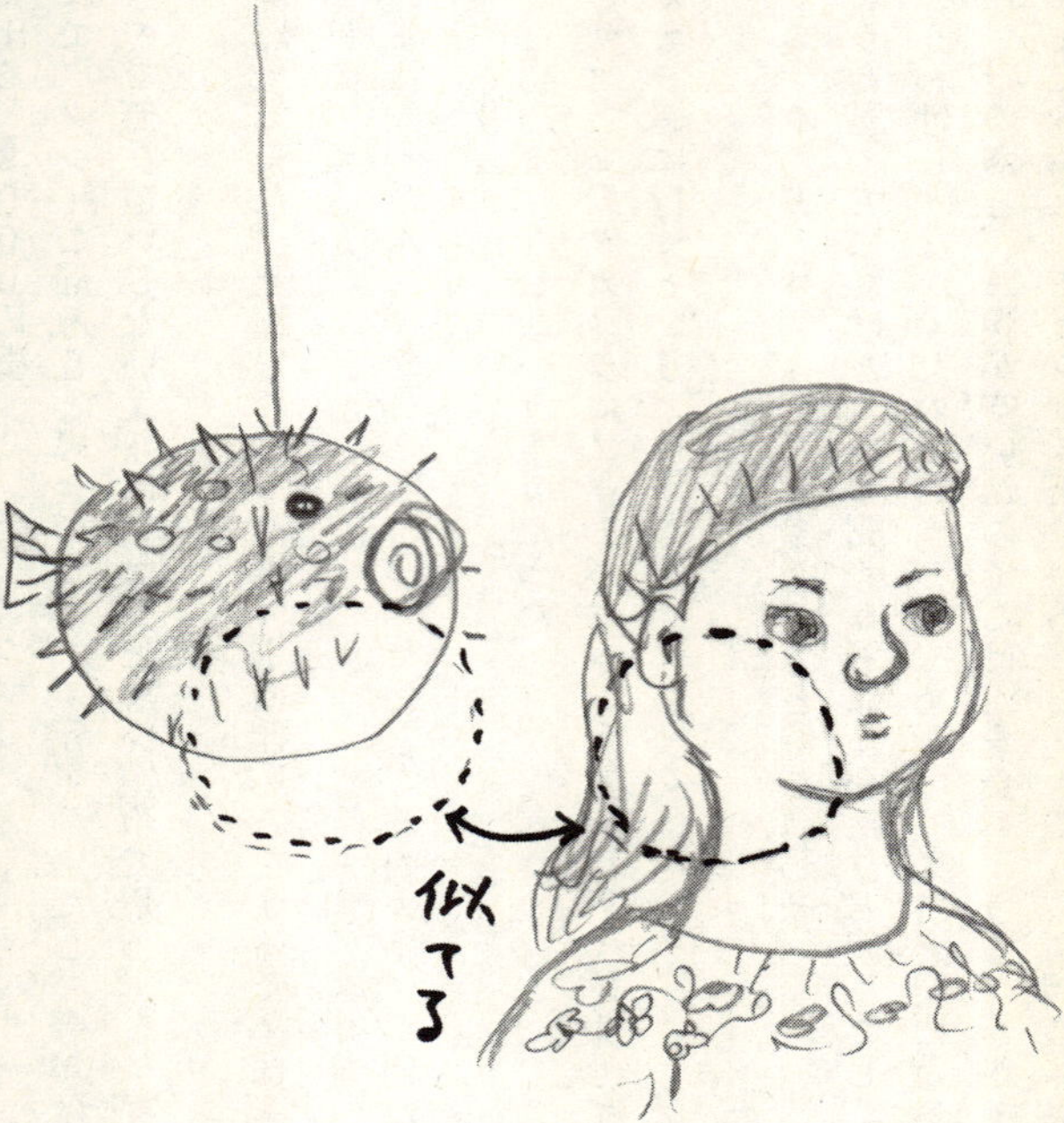
似てる

3種類頼んで味見する。五右衛門ひさしぶり。

帰りにデパ地下でケーキを買う。スポンジと生クリームと果物（清見オレンジ）だけのショートケーキ。私はケーキはこういうシンプルなのが好き。

家に帰って、カーカが忙しく肉の仕込みを始めた。豚トロを切って、ホルモンを切ってたれを作って漬けて、次はタンドリーチキン。ヨーグルトやいろいろ。どっさり作ってた。

これから友だちと「美女と野獣」を見るから9時半に渋谷で待ち合わせと言いながら、必死になって作業している。もう9時なのに風呂《ふろ》に入ると言って入り、出て、はだかんぼうで続きをやってる。さっきのケーキも食べると言って、パクパクッと食べては、ますます忙しく。9時25分ごろに急いで出かけて行った。

今日はあちこち動いてとても疲れた。しばらく静かにしていたい。

4月25日（火）

いらないと思った座椅子2脚のことを調べたら通販生活のもので悪くなかった。もっと使い込んでみよう。ゆらゆら揺れる温泉旅館座椅子と骨盤を立てやすい座椅子というものだった。


朝、サコがやけにぐずぐずしてて起きて来ないなと思ったら、「今日、北朝鮮からミサイルが飛んでくるかもしれないから家にいようかな…」なんて小声で言ってる。

「もしそうなったらみんな一緒だよ」


ごはん食べて出かけたわ。

私はひさしぶりにプールへ。ストレッチなど今日は体ならし。羽を休めよう。

家に帰ってからお昼ごはん。ひとりで好きなものを食べる食事は、本当にしあわせ。朝炊いた豆ごはんに、漬物2種と焼き油揚げ。近ごろ、油揚げをフライパンで焼いたのに凝っている。大判でふっくらとした油揚げを見つけたのだ。

それから、今日はロールカーテンの人が来るのでガラスを磨く。

ロールカーテンの人が来てくれた。採寸して、見本帳を見て色を決める。私は素材感のあるナチュラル系の布が好き。そして夏の朝の直射日光が強烈なので遮光タイプにした。この小さな会社（想像）の社長さんは、いい人のような気がした。

カーカが夜、バーベキュー用の肉の仕込みの続きをしにまた来た。うちの冷蔵庫はもう満杯。ママは自由に買い物もできないわ。わずかな隙間に買って来た食材をキュキュッと差し込む。

「いつだっけ？　土曜日？　それまではこの状態だよね…」

買い物は控えよう。


サコの新しいノートパソコンのデスクトップのカスタマイズをカーカがやってる。

「これがいいんじゃない？」

サコが「カーカがデスクトップまで…」と私に訴える。

そうだよね。自分で好きなようにしたいよね。

「カーカ！　サコにさせてあげて」

「だっておもしろいんだもん」と笑ってるカーカ。こういうとこ、昔から変わらない。

4月26日（水）

今日もプールへ。もうスタジオレッスンに行かないので、時間も自由気まま。朝食後、ひととおりやるべきことをやって、ゆっくりと出かける。

水曜日は人の少ない日。

プールに行ったらキューピーさんがウォーキングをしていた。短いアクアヌードルを両足で踏みつけて歩いてる。水中に浮かんで。昨日開発したという。

「それってすごく難しそうだね」

「そやねん。往復、30分かかんねん」

私は人のいないレーンで思うぞんぶん泳ぐ。平泳ぎで。

15分ほどしたら人が来たので、自由エリアへ移動する。そこでストレッチ。

自分なりの流れでやる。足の裏側、体側、背中、腰のばし。肩甲骨全方向。

水中でやるので重力を気にせずに思いっ切りできる。地上だったら倒れている片足立ちの片足のばしも水の中で安心しながら。

しばらくやってからジャグジーへ。

キューピーさんが気持ちよさそうに入っていた。

今日は曇り空で陽射しもきつくない。

あお向けにぷかりと浮かび、目をつぶって漂う。

極楽…。

そこへサーッと風が吹いてきた。

ますます極楽。

「ええ気持ちやなあ～」と思わずキューピーさんが唸《うな》る。

「ホント。まるで海のヨットの上で風に吹かれてるみたい」

「ホンマやな」

起き上がって、目をつぶって風に吹かれる。

「いい気持ち」

「浅丘《あさおか》ルリ子《こ》と石原裕次郎《いしはらゆうじろう》の映画を思い出したわ。ヨットの上でな。ビーチチェアに横になって、裕次郎がワインをついでくれてる…」

「私は船の先頭で顔を上げて、強い風を顔に真正面からビュービュー受けてるの」

「あれ？」

「あれじゃない」

「あれでわかった？」

「うん。あれは使い尽くされてるから。私のはもっと子供みたいなの」

「ああ。いい風や。あ、ワイングラスが倒れる…。裕次郎がおさえてくれたわ」

「ハハハ。私は帽子が飛びそう」

「サングラスが…」

「風がやんだね」

「今、裕次郎が帆を動かしに行ったわ。今度は私、うつ伏せになるわ」

「あ、また吹いてきた！」

「裕次郎が背中にオイル塗ってくれてる…」

「ふふふ」

「ああ。映画のワンシーンやったわ。主役やで。長いことここに来てるけどヨットに乗ったのは初めてや。…ソフィア・ローレンも好きやから。次、ソフィア・ローレンにしよかな」

「カトリーヌ・ドヌーヴもいいね」

と、妄想は止まらない。


ヨットの上で風を体に受ける感覚。

の、すばらしさ。

船に乗るといつも思い出す。

乗る前はそれを忘れてて、面倒くさいとか、別に乗りたくないとか思うんだけど、乗って、船が走り出してみると、あの爽快感《そうかいかん》。

他のなににも代えがたい、あのなんともいえない苦しいような素敵な気持ち。

風が顔を、体を、すべてを打って、何も考えられなくなる。

何も考えなくてよくなる。

海があって。

空があって。

風が吹いてて。

晴れてても、曇りでも。

体のすべてに風が通って、洗われていく…。


そろそろ出ようかと言って、プールへむかう。

端のレーンで泳いでるおじいさん以外、誰もいない。静かで、広い海。

自由エリアにふわりと身を沈める。

「ヨットから珊瑚礁《さんごしょう》の入り江に…ダイブ」

するとキューピーさんが「ゴーグルがない」。

「さっきのヨットのところじゃない？」

捜しに行ったけど見つからなかったみたい。

私は珊瑚礁の入り江でぷかぷか浮かび。

キューピーさんも浮かんでる。

思うぞんぶん、浮かんだり、やわらかく踊ったり、回ったりをしばらくやって、出る。最後にジャグジーに入ったら、底にゴーグルが沈んでたそう。

シャワーを浴びながら、私たちしかできない遊びだよね〜と言い合う。妄想遊び。他の人だったら、「風が気持ちいいね」って言っても、「うん」で終わるか、下手したらスルーされかねない。それがここまで想像の羽を広げて…。


夜、カーカがまた来て、タンドリーチキンの仕込みの続きをやってる。余計なつけだれを落として、塩コショウ、パプリカ、ターメリックで味を調えて、ジップロックに分けて入れて、また冷蔵庫へ。

4月27日（木）

今日は、なごちんとヨガ&「おふろの王様」の日。

この日をずっと楽しみにしていたわ。

まず、たこ先生のヨガ教室。なごちんは無料体験。私は入会金を払って入会して、1回分の参加費を払う。定期的に通うのは向いてないので気が向いた時だけ来よう。そういうふうに気楽に通えるところもいい。予約もしなくていいし。1回入会したら永久会員。30年ぶりに来たという男性もいたらしい。今日の参加者は少なかった。全部で5名。

前半は女性の先生によるヨガのポーズ。終わりに三点倒立があった。たこ先生が来て教えてくれた。私はオタク先生のヨガでおととしの冬によくやらされたのでできた。バランスよくできてるとのこと。

それからたこ先生による呼吸法と瞑想《めいそう》。呼吸法は片方ずつ鼻の穴をおさえて吸ってはいてを交互にするやつ。瞑想は、背中に意識を向ける、下半身に意識を向ける、上半身に意識を向ける、の3つ。背中は服と皮ふが当たるあたりがムズムズするぐらいで他にはあまり感じなかった。飽きたころに次に行ってくれる。下半身も上半身もあまり感じなかった。

これで終わり。始まり方も終わり方もあっさりしている。

外に出て歩きながらなごちんに感想を聞いたら、「先生がいばってなくて、来てる人も自分の世界に入り込んでる感じで気を遣わず、部屋もいごこちがよかった」とのこと。

前から行きたかった駅前の立ち食いうどん屋へ。赤とんぼだったか、おにやんまだったか。並んでる。20名ほど。背広を着たサラリーマンが多い。しゃべりながら待てばいいねと、まず券売機で券を買って並ぶ。鶏《とり》天うどん（温）にした。

10分ほどで私の番が来た。先に入る。左右にドアがあって、開いた方に入る仕組みみたい。中は10名ぐらい入るコの字型のカウンター。並んでる時に前もって店員さんが券を見に来たのだが、あの時に覚えたみたいで、位置に着くとすぐにうどんが出てきた。

ほう。

大きな鶏の天ぷらが3つ。ハフハフしながらいただく。おつゆは出汁《だし》のきいたあっさり味の関西風。なにしろ立ち食いだし、人が並んでいるからおちついて味わえない。一生けんめいに早く食べる。もしかすると噛《か》まずに飲んでたかも。前を見るとなごちんが必死になって食べているのが見えた。ふふ。食べてる食べてる。

あせり気味に食べて、サッと外にでる。

なごちんも外に出たとこだった。

感想を言い合う。

私「立ち食いうどんって苦手かも。ゆっくり味わうこともしないで大急ぎで食べた」

なご「私も」

私「味もさあ、ふつうだった」

なご「ふつうだったね」

私「あそこでしか食べられないってほどじゃなかった」

なご「なかった」
私「やっぱりごはんはゆっくり落ち着いて食べたいね」
急ぎすぎて、食べた気がしない。
でも、短い間に左右の人のうどんの種類や薬味の入れ方、店内の天ぷらの揚げ油のぐつぐつ煮立った様子やセルフサービスの水の飲み方など、観察できておもしろかった。3人の店員さんがテキパキと合理的なスピードで注文をこなしていた。大量の鶏のから揚げが途切れることなく揚げられていたわ。

電車に乗って「おふろの王様」へ。その前に水を買う。500mlのエビアン1本。「おふろの王様」の入り口がわからなくて迷い、狭い範囲をあっちこっちぐるぐるしてやっと到着。

お風呂《ふろ》と岩盤浴券を購入。

脱衣所には人が多かった。大浴場も多かった。こんなに多かったら落ち着かないなあと思いながら、露天風呂の唯一人の少ない人工湯に入る。隣の高濃度炭酸風呂はぎゅうぎゅう詰めだ。炭酸大人気。

その向こうに寝湯。Sちゃんが「すごくいいんですよ」と言っていたやつだ。さっそく寝てみる。水深が数センチでお湯の敷布団みたいな感じ。ぷかぷか体が浮かぶこともなく、ホントだ。なんかいい。

そのあといくつかお湯を試してから岩盤浴へ。うす暗いヒーリングロビーには多くの人がまったりと寝ころんでいた。いろんな部屋に続く5つのドアがあり、私がいちばん好きだったのは塩の部屋。岩塩の小石が敷きつめられていて、壁も仕切りもライトも岩塩。汗もよく出て気持ちがいい。パワーストーンの部屋や、ふわふわした寝心地の部屋もあった。

それからロビーで昼寝する。

となりには静かにマンガ本を読んでいる若い男の子。

寝ているおじさん、おしゃべりする女性、ひとりの人も多く、リラックスできる。ここはいいね。ひとりで来て長居できる。食事もとれるし（そばが名物だそう）。すっかりくつろいだ。5時間もいた。

そのあと家の近くに移動してごはんを食べたんだけど、コースにしたら最後おなかいっぱいになった。やはりコースは苦しい。


夜、ぐったりと疲れて早目に寝たら、1時に目が覚めた。

お腹が空《す》いてグーグーなってる。アマゾンプライムで近ごろはまってる「メンタリスト」を見る。3時になっても眠くならない。仕方ないので起きて、玄米、チーズ、ちりめんじゃこの和風チャーハンを作って食べる。おいしかった。

4月28日（金）

プールへ行って水中ストレッチ。クリオネになったような気持ちで自由に動く。曲げて、のばして、丸まって…、のびて、ふわりと回転。進む。沈む。思いっ切り！　脱力して、ふぉわ〜。

ふう。

緊張せず、リラックスしてずっと水の中にいられるようになった。

目をつぶって漂いながら、こうやっている時に身体がどういうふうに感じるか。

これも瞑想の一種だろう。昨日の背中を意識する瞑想のように。常に、現在の体のどこかを意識していれば、無意識に想像上の暗い考えに迷い込むことはないだろう。今を生きる、今を感じながら生きるというゾーンには、そういうところからも入って行ける。常に今の状態に、感覚に、立ち返ること。


家の窓から見える公園が完成した。明日が開園日という。

夕方ちょっと出かけるとサコが言うので、「その時に5分ぐらい早く出て、一緒に公園を見ない？　さっき人が歩いてるのが見えたからもう入れるのかも」


着いた。リニューアルされた公園に。

ふう〜む。

「細い小道がたくさんあって子どもがよろこびそうだね」

植えつけられた植物はまだ小さくて、あいだの土が見えているけど、すぐに青々と茂るだろう。細い小道をあっちへこっちへと通ってみる。

ベースをしょってるサコ。

「緊張するなあ」

「なんで？」

「初めて先輩と練習するから」

「へえ〜」

「帰るの遅くなってもいいよ」

「いや。スタジオ借りれる時間、決まってるから」

「そのあとなんか…」みんなとお茶とか…、い、行くんじゃ、…行けば？

「いや」

「うん。じゃあね」

そういうのすぐにはしないタイプだったわ。

人混みの中を歩くサコはどういうふうに見えるのだろう。

興味がわいて、振り返って見てみた。

いた。白っぽいシャツに黒いパンツ。ベースをしょって…。

ふーん。

いつもの感じだ。

いつもの、知ってる感じ。

マンションのエレベーターが来るのを待つあいだ、上を見上げる。

私はうしろから見たらどんなふうに見えるんだろう。おだやかそうに見えたらいいなあ。イライラしてる人って後ろから見てもわかるもの。

前にインストラクターの熱心先生が、いつも広い空間の中にいることを意識してください、いつも背中を意識してくださいって言ってたなあ。

このあいだ宮崎に帰ったときに棚を見ていたら昔の写真があったのでカーカたちに画像を送ったんだけど、その中の1枚。カーカが風の吹く草原で上を向いて気持ちよさそう～に顔に風を受けている写真があった。

「この写真のかーか、気持ちよさそう。顔は見えないけど、わかるね」ってカーカが。

ホント、後ろ姿でもわかるよね。そういうの。

後ろから見ても、落ち着いていて平和そうな人でいたいなあ。

雰囲気っていうのは、うしろ姿を意識したら、思う感じが出しやすいかも。


夜。

カーカが明日のバーベキューの最後の仕込みにやって来た。大量の野菜を持って。が、風邪を引いたとかで「最悪、最悪」とつぶやきながら超機嫌が悪い。毒を吐きまくっている。私が「コナンの映画の犯人を教える悪質ないたずらが流行《はや》ってるんだって」と教えても機嫌悪く、ムカムカしてる。これは避けた方がいいと判断し、イヤホンをつける。

ハアハア言いながら大量の野菜を切っている。「ザワワ〜ザワワ〜」と歌も歌い出した。風邪は確かに苦しいよね。

私は早々に就寝。

4月29日（土）

快晴。暑いほど。

カーカは無事に出かけただろうか。風邪がよくなってればいいけど。

シンクに大量の野菜の切りくず。

前から約束してたフレンチトーストの材料を買っておいたら仕込んで冷蔵庫に入れてくれていた。カーカのバイト先で出しているというふわふわのフレンチトースト。


時間を気にせずにプールへ出かけ、クリオネ泳ぎ。

ジャグジーでもそのあとのぷかぷか浮かびでもずっと心地いい状態を保つことができた。今日は幸福感を感じられた。

これでいいかも、と思う。この感じで。

午前中は水中ストレッチで体をのばしながら考えを整理し、クリオネ泳ぎやぷかぷか浮かびで頭を真っ白にする。午後は夕飯の買い物と仕事、という日々で。

旅行は、本当に行きたくなった時に行こう。旅行は縁のものなので、無理に考えないようにしよう。縁があったら行くべきところに行くだろう。行く必要がなければ自然と行くことにはならないだろう。そう考えると旅へのあせりがなくなる。あそこもここもいい、あそこもここも行かなくちゃ、というあせりが。

夜。カーカのバーベキューが気になってラインしたら、楽しかったそう。風邪は薬で一応閉じ込めたけど、ぶり返すかもと言う。

写真を送ってくれた。元気よくジャンプしてる。埼玉県にあるという緑の多い気持ちのいいバーベキュー会場。楽しそうでよかった。

「どこ？」と聞いたら、荒川《あらかわ》河川敷の秋ヶ瀬《あきがせ》公園。

あら。そこって大学のすぐそばでいつも行ってたとこだ。懐かしい…。

4月30日（日）

おだやかな日曜日。

豚肉とキャベツ炒《いた》め、ゆでカリフラワーの朝食。

天気もよく、しなきゃいけないこともない。

エックハルト・トールが言ってたことをメモした紙を見つけた。

「ふだん気づきの状態にある人でも、たとえば過去の誰かのことを思い出した時、その人の話になると無意識に入り込んでしまい怒りがこみ上げてくる、ということがあります。何が自分を強烈に無意識に引きずり込んでいく力をもっているか、それを知ることです。そこからはゲームのようなものです。そのことを考え始めたらどうなるのか。意識を保っていられるか観察するのです。友だちに話したら、体がどう感じるか」

ふむ。あるよね、思い出すと腹立つ人や出来事。

で、ヒマでおだやかな日曜だったので、思い出してみた。

その人を思い出すと怒りがこみ上げてくる人は誰か、何人いるか。そのメモを裏返して順番にエンピツで書いていった。3人まではすぐに書けた。…4人。あと、…ひとり。

思い浮かんだのは全部で5人だった。それ以外にも過去にはいろいろあった気がするけど、もう昔すぎて怒りはなかった。怒りが消えていた。

この5人も、かなり消えかかっている。よくよく考えると、怒りよりも自分への反省が大きい。あの時ああいう行動を自分がしてしまったからああなったんだなという。だから自戒の大きさなのかもしれない。よく考えると怒りはないな。もう。

全部で5人。男4人、女ひとり。みんな仕事関係。仕事上の考え方の違い、大事にしていることの違い、などによるぶつかり。恋愛関係はゼロ。

今、この名前を消しゴムできれいに消してしまおう。「さよなら。さよなら」と言いながら。消しました。これですっきり。

カーカがよかったという映画「Lion」を見た。5歳の時に迷子になったインドの男の子の実話。前半は見ていてとてもつらく苦しく、何度もサコに「ああ〜。かわいそうで嫌だ」と弱音を吐きながら見る。「でもこの前半がないとね」。で、最後は泣いた。

5月

5月2日（火）

サコは今日から1泊でサークルの合宿。越後湯沢に泊まって楽器を演奏するのだとか。バスに酔ったら嫌だなという。

「でも大自然だよね」とサコ。

「そうだよ！　サコは自然の中がいいっていうから」

「雪はあるかな…」

「雪は、山の上に見えるかも」

サコが朝ごはんを食べてる時、私はNetflixでカールの「世界を旅する無知と無恥」を見ながらつぎあて。サコの長年着古した部屋着のパンツに。中学生くらいから着ていて、くったりといい具合にやわらかくなっている。そのおしりの布が薄くなって穴があいてきた。でも捨てるのはもったいない。新しいのを買ってもこのやわらかさは出ない。この経年変化したくったりさかげんこそが貴重なのだ。なのでつぎあて。かわいいのができた。ケツ丸くん。

時間を気にせずにゆっくりとプールへ。火曜日は人が多い。

いつもの水中ストレッチを40分ぐらいやって屋外ジャグジーへ。

5月の青空が気持ちいい。いいなあ。さわやか。

ジャグジー後のぷかぷか浮かびもしてから、サウナへ。

ドライサウナに入って、なんとなく人々の世間話を聞くともなく聞いて、水風呂《みずぶろ》に入ってから次はミストサウナへ。

だれもいない。

今日買うものを考えよう。ミートソース用のプチトマト、ポテトサラダ用のじゃがいも…。しばらくして人が入って来た。スピリチュアルSちゃんだ。

「あ、このあいだ知人とまたあのヨガに行ったんだけど、居心地がよかったって」と報告する。「そのあと、『おふろの王様』にも行って、そこもよかったわ」

「ですよね！　ヨガに行ってからお風呂って、その流れがいいんですよ〜」

ヨガ教室の話をしばらくする。

あのたこ先生のヨガ教室は、その運営方法も私は好き。

レッスン料は決して高くなく、長く行けば行くほど割安になり、小汚い（失礼！）ビルの小さな1室だけど居心地がよく、大きな組織にするでもなく、生徒との関係も淡々としている。その姿勢にこそ、あの先生のよさが表れている、ということをふたりで語りあう。

そして、Sちゃんが言うには、Sちゃんの友だちで、ある有名なヨガの先生に師事してる人がいて、その人はどんどんその先生に傾いていって、何百万もお金を払って、とても幸せだ、と言ってるのだそう。でもそれはおかしいと思う、とミストサウナから出て水風呂で力説するSちゃん。

「そんなのって変だと思うんですよ！　洗脳じゃないですか」

「依存させてね。新興宗教みたいだね」

「宗教ですよ」

「なにしろ私はお金を要求する時点でダメだと思うね」

「そうですよね」

たこ先生のクラスは1回2500円だったかな。

宗教じゃないから勧誘もしないし、ベタベタしてなくてあっさり。スピリチュアル過多っぽい人の質問には「短く！」ときっぱり。

義憤にかられてるのか、なおもその宗教っぽいヨガにはまってる友だちのことを「幸せっていってもそれは自分じゃなくて人に作られた幸せじゃないですか。おかしいですよ！」と熱く語っている。私はうなずきながら心の中で「短く」とつぶやく。気持ちはわかるが腹を立ててもしょうがない。依存したい人もいるのだろう。

明日からのゴールデンウィーク単発のレッスンにSちゃんも行くというので、「じゃあまた明日ね」と言って別れる。

夕飯の買い物をして家に帰って。

ああ、ひとりだ。なんか…とてもうれしい。

5月3日（水）

昨日の夜はひとりだったので夜またプールに行った。ひとりだとこういう行動をとるのかと興味深かった。

今朝は、夢を見て、目覚めて夢でよかったと胸をなでおろした。いろいろやんなきゃいけないことが多く、面倒くさい夢だったので。

ゴールデンウィークの渋滞のニュース。「ひたち海浜公園」の水色のネモフィラの花が満開だという。そしてすごい人が予想されると。前に見に行きたいと思ったことのあるところだ。今はもう、人が多いんだったら行きたくない。でも秋のほうき草（コキア）の紅葉は見てみたいなあ。でもそれも人が多いんだったらいいや。

午後はヨガ研修、楽しみ。今日は基礎的なヨガと呼吸法。

行ってきました。クタクタ。6時間半も。

Sちゃんは来てなかった。どうしたんだろう。

前半はヨガのアーサナ。3人一組になってお互いに形を見合う。この時点で「苦手…」と思ったけど、みんなで習うということはこういうことか。足首回しなど準備運動の大切さ、ねじりのポーズやバランス、倒立などを丁寧にやって3時間。

やっと終わり、後半は呼吸法。今度は4人グループ。いろいろな呼吸法を練習し合う。いちばんおもしろかったのは声帯を開け閉めする呼吸法。かすかなパカッパカッというシャボン玉の割れるような音がする。それをひとりずつやって、他の3人はじっと耳を澄ます。

私が「これっていったいどんな効用があるのだろう…」と疑問に思っていたら、となりの女の子もそう思ってたようで、思わず声に出していた。ふたりで半笑いで話していたら、上級者っぽい男性が先生にそれを聞いてくれた。すると「これは声帯のコントロールで、自己コントロールの上手な人はできます。一流のアスリートなどはみんなこれができます」という。

へえ〜。

もうひとつ変なのがあった。口をすぼめてシューッとガス漏れみたいな音を出すやつ。それを長く出し続ける。

いろいろやって、時間が来て終わった。先生が「今日やったことを日常生活に活《い》かして下さい」と。あの女の子に「あれ（声帯のやつ）、日常生活に活かさないとね」と言って笑い合う。

帰りのエレベーターでボーダーのシャツの女性と大きな男の人と一緒になったので、そのまま駅まで一緒に歩く。

男性はこわもてだったけど「あたし不思議ちゃんだから」というので安心した。声と話し方がさかなクンそっくり。電車に乗って最寄り駅までしゃべる。ふたりとも明日も来るそうでうれしい。

帰りながらいろいろ思う。

1泊の山の合宿や7月のインド旅にも興味があるんだけど、もし合宿に行ったらああいう学校の授業っぽくグループになってやっていくのかな。その方が上達が早いというしね。でも私はこういう研修っぽいのはやっぱいいかなとも思ってしまった。それなりに学んだ感はあるけど、そこまでしなくてもいいかなと…。でも慣れてくると楽しくなるんだろうか。うーん。わからない。迷う。しばらく保留。

とりあえず明日は瞑想《めいそう》だから頑張ろう。そもそも私は瞑想を学びたいのだ。

ああ、疲れた。

5月4日（木）

昨日のが疲れたので、午前中ちょっとプールで体をストレッチしながら休めよう。トコトコと行く。

足首回しだけでも時間をかけてじっくり観察しようと思えば100個も200個も発見があると先生が言ってた。

私は水中で体をあちこちゆっくりと伸ばしながら考えてる。

飽きるということと発見について。

何かに飽きるっていうのは、興味が薄れたってことで、興味が薄れたってことは、発見するものがなくなったってことでもある。発見することがなくなるのは、相手のせいではなくこちら側の意識の問題なのかもしれない。もし、より繊細に微細に物ごとを見つめようとする姿勢があれば、何もないと思った地平に無数の入り口を発見するかもしれない。

細ちゃんがいたので、一緒におしゃべりしながら水の中を歩く。

午後、瞑想研修。

今日はSちゃんも来た。昨日は仕事が長引いて来られなかったのだそう。残念がっていた。倍音声明という、ウ・オ・ア・エ・イという母音を順番に発声するシンプルな瞑想法。

瞑想は自分を知るためのもので、自分を知ることはそれ以上の、より大きなものを知ることに繋《つな》がっていく。心と身体はひとつながりなので、身体を快適な状態にコントロールすることが瞑想にとっては重要だ。自分の心と身体をよく知ってコントロールできるようになること。それが瞑想であり、ヨガである。

ふむふむ。

で、まずその倍音声明から。参加者が30名ぐらいいて、初めての人がほとんど。丸くなって座って。ウ・オ・ア・エ・イと声に出す。難しいことではない。何種類かのやり方で1時間ほどやっただろうか。うす暗い部屋でみんなで目をつぶってひたすら声を出すのは単純に気持ちがいい。何も気にせず、気を遣わず、ただ声を出す。そして時々沈黙して円の中で寝ころんだりする。

それから、他の瞑想法をいくつか。4人グループになってお互いのどこかに集中する。

次に、新たな4人グループになって、「なぜ瞑想をするのか」を話し合って、意見をまとめて発表する。これはちょっと苦手だったけどひとりの元気な女性が発表してくれたのでよかった。答えのないような難しい問題だ。先生もひとつの例として自分の意見を言っていた。こういう話し合いもある意味必要なんだろうなと私は解釈した。

次に108個の自分史、自分の過去の出来事を思い出していく瞑想。時間が来て、私は60個ぐらい、高校生までを思い出した。

歩く倍音声明をやってから、最後に個人の瞑想。自分の好きに瞑想をしながら、肩を叩《たた》かれたら歩いて次のだれかの肩を叩く。これは、瞬時に瞑想に入って、瞬時に出る練習なのだとか。こういうのは私にはためになる。

5時間の研修が終わった。

不思議ちゃんがいたので声をかけたら、「明日《あした》でるの?」と小声で聞くので、「うーん。どうしよう。どうするの?」と聞いたら、「あたしは出ない」と言うので、「私も」と答える。ボーダーの彼女にも「またね」と声をかけた。

半日かけていろいろな瞑想を体験した。密度が濃かったので今すぐに消化できないと思うけど、やがてだんだんに吸収していけそう。

帰りにSちゃんと駅まで歩きながら話す。「いろいろよかった。教えてくれてありがとう」とお礼を言う。「よかったです。ちょっと気になってました」とSちゃん。

2日間行ってよかった。

やり終えた。よくやった！　と思えたので、うちに帰ってひとりで乾杯した。

5月5日（金）

今年のゴールデンウィークはお天気がよかったのでいかにもゴールデンウィークという気がする。テレビではにぎわう行楽地の様子が。

私も子どもが小さい頃はいろいろ考えて遊びに連れて行ったものだった。そういう時期が過ぎたのでホッとする。肩の荷が下りた気分。

午前中はプールでストレッチ。研修で根を詰めたせいか腰が痛い。イタタと腰をかばいながらゆっくりほぐす。休日のせいか人も多め。ウォーキングするおじいさんがいつもよりたくさんいる。私ははしっこで足をのばしたり肩甲骨を回したり。

カーカが山椒《さんしょう》のミニ鉢植えを買ってきてくれた。それはいいけど、山椒の葉ってそんなに食べる機会がない。うな玉丼を作ってのっけて、それだけ。

どうしようかと考えて、よく豆腐田楽の上にのっかってるなと思い出した。で、豆腐とこんにゃくと田楽味噌《みそ》を買った。これでちょっと消費できる。

5月6日（土）

連休中は世の中も動かないので特にヒマ。ヒマで気も沈むほどだ。

プールへ行く。

いつものようにゆっくりとしたストレッチ。バタフライを練習してるおじさんがいて大きな波が立つので、波がこちらに近づくたびに背を向ける。

ヨガのことをときどき思い出す。

たこ先生。今は白髪で頭の毛も少なく、鬚《ひげ》もぽわぽわと白くかぼそく、小さな仙人のよう。山に住む妖精《ようせい》のおじいちゃんとか、絵本の中のかわいらしい登場人物のようで、森の木陰にたたずんでいそう。

でも過去の本をみると、髪の毛が黒くて長くて、ひとつに束ねてる量も今より多く、いかにもヨガをやってそうな男性に見える。ちょっとうさんくささそうな（失礼！）。この男の人だったらなんか嫌だ。なので今の白くて小さいたこ先生でよかった。この小さなわたすげじいさんになったタイミングで出会えてよかった。やけに年寄り臭く感じないのは、話し方が年とってないからだと思う。すごいよ。

でも、それはオレンジ色の民族衣装を着ている時の先生。それ以外の服を着ている時や趣味のバンドをやってらっしゃる時の写真を見ると、また違う。怪しい人みたいでおもしろい。

おととい、数珠《じゅず》がない時のために両手の指と関節を使って108数える方法を教えてくれた。自分で考え出しました、といっていた。

あと、スピリチュアルSちゃんのことだが、電気や音や霊に感じやすいので私が勝手にそう心の中で呼んでいるのだけど、Sちゃん自身はスピリチュアルなことを言う人が苦手なのだそう。4人組になって「人はなぜ瞑想《めいそう》をするのか」を話し合った時、同じグループの中に、神がなんとかかんとかとか、スピリチュアルっぽいことを言う人がいて、「うざかった！」と本当に嫌そうに言っていた。私も強く口に出して嫌うほどではないけど、神とか、悟りとかトラウマとか、なんかそういうことを重々しく言う人は苦手。


屋外ジャグジーに行って、空を見上げて、流れる雲を見る。

サウナへ。なんか人々が楽しそうに盛り上がってる。

なに、なに？

おもしろい韓国の方がいて、韓国と日本の最近の恋愛&結婚事情について、だった。みなさん熱く語り合っている。私も興味深く耳を傾ける。

次に、銀座《ぎんざ》のママをやってた方がいて、銀座のクラブの話。おもしろそうだったけどサウナの熱に耐えきれず残念ながら退出。

午後は、Netflix のドキュメンタリー「シェフのテーブル」のシーズン3、韓国の女性の僧侶《そうりよ》の方（チョン・クワン）の回を見たり、いろいろ。チョン・クワンさんの料理は、彼女の人生哲学を見ているようだった。

サコが夜の7時に帰って来て、8時までにレポートを出さなきゃいけないらしく必死になってる。どうにか送れた様子。よくわからず3回も送信してしまったと言ってた。

5月7日（日）

今日もひとりで家でのんびりしてる。まだ腰が痛い。

プールに行ってみる。こういう時は、のばした方がいいのか、じっとしていた方がいいのか…。ゆるゆると体をのばして、ジャグジーで温める。
右の腰をのばした時に、痛みを感じる。
ここか。
こうか。
痛みを確かめる。
うん。
やっぱりそこだ。右のそこがどうなってるのだろうか。
左はのばすと気持ちいい。
いつもよりも短めにやって、出る。
サウナへ。なんとなく痛みが治まったような気がする。

午後は、また Netflix の「シェフのテーブル」。ロサンゼルスでお店を持ってるナンシー・シルバートンという女性のシェフ。
この人がとても素敵だった。パン、チーズ、ピザなどのシンプルな料理。技巧を凝らした珍しい料理を作る有名シェフの店は、好奇心で行ってみたいとは思うけど、別に行かなくてもいいやとも思う。でもこの人の作る料理は食べてみたいなあとちょっと思った。そう思っただけで満足した。素敵な人だった。

いろいろと家の用事をして、夜はチキンライスとポテトサラダにすることにして、また家の用事をする。こまごまと。毛布を洗った。2枚も。


夕方になった。

風がすずしい。

やっと、ホッとする。


あれはどうしよう、これはどうしようか、とあれやこれやが頭をよぎる。ちょっと前まではそういうことを考えると落ち着かなかった。落ち着かず、胸がいっぱいになってた。でも。

でも今は。

ゆっくり考えよう…、と思うのだ。

5月8日（月）

サコが朝、私があげた一太Tシャツを着ていた。

最近私は海外ドラマの「メンタリスト」にはまっているので、寝る前と朝早く目覚めた時にいつもベッドで見ている。あの主人公の人が好き。私は流行《はや》りにうといので今になって知ったけど、アメリカで人気のテレビドラマだったんだ。こんなふうに流行ってたドラマをずっと後になって見る、というのがいい。

月曜日なので、家のことなどいろいろ。手作り小物を作るためのテグスやピンセットなどの材料をネットで探す。そういうことをしていたらすごく時間がかかった。それに金具類はあまりにも細かく安価なのでネットで注文しにくい。これは一度、「ユザワヤ」みたいな店に行かなくてはならぬな。

そうこうしていたらサコの大学から、提出すべき書類がまだ出されていないので、このまま出さないと入学を取り消すというメールが来た。

びっくり！

詳しいことを書いた書類を郵送したとのこと。サコにもラインする。

すぐに事務センターに聞きに行ってみて、と。

そしたら、わかった。高校の卒業証明書を提出していないのだそう。いつのことだったのか。入学時の提出物に関してはあんなに慎重に対応していたのに。

ドキドキ。

それは家にあるのだろうか。サコが帰って来たら一緒に探そう。緊張するわ〜。

アロマのことを思い出した。机に小さな瓶がいっぱい並んでるので。また1日ひとアロマを紙にたらして嗅《か》ぐことにしよう。

消費しなきゃと思うと面倒になるね。黒ニンニクも今、必死になって1日1個食べてるとこ。練り梅と練り梅の粒はまだある。ニンニクが終わったら食べなきゃ。


気になってしかたなく、事務センターに電話する。「今日知りました。すみません。すぐに提出します」と。電話に出た女性の感じから、それほど深刻なことではないと感じてホッとする。


夕方。

ゆっくりと夕飯の準備。

家にあるもので。鰯《いわし》のかば焼き。じゃがいもとキャベツのアンチョビ炒《いた》め。豆腐と油揚げとワカメの味噌汁《みそしる》。きゅうりと鶏肉《とりにく》の和《あ》え物《もの》。ゆば刺し。こういうごはんが好き。

窓から夕方の景色を眺める。

空はきれいに晴れわたっている。

家具の配置換えをしよう。カーテンも今週、ロールカーテンに換わる。そうしたらもっとすっきりするだろう。今は女の人のドレスが窓いっぱいにずらずらと並んでるみたい。夕方は落ち着く。

夜。サコが帰って来た。一緒に卒業証書を開いたら、卒業証明書が挟んであった。よかった。

5月10日（水）

プールに行って、ストレッチ。

11時半にラウンジで先輩とランチ。このあいだ食べた冷し中華がおいしかったのでまたそれを。先輩はここではこれしか食べないのだそう。

今度どこに行こうかという話。私は大宮の盆栽村《ぼんさいむら》に行ってみたかったけど、世界盆栽大会が先日あってテレビでさかんに放送されていたので今は混んでるかも…と腰が引ける。先輩は上野《うえの》の不忍池《しのばずのいけ》の蓮《はす》の花を見たいというので、「私も見たい。じゃあ、夏、咲いたら行きましょう。空《す》いてる朝早くに行動して、おいしい朝ごはんを食べるというのもいいですね」とアイデアが閃《ひらめ》く。

5月11日（木）

今日もプールでストレッチ。

キューピーさんはアクアヌードルを踏んで水中を浮かびながら歩くのをやっている。

私も挑戦したけどバランスが難しかった。

私はプールの縁につかまって腰をぐーっとのばしたり、水の中に片足で立って、片足を手で持って前にのばして、横に伸ばして、後ろにそらす、をやったり、肩甲骨をいろんな方向に動かしたりする。

邪魔な重力も床もない全方向に自由な空間でできるストレッチの心地よさよ。

私は思うぞんぶん、体中をのばす。

ぐぐーっ。


ジャグジーに行ったら、すでに陽射しが強く、半分まで直射日光が直撃していた。

ガンジーさんはゴーグルをしてその太陽の光が降りそそぐところでお湯に浸かってる。

私はできるだけ日陰に行くけど、ビルの反射でどこにいても眩《まぶ》しい。

ガンジーさん、私、キューピーさん、スイムさん。

スピリチュアルSちゃんは、今日はリゾート気分の日のようで白いビーチチェアに寝ころんで、ときどきジャグジーに浸かりに来る。

みんながどの油が体にいいか、について話してる。オリーブオイル、紅花油、ココナツオイル、アマニ油、ごま油、エゴマ油などなど。ブームになってはすぐに廃れて、いいと言われたり、やっぱりあれはよくないんだってと言われたり、「結局どれかに偏らずにまんべんなく食べるのがいちばんリスクが少ない」とガンジーさん。

私はロールスクリーンの工事があるので早めに出る。


1時にこのあいだの人が来た。誠実そうないい人。

私は急いでカーテンを外す。

リビングは北側に2つ、東側に4つ取り付けてもらった。北側がベージュっぽい色で、東側がこげ茶色。そしたらなんと、東側の4つのうちのひとつが、こげ茶色ではなくベージュになってる。間違ってる。見積書は間違ってないので、工場で間違えたのかも。私が「…べつにこれでもいいですよ」と言ったら、「いえいえ。そんな！すぐに確認して連絡します」と言っていた。

玄関で見送りながら、「すみませんね。2度手間になってしまいますね…」と、私もそこまで言わなくてもいいのにと我ながら思うほど腰が低い。

カーテンがなくなり、部屋がめちゃくちゃスッキリ。どうして最初からこうしなかったんだろうと思うけど、最初は持っていたカーテンを使えると思ったからそれを使ってたんだった。

きょうは、27度。暑い日。

もう夏のよう。

「春と秋がないわよね」とスイムさんも言ってた。

夕方、買い物に出て、ついでにあの双眼鏡でいつも工事中眺めていた公園を歩く。なんだか、よくなったような、そうでもないような。違うタイプの公園になっている。しかも芝生の中は立入禁止だって。

それから、閉店セールのキッチン用品店に行く。どれも20%オフ。京セラの白いおろし金があった。最近、おろし金のことを考えているので、手に取ってじっと見てみた。宮崎の家から持ってきたおろし金もこんなふうに白くて丸くてよくおろせたけど、これは京セラ製だからもっとよさそうな気がする。トゲトゲの見た目もちょっと違う。鋭い三角形。切れ味が気になる…。しばらく考えて、買うことにした。もしよかったらこれをこっちで使って、あれはまた宮崎に持って帰ろう。

目標があると人は頑張れる。

プラスで前向きな夢でもそうだけど、マイナスのことでもそうだ。たとえば、病気や借金とかも人のやる気の強力な元になる。生きがいになる。

プラスでもマイナスでも、そういう目標がない人が、いちばんつまらない人生なのかも知れないと思った。わざと大きな借金をして家を買って、ローンを返すために一生懸命仕事をしたという人がいた。そういう目的のようなものが人には必要なのかもしれないなあ。プラスのことでもマイナスのことでも、大きな理由を持つ人ほど生き生きしてて、迷いもなく、他人にむやみに影響されない。

久々にストウブ鍋《なべ》で炊き込みご飯を作ろうと思い、桜えびとチーズの炊き込みご飯を作った。チーズとシソは炊きあがってから混ぜる。火を消し忘れるというアクシデントがあって底の方がちょっと焦げてしまったけど、とてもおいしかった。

5月12日（金）

朝、いろいろとやることがあってバタバタ用事を済ます。

10時近く、プールへ。そして宇宙空間（でやってるみたいな気分でやる）ストレッチ。今私がやっている360度回転の足さばきをキューピーさんに教える。

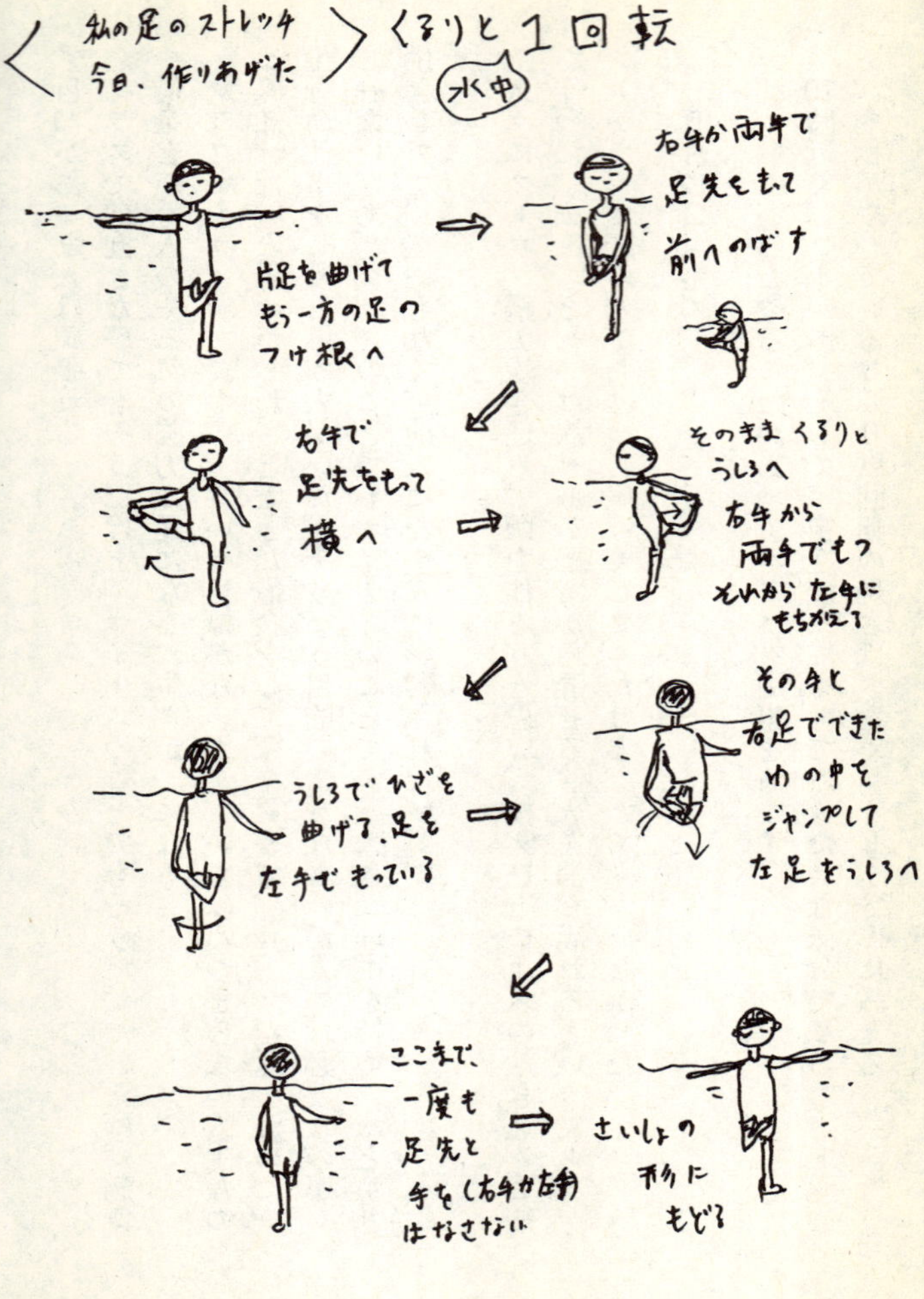
〈私の足のストレッチ 今日、作りあげた〉くるりと1回転
水中
片足を曲げて もう一方の足の つけ根へ
右手か両手で 足先をもって 前へのばす
右手で 足先をもって 横へ
そのまま くるりと うしろへ 右手から 両手でもつ それから 左手に もちかえる
うしろで ひざを 曲げる、足を 左手で もっている
その手と 右足でできた わの中を ジャンプして 左足をうしろへ
ここまで、一度も 足先と 手を(右手か左手) はなさない
さいしょの 形に もどる

サウナで、先日行ったスペインの有名なレストランの話を聞いた。自然やそこの空気と一体になってる料理で、とても素敵そうだった。私が Netflix でいつも見ている一流シェフのドキュメンタリー番組の世界だ。

食べながら「もうここで死んでもいいと何度も思ったわ。今度生まれて来たらこういうアーティスティックなシェフに絶対になる！　と思った」と語るキューピーさん。そうか。私はどんなにおいしいものを食べても死んでもいいとまでは思わないと思うから、食にとても関心のある彼女ならではだなあと思う。

予約の取れない世界的に有名なレストランに行くにはいろいろな条件がそろわないと無理だ。キューピーさんはその条件を持っているのでその体験ができてすごいな、いいなと思うけど、私は持っていないのでもともと行こうと思わないいんだなあ。

帰りに季節限定練乳いちごパンを買った。

5月13日（土）

今日はたこ先生のヨガに出てから、7月に行われるインドツアーの説明会にも出てみようと思う。いつもの流れでヨガ、呼吸法、3点倒立、瞑想《めいそう》をする。

休憩時間にそこにあったたこ先生の瞑想の本を読んでいたら、瞑想は我慢してするものじゃなく、嫌になったらやめた方がよく、短時間でもかまわないと書いてあった。

集中できない瞑想を長くやるよりも、集中した短時間をちょこちょこやった方がいいと。

ふ～ん。そうか。

旅行会社の方の説明を聞いて、行ってみたい気がして来た。が、去年のいくつかの旅行で、旅行に行くことに慎重になっているのでじっくり考えよう。

旅行というのは必然性があって行くのでなければならない。この機会を逃すともうない、ぐらいの真剣さがないと物事を深く楽しめない。

この旅行はどうだろう。いちばん貴重なのはたこ先生と行けること。次にはインドの北東部のガイドブックにもないような個人で行きにくいところに行けること。それだけでも価値がある。もう、ほぼ行きたい。

だけど、もう少し考えよう。

あとひとつなにか背中を押すものがあればいいんだけど。

メンバーとかね。知ってる人がだれもいないからなあ。研修の時に一瞬同じグループになったとても落ち着いた素敵な女性が旅行の説明会にも来てたけど、あの人も行くのだろうか。あの人が行くならいいなあ。去年とは違う、去年とは違う、と思っても、なぜか去年の苦しさがよみがえる。

5月14日（日）

くもり。家にいる。

前に描いて途中までだった絵を描き直した。渋い絵になった。額があった方がいいと思い、額を注文した。額に入れるのが楽しみ。

仕事を始めようと思うのに、なぜかする気になれない。旅行記をたくさん書こうと思っているのに。気持ちはドンドンドンドン書きたいのに体はちっともやる気が出ない。

不思議だ。

これはたぶん、スタートのタイミングを見ているのかもしれない。ちょうど今だというタイミングを。繊細なことだから。

そうそう。飛び込むときの角度。入射角というのがね。ある気分の状態に乗るためのタイミングを見ているところ。大縄跳びに入る瞬間みたいに。

で、狭いマンションの中の部屋をあっちこっちウロウロして、飴《あめ》をなめたり、ソファに座ったり、絵を眺めたりしていたら、サコが無線 Wi-Fi のつながりのことでなんか困ってる。なので、私がNTT東日本に電話してルーター設定のことを聞いた。男の人の丁寧な指示をうけながらあれこれパソコンや携帯を使って、なにかの操作を長々とやったけど、改善されず。そのことでぐったりと疲れてしまった。

ふう。

こういうのは、わけわからずにやってるから余計に疲れる。

「次からは自分でやってね。もう、今日1日分の疲れを使ったわ!」と、私は昨日買って来たこんにゃくそばを茹《ゆ》でながら、シャンパンを飲み始める。

「なにが不便なの?」と改めて聞いたら、携帯の動画がよく止まる、とのこと。

「携帯ばっかり見てないで旅にでも出れば?」と言っとく。

パァーっと北海道にでも行きたいわ。

いつか行こう。

夕方出かけたサコから「皮むき器の新しいのほしい？」。そうか今日は母の日。今、キッチン用品のところにいるんだって。皮むき器はいらないし、パッと思いつかないから花でいいよと伝える。

帰って来た。今回はもう買わなかったって。友だちがエプロンを買うのにつきあってて思いついたらしい。花も別にいらないしね。

「いいよ。ほしいものがあったら今度言うね。必要なものじゃないと結局使わないからね」

カーカが注文した荷物（ホットプレート）を取りに来て、代わりに壊れたヒーターを置いていった。

5月15日（月）

全ての例文でうんこを使用しているという「うんこ漢字ドリル」というのが人気だというので例文を見たらとてもおもしろかった。

「名とう（　）でうんこを真っ二つに切りさいた。」「新しゅん（　）のあいさつにうんこを持ってきました。」「すもうのたい（　）戦相手が、まわしにうんこを付けている。」「ナウマン象のうんこを見に、博（　）物館へ行った。」

私が子どもだったら、これならとても勉強する気になると思う。「勉強する」ということには魅力を感じないけど、うんこだったらおもしろいと思えるから。真面目な漢字ドリルでうんこというのがいい。これに倣って、うんこ計算ドリルとかどうだろう。5個のうんこと8個のうんこ、たして、うんこ何個？

録画していた「日曜美術館」の「茶の湯」の回を見る。

千利休《せんのりきゅう》は一期一会、一生に一度の思いで茶会に参加しなさいと言っていたそう。この機会しか会うことができないと思えば、その人のやっていること、一挙手一投足も見逃してはいけない。すべてを心と頭に刻み込んでいかなければいけない。そういう緊張感を茶会に求めたと。

茶の道というのは、自分を見つめ直すこと。

続けているとある時、自分を発見する瞬間があるという。

5月16日（火）

パッとプールでストレッチして、11時に先輩と待ち合わせ。

先輩の車でお台場へ。先輩がよく行くという天ぷらを食べに。ホテルの天ぷら屋さんでとても景色がいいのだとか。

本当だった。目の前に広がるガラス窓から東京タワーからスカイツリーまでパノラマのように見える。

天ぷらもサクサクでおいしく、量も多すぎず、ちょうどよかった。

帰りにドライブして、東京湾の埋め立て地と東京ゲートブリッジを通って、道を間違えてディズニーリゾートのまわりを一周して、東京タワーの下を通って帰った。

久々の外出で日に当たり、ぐったりと疲れたので引き込まれるように昼寝する。

5月17日（水）

映画を見た。「ターシャ・テューダー　静かな水の物語」。

91歳のターシャ・テューダーと庭と花がゆっくりと流れていく。

途中、あまりの単調さにウトウトしたけど、「人生は小さな選択の積み重ね。今日、何をして、何をしないか。誰と会って、誰と会わないか」というところで目が覚める。

そうそう。この人とは会う、この人とは会わない、と決めることは大事。


夕方、お腹が空《す》いたので何かないかと冷蔵庫を探す。何もない。冷凍庫にパンがあったので、海苔《のり》とチーズと生ハムのバタートーストを作る。

とてもおいしかった。お腹が空いているとなんでもものすごくおいしく感じる。

夜は、出し巻き玉子を出汁《だし》をたっぷり入れてすごく丁寧に作ったらとてもおいしくできた。釜揚《かまあ》げしらすとシソ入り。サコも「おいしそうだね」と言って食べて、「おいしいね」と言ってた。

旅行記を書き始めたのだけど、まだ入りこめてない。説明だけにならずに、そこにいるかのように書きたい。その時そこで考えていたことまでも書きたい。

そう考えていたら、また明け方にヒントが。

むずかしく考えずに、とりあえず一度さっとひととおり書いてから、改めてゆっくりと見返しながら、写真を見ながら、思い出したことや考えたことを書き加えたらいい。2度でも3度でもそうやって細かいところをゆっくりと書いて行けばいい、って。

そうだな。細かいことを気にせずにまずは気楽に書いてみよう。絵の下書きのような気持ちで。それから色をじっくりと塗り重ねて行けばいいか。

5月18日（木）

不安定な天候。晴れていたのに雨と雷。カーテン屋さんが先日間違った色でできてきたロールカーテンを正しい色のに換えに来た。

5月19日（金）

今日も映画を見に行く。「僕とカミンスキーの旅」。寝てしまった。

ひさしぶりに伊集院《いじゅういん》くんと博物館へ。5月になって気候がよくなったのでふと思い立ち。でも約束した後、急に暑くなって、また私の「直前になってやっぱり行きたくなくなった」病が発生して、一度やめようとメールしたのだけど、午後遅い時間だったらいいかもと思い直し、やはり行くことにした。

小石川《こいしかわ》植物園で3時半に待ち合わせして、1時間かけて一周する。今、イイギリの木の花が奥の方に咲いていますと言われたので、探す。あちこち探してやっと発見した。思ったよりも小さな花だった（木は大きかったが）。丸い花が地面にもたくさん落ちていた。「薬園保存園」の薬草を丹念に眺める。

それから上野の国立博物館の「茶の湯」展へ。このあいだ「日曜美術館」で見たお茶碗《ちゃわん》があった。でも私は茶の道はまったくわからない。本館の常設展もぐるっとサッと見る。法隆寺《ほうりゅうじ》宝物館が静かでとてもよかった。

不忍池を通って、湯島《ゆしま》にある以前よく行ったお寿司屋さんでお寿司を食べる。ひさしぶりだ。板さんがいたので挨拶《あいさつ》。ここの煮タコと煮蛤《にはまぐり》が好き。お腹いっぱい食べてしまった。伊集院くんが最近仕事で作ったという大津絵の本と昔話の神話学の本をくれた。

「むずかしそう。勉強するね」

「やわらかい本ですよ」

でも私には教科書のように思える。

5月20日（土）

今日は吉祥寺《きちじょうじ》にサンキャッチャー制作のワークショップに行く。オリジナルのサンキャッチャーを作ろうと思っているのだけど、まずは作り方を習おうと思って調べたら私の好きな感じのサンキャッチャーを作っているところがあったので。

トコトコと歩いて行く。暑い。途中、ユニクロでシャツなどを買う。

吉祥寺といえば、もう30年以上も前にちょっとだけ住んでいたことがある。井《い》の頭《かしら》公園の南側。池にかかる橋を渡ってすぐのとこ。

なつかしいが、街はすっかりきれいになってしまって何も思い出せない。

商店街を歩いて行く。いい感じのお店がちらほらと並んでいて、住みやすそう。かわいいドーナツ屋さん、安い八百屋さん、紙のお店、カエルのお店…。

着いた。

入り口の目立たない、5畳ぐらいの小さなお店の中にサンキャッチャーや手作りアクセサリー、フランス製のレース、植物画、リースなどがそっと陳列されている。奥のテーブルで教わる。めずらしいことらしいが急にキャンセルが入ったとかで、今日の生徒は私だけ。マンツーマンだ。先生はやさしくて丁寧で落ち着いていて、とても感じがよかった。

静かに楽しく習う。自分の好きなイメージで大まかな構成を考えて、石やビーズやオーナメントを選ぶ。先生の作品を参考に見たりして決める。鳥と赤いビーズをアクセントにすることにした。ときどきおしゃべりしながら2時間で完成。

いいのができた！

うれしい。窓辺で写真を撮る。お茶とクッキーをごちそうになり、材料屋さんや近くのおいしいお店、カレー屋さんなども聞く。

いい先生だった…。やはり習ってよかった〜。

帰りがけ、ドーナツ屋さんでドーナツを買う。それから駅前のハーモニカ横丁の超人気の行列のカレー屋さんに行こうと思ったらお休みだった。しょうがないので教えてもらったヨドバシカメラの上の「貴和《きわ》製作所」というところにビーズや金具類を買いに行く。たくさんのビーズを見て、落ち着かない。あまりあわてて買わずにゆっくり集めよう、と思いつつ、気になったものをけっこう買ってしまった。家にも前に万華鏡を作った時に買ったビーズや石があるのに。

買い終えて、外に出て、さてどうしよう。

お腹が空いてるので他のカレー屋さんを探すか、帰るか。帰ってもいいけど、せっかく吉祥寺に来たのだから頑張ってカレーを食べようか。ネットで探したら、ちょっとおいしそうなお店が近くにあった。野菜をたくさん素揚げしてトッピングしてある。そこに行こう。

暑い中、また歩く。

今の時間は2時半なので空いてるかも。空いてた。なのに注文して出てくるまで25分ぐらいかかった。こういうゆっくりした店なのだろうか。我慢して手帳を見たり携帯を見たりして過ごす。

カレーが来て、食べる。ほんとだ。素揚げ野菜がたくさん。おいしかったけど、ひとりなので気がせいて、まったく落ち着かなかった。やはり私はひとりで食べるのは苦手だ。

5月21日（日）

明日から宮崎なので、夜、準備する。

朝から暑い。今日は31度になるという予報。

洗濯して干したり、荷物の準備をしつつ、朝ごはんを食べながらテレビをつけたら「ボクらの時代」に樹木希林《ききき りん》と小林稔侍《こばやしねんじ》ともうひとりだれか名前が思い出せない俳優。樹木希林っていつも強くて正直。すごいなあと感心する。仲がいいみたいでパッパッと自分から質問してた。


出発ロビーで売ってる好きなキャロットケーキを買って、機内でおやつに。


鹿児島空港は暑かった。

いつものところでレンタカーを借りて、高速を走る。

「道の駅」でお米や野菜を調達しようと思ったら日曜日で駐車場が満杯。くるくる回ったけど空きがでない。諦《あきら》めて普通のお店で買う。


庭の草はまあまあ。来月、草むしりを頼もう。

蛍草がたくさん。ちいさな実をゆらしてる。この草が出るということは蛍の季節。

くるみちゃんが来たのでちょっと話す。あさってあたり、どこか行こうかということに。お父さんの様子をたずねたら、一命を取りとめたそう。一時はもうダメかと思い、家まで連れて帰る時のためにお母さんと浴衣《ゆかた》を買いに行ったと言っていた。

しげちゃんちへ挨拶に行く。相撲を見ていた。セッセもいた。木曜日はしげちゃんの誕生日だったことを思い出したので、家でごはんでも食べようかと提案する。

セッセは相変わらず毎日ガラクタの片付けをしているそうだが、「積み上げた木材のところに大変なものが生えていることがわかった」とさも恐ろしげに言うので見に行く。触るとかぶれるツタウルシ、と見せてくれたのはうちの庭にそこらじゅうに生えていて、いつも手で引きちぎってる植物だった。

「あら。これ、うちにたくさん生えてるよ」

「実際にこのあいだかぶれたんだよ」

家に帰ってネットで調べたら、やはり違うみたいだ。ツタウルシは葉が3枚だけど、こっちは5枚。

いつも行く温泉へ。ふー。やっと落ち着く。

やはりホタル祭りをやってるみたいだ。ポストに入っていた地元の機関紙を読んで知る。7時から9時だって。行ってみたい。私がシスターMと呼んでいる友人にメールして、明日行く約束をした。ホタルは久しぶりなので楽しみ。

5月22日（月）

夜中、蚊がブーンと飛んで気になり、よく眠れなかった。

今日もすごく暑くなりそう。でもここよりも関東の方が暑くなるらしい。

私は捨てるものをガレージにまとめる。自転車4台に、犬小屋、錆《さ》びた庭道具、壊れた電化製品、ホコリだらけのシートやペンキ類。段ボールに入ったガラクタなどたくさん。さっそく見積りに来てもらう。テレビも入れて2万4600円。

夕方、回収に来てくれるそう。これでスッキリする。よかった。


男性3名で廃棄物を取りに来てくれた。軽トラックかと思ったけどバンで。片っ端からどんどん積んでいく。棚に載った品物も棚ごとバーンと。すごい。でもちょっとだけ入り切らず、残りは軽トラを取りに行ってそれに積んでた。

あっというまにたくさんの粗大ゴミの山がスッキリ。

私一人だったら自転車1台でも、テーブルひとつでも、どうしようかと考えあぐねるところ。やはりなんでも専門家に任せるのがいいな…と思った。人間世界は分業で成り立っている。これからも苦手なことは専門の人にお願いしたい。そのためにも私は私の専門を頑張ろう。

その「出《いで》の山《やま》公園」ホタル祭りは7時からと書いてあったので6時半に家を出る。7時10分ぐらいに着いたら、まだ明るい。聞いたら、7時半に遊歩道の入口が開くのだそう。調べてくれればよかったか。でもベンチに座って待つ。ホタルはどうですか？と聞いたら、まだ少ないですね～と言っていた。

入口が開いたので入る。小さな川ぞいの道。木がうっそうと覆いかぶさる。歩いているうちにひとつ、ふたつとホタルが光りだした。10分ほど歩いた終点のところがとてもきれいだった。でもまだ薄明るい。どうしようかと思いながら、入口の方へまたゆっくりと戻る。徐々に暗くなっていくにつれてホタルの数も増えてくる。

ああ、きれい。

けっこうたくさん光ってる。

真ん中辺りから川と反対側を見ると、そこにもホタルがたくさん見えた。そこは平らに広がった公園のように見える。そこに行こうと入口側に引き返したら、「一方通行です」という。入るときにアナウンスがなかったからわからなかった。で、もう一度出口へ。でもおかげで1往復半できた。やはり暗くなるほどホタルの数も多くなり、壮観だ。

星
木のホタル
ていぼう
公園
どこを向いても光ってる

出口から出て、広がった公園に入る。そこにも曲がりくねった小川が流れていた。そこからの景色。平らに広がるホタルと、川を覆う木の上までのホタルと、空の星。前にも後ろにも上にもホタルだった。全面で光っていた。

よかったね～と言いながら帰る。

5月23日（火）

朝、スッキリとなったガレージの床を水で洗う。ついでに窓枠やカゴなども強い水流で洗い流す。きれいにピカピカ。


10時、くるみちゃんとドライブ。

えびの高原のミヤマキリシマがきれいらしいというのでそこへ。

山の上はとても寒かった。そしてミヤマキリシマはまだ咲いていなかった…。

お昼には早かったけど、うどんを食べる。前に来ておいしかったうどん。なのに今日は味が濃く、あまりおいしくなかった。前はおつゆを飲み干したのに、今日は残した。くるみちゃんもしょっぱかったといってた。前に来たときがたまたまだったのかもなあ。

次に、野尻町《のじりちょう》というところのつるバラがきれいだと聞いたのでそこへ。JAのなんとかというところを探してどんどんすすむ。見当たらず、引き返そうかと思いかけた時、田んぼの中に突然、バラが満開の一角が！

観光用ではないので、ものすごく咲き誇っているけど人はだれもいない。すごい密度で咲き誇っているのに。炎天下のバラの密集地帯。

帰りに野尻町の道の駅に寄ってハーブティーを買う。それから美人の湯という温泉に入った。素朴な、茶色の温泉。

そして明日のケーキを予約しようとお菓子屋さんへ寄ったら明日は定休日だそうで、しょうがなく今日買って冷蔵庫に入れておくことにした。ろうそくも買った。

5月24日（水）

一転、今日は雨。
しっとりとして薄暗い。これもいい。
家の中のことをゆっくりとする。
昼過ぎ、家の修理と改修の打ち合わせにTさんが来る。メンテナンスフリー&できるだけ安く、の方向で考えると選択肢は限られてくるので迷う余地がない。

選択肢が多いというのが人の迷いの主たる要因だなあと思った次第。

今日はしげちゃんの誕生日を祝うのだった。

お寿司を予約して、温泉へ。

露天風呂《ろてんぶろ》とサウナと水風呂を行ったり来たりしながら、ぼんやり思いにふける。

最近、あまり楽しくない。

困ってることはないけどすごくワクワクすることもなく、淡々とした低空飛行だ。

低く安定。

ポツポツ雨が降る誰もいない露天風呂で、空を見上げながら考える。

今ここで、ぱっと気が晴れる！　みたいな心理状態になってもいいのに。それを自力でできないものだろうか？　気分を自在に操作すること。そういうことが。

水風呂に入りながら、できそうな気がして、また露天へ。

できなかったが、なにかに気づきそうにもなる。


お寿司を受け取って家へ。

サラダを作る。そこに入れるポーチドエッグを作ろうとして失敗。まだ黄身が固まってないのにザルにあけたら黄身が崩れた。

悲しい…。黄身のほとんどが流れてしまった…。

そこへしげちゃんとセッセが来た。

「早いね」

お寿司やケーキを食べながら話す。しげちゃんが本が欲しいと言ってたので私の本棚の中から、私の大好きなミステリーを2冊貸してあげた。『カリブの悪夢』と『ねじれた夏』。視力が弱くなって字はもうあまりよくは読めないみたいだが、本を持ってるだけでうれしそう。お守りだね。

いつか来るしげちゃんのお葬式の話を3人でする。

私「どんなのがいい？」

セ「僕はもう家族だけでいいんじゃないかと思ってる」

私「私もそう思う。そしたらどこでやるの？　斎場で？」

セ「家族だけだったら家でもいいかも」

私「そうだね。本家は場所がないから、ここでもいいよ」

セ「うん」

私「ここにお花を飾って感じよくすればいいね。お坊さんは？　呼ぶの？　私はお経を聞くのは嫌だからその時は（いたくない）…」

セ「うーん。お坊さんもいらないいんじゃないかと。でも戒名は？　高いらしいね」

私「戒名は私が考えようかな。そう言ったら済むんじゃない？　娘が考えたいって言ったら。なんでもさあ、本人の生前の希望でって言ったら許されるかもよ。戒名何にする？　たいがい好きだったものだよね。海が好きだったら海、空が好きだったら空。歌とか踊りとかそれぞれいろいろにね。しげちゃんは何が好き？」
し「本！」と、即答。
私「本か〜。だったら、本、読書…」
し「ブック」
私「ああ。横文字でもいいね」
セ「英語？」
私「ブックを当て字にして…」
セ「当て字ね」
私「なんか…。うーん。気持ちのいい木陰で、本を読む。ページをめくる…、風、緑陰…、読書…。
　緑陰、読書、バカ女」
　と言ったらふたりがそこで大爆笑。そんなに笑わなくてもと思うほど受けていた。特にしげちゃんに。
私が「そして位牌《いはい》の代わりに綺麗《きれい》な花なんかを見かけたらそれに向かって祈るね」と言ったら、「そんなこと言ってるわって私は空から見てるわ」とつっこむしげちゃん。

ホタルがきれいだったという話をして、もし来年も生きてたらホタルを見に行こうと言ってお開きに。この家族は昔からあっけらかんとしているからいい。

帰りがけ、「今日いちばんうれしかったのはこの本だわ！」と言ってた。本当に本が好きなんだなあ。


夜。

ひとり静かに。

耳を澄ますと虫の声。

5月25日（木）

朝から準備して、戸締りして空港へ。

東京の家に着いたらシンクにお皿がたくさん。洗って、洗濯もして、しばらく落ち着かず。夕方やっと一息。

夜、カーカが自分宛ての荷物を取りに来た（ドーナツ形の浮き輪）。送り先をいつも私のところにしてるのは私がいつもいるから。

サコの夕食にと買って来た灰干し弁当を、いつのまにかカーカがペロリと食べていた。で、おわびにたらこスパゲティを作ってた。

5月26日（金）

午後、髪のカットとカラーリング。いつものお兄ちゃんがいなかったので、どなたでもいいですと伝え、店長らしき男性になった。「この今の感じが好きです」と言ったら、同じようになるようにやってくれた。色も同じシルバーグレイ。
店長は私と似たようなくせ毛。雨の日にはボワッとなるし、毎日くせが変わるので毎日髪型が変化するというところも私と同じ。妙に親近感を覚えた。
店長お薦めの最後につけてくれたヘアムースを思わず購入。

もうすぐパスポートが切れるので、出張所に申請用紙を取りに行き、ついでにスピード写真を撮る。7月のヨガのインドツアーに思い切って行くことにした。どんな旅になるか…。楽しみ。明日から石川県の旅館で1泊の合宿だ。

5月27日（土）

今日からヨガ合宿。石川県の白峰《しらみね》温泉。
東京駅から新幹線かがやきに乗って、金沢《かなざわ》へ。

駅弁を買う。「峠の釜めし」がなかったので、たしか先輩がおいしかったと言っていた新潟の「焼漬鮭ほぐし弁当」を。焼きたての鮭を特製のたれにひと晩漬けこんだというお弁当。とてもおいしかった。駅弁の焼鮭ってぱさぱさしがちだけど、たれに漬けてあるので味が染み込んでいて身もやわらかい。また食べたい。

金沢で特急に乗りかえて小松《こまつ》駅に到着。前日から金沢に帰省していたなごちんと改札で待ち合わせ。今回はなごちんが一緒に行くというので参加する勇気がでた私。

ここから迎えのバスに乗って白峰温泉へ。バスには十数名の人が乗っていた。


白峰温泉というところに初めて来たけど、こげ茶色の木造の建物が並び、こぢんまりとした、とても感じのいい集落だった。豪雪地で、栃《とち》の実で作られるとち餅《もち》が名物。昔、ここでとち餅を買ったことを思い出した、というなごちん。

宿も小さくて古いながらも清潔感がある。2時のヨガの開始時刻まで少し時間があったので、「総湯《そうゆ》」と呼ばれる立ち寄り湯へ行くことにした。

やはりこげ茶色の木造のしっかりとした建物で、広いガラス窓の向こうに大きな木が風に揺れている。なんてすがすがしい。お湯はトロトロしていてなめらか。

ふう。観光に来たみたいでうれしくなる。

2時から研修開始。総勢18名。

畳敷きの部屋で、まずヨガから。1時間半。これは慣れているのでスムーズにできた。15分の休憩後、呼吸法I。3人1組になって呼吸の音を聞き、気づいたことを伝える。私は呼吸法は苦手。グループワークはさらに苦手。次は声を出しながらの瞑想《めいそう》。これは好き。6時半に終了。

宿に戻って、夕食。お腹が空《す》いた。

ヨガ合宿ということで精進料理というのか、動物性のものはなく、出汁《だし》にかつお節も使わない料理なので大変だと宿の方が言っていたけど、とてもおいしかった。手間がかかっただろうと思う。海苔《のり》と山芋でつくるかば焼きもたぶん初めて食べた。山菜の天ぷらや名物の堅豆腐、油あげの陶板焼き、とち餅のお吸い物など、どれもこれもおいしい。お腹いっぱい食べたけど気持ち悪くならず、食後も軽くすっきりとしている。

夕食後、8時から9時まで先生を囲んでの談話。そこでみなさんの質問に答えるたこ先生。そこから参加したという男性のキャラが強烈だった。いばった感じのしゃべり方、要領を得ない質問、デリカシーに欠けた態度。個人的な不満みたいなことを長々と話してた。常連さんなのか先生はいつものようにひょうひょうと対応していたけど、たぶんみんな引いてたと思う。

こういうふうにみんなで集まった場での質疑応答って本当に難しいなあと思う。特に内容が抽象的な問題を含むと。人々の置かれた状況がさまざまだし、使っている言葉の意味やとらえ方の違いもある。私は自分が質問することはないし、人の質問でも興味のあるものは少ない。

自分でもこういう質疑応答をやったことがあるし、人のにも参加した経験があるけど、このような場では私はいつもある限界を感じる。だから私はやめたんだなあ。好きじゃなきゃできないと思う。でも好きだったらできると思う。こういう場でしか生まれないよさも確かにあるから。

先生が言ったことで印象に残ったこと。

「人を（軽々しく）信用するのは失礼なことなんですよ」

その人のすべてを知らない以上は。自分の前ではいい人だったとしたら、自分の前ではいい人だった、というふうに認識するべき。

「歩《ある》ってるだけでしあわせです」

歩けなくなってから歩ける幸せを思うのでなく、歩ける今、歩ける幸せを思いましょう。

「これから死ぬことを経験できるんです。こんな楽しみなことはない」

「観察し続けると、どんなことでも氷解します」


なごちんとぐったりと疲れて部屋へ。2人部屋。

旅館の小さなお風呂《ふろ》に行ったら、ひとり参加の女性がいたのでポツポツ話す。彼女もこの4月に入会したそう。感じのいい方だった。

明日は早朝瞑想で4時半起きなので早めに就寝。

5月28日（日）

4時半に起きて、草に朝露の輝く河原で瞑想。

昨日の感じのいい人がいたのでみんなで一緒に歩きながら話す。寒くない格好でと言われていたので薄手のダウンで行ったけど、1時間もあるとは思ってなくて、もっと着込んでくればよかったと後悔する。

途中から、じっと座っているのに飽きて、薄目を開けてまわりを見渡したり、森の木を見たり、空を見上げたり、他の人々がどうしているか観察したりした。微動だにしない人が何人も。特に男性。なごちんも寒かったみたいで早くから腕をこすり続けていた。チーンという鐘が鳴って終わってホッとする。

その後、引き続きお寺に移動してヨガ。基礎的なことをお弟子さんから丁寧に教わる。このヨガはシンプルでとてもよかった。寒くてストーブの近くから離れられなかった。

素朴でおいしい朝食のあと、呼吸法II。

が、私たちふたりはきのうの呼吸法Iのグループワークに懲りたので、申し出てこの時間だけパスさせてもらい温泉へ入ることにした。私たちは解脱に興味がなく、熱心に修行したいわけではないということもわかったので。

すると、総湯が開くのは10時からだった。ショック！

しょうがないので宿の小さな温泉に入る。でも泉質は同じツルツルでよかった。ゆっくりと時間をかけて汗をひかせ、次のクンダリーニ・ヨガへ。

これは初めてのヨガだ。

瞑想というのは実はとても危険なもので、エネルギーの使い方を間違えると大変なことになると言う。精神的に危うくなる人も多いのだとか。危険なく安全に瞑想を行うためには繊細な身体作りが必要で、そのための訓練とかなんとか。

二人一組になって練習し、レベルチェックをし合い、お互いの紙に感想を書きつける。他の研修では「無理をせずに無理をせずに」といつも言っている講師陣も、この時だけは厳しく注意していた。それだけ慎重にやらなければいけないということなのだろう。気が引き締まる。初めての人には紙に書く書き方の説明があったけど、経験者には説明がなく、書き方を間違えた人が厳しく怒られていた。

やる内容は本当に繊細なこと。軸を動かさないようにして注意深く上半身を一定方向に回す動きを繰り返すとか、息を止めるとか。初めての人と経験者が二人一組になって何度か繰り返すのだが、最後の4回目には経験者の女性が少なくなり、「二人一組になって」の合図で組む人を探したけど、まごまごしてたらなんと！

みんな組み終わってて、残っているのは昨日の嫌なおやじだけだった！

ああ。

しょうがないので、その人のところへ悲しく近寄り、「お願いします」と言う。その人は熟練者のようで、私は厳しく注意された。「いいですか？　今日初めてやるようだからはっきり言いますけどね。あなたね、まず立ち方が極端に言ったらこうなってる！」と、足が平行になってないことを教えられた。私は、その人の評価を二重丸にして感想もいいことを書いて、どうにかやり終えた。

あとでなごちんに言ったら、「私は絶対にあの人とやりたくなかったからサッと目をつけた人のところに急いで駆け寄ったよ！　おねえちゃん、あえてあの人に挑んだのかと思った」と言うので要領のよさをうらやむ。

研修最後のレッスンは瞑想法《めいそう》。
説明を聞いていくつかの瞑想をやって、最後に先生のお話を聞く。
新しく考えついた行法というのを話してくれた。なぞなぞのような、ヒントのようなことで、私にはよくわからなかったけどわかる人にはわかるんだろうなと感じた。

終わった。バンザーイ。
おもしろかったけど研修はもういいや。熱心な人と私とは目的が違うから。今後はコツコツ自分で楽しくやろう。インドツアーはまさかグループワークはないだろうな。旅行だもの。インドツアーまで行ったら私は満足しそう。なんか目標達成という気がする。

前の広場でちょうど今日、この集落の「若葉まつり」というのをやっていて、つきたてのよもぎ餅《もち》をふるまっていたのでひとついただく。やわらかく、とてもおいしかった。名物のとち餅を買い、岩魚《いわな》の塩焼きも食べた。

帰りは飛行機で帰ることにしたので小松空港までバスに乗っていく。

飛行機に乗ってブーン。あっという間に家に着いた。

5月29日（月）

遠出した次の日はいつも休養日にしている。すごくいい天気で暑い。

洗濯や掃除をしていたら、もう夕方。

早いなあ。

昨日の余韻がまだ残っていて、ぼんやりしている。

ああいう合宿というのは、目には見えないけど受け取るものが大きいので、しばらくはこういう気持ちが続くだろう。研修は嫌だけど合宿は楽しかった。出会った人々もほとんどよかった。あの町も温泉もよかったなあ。

5月30日（火）

暑い日。

久しぶりにプールで水中ストレッチ。ここで体をウーンとのばすと、その日1日体が軽くなる気がする。

ビンについてる金属の蓋《ふた》を開けようとして人差し指を負傷。蓋の金属のはしっこで切ってしまった。薄くて鋭いから切れもよく、血の出もいい。押さえて絆創膏《ばんそうこう》を貼ったけど、右手の人差し指の先で、よく使う指だから不便。それがやっと治った。ビンの金属の蓋、注意。

人って、言いたいことが胸にいっぱい詰まってる時ってある。とにかくだれでもいいからだれかに言いたい。風船の空気がパンパンに張って内圧が高まってる状態。そういう時は、最初に会った友達にバーッとしゃべると、スーッとガス抜きされてひとまず落ち着く。だれでもいいからだれかにこのことを話したいという人がいたら、その最初のお相手にはなりたくない。私は、私と話したい人と話したい。

5月31日（水）

今日も暑い。しばらく、7月まで仕事に集中。ストレッチも短めにして早く帰って来た。がんばろう。

達成感や、我慢したあとの解放感、がんばった疲労感がないと何も楽しくないんだと思う。お酒もおいしくない。おいしいお酒って、何かを一生けんめいにやってる時こそ味わえる。感謝することで味わえる幸福もあるし、身体を酷使して頑張ったから味わえる幸福もある。幸福も色とりどり。

何度言っても片づけない。

サコのこと。留守中ホットプレートを使ったようなので、それを箱に入れてと1週間前から言ってるのに、言うたびに、「あっ」と気づいて、次に見るとまだそのまま。

何度言っても片づけない。

洗濯物も。たたんで置いてあるのを部屋に持って行ってと何度言っても持って行かない。何度言っても。


午後は仕事した。書き疲れて、夕方、ガソリンを入れる。

私のガソリンは白ワイン。


人が本気で怒ってるのを見るのは怖い。恐怖だ。

私の人生をふりかえってみても、多くはないけど、少しだけそういう記憶がある。

人が本当に怒る姿を見たり、声を聞いた人は、生の本質に引き戻される。そこは、恐ろしくて、真っ暗で、宙に浮かんでる。頼るものが見えない。

生の怖さを見てしまうと、強烈に印象に残る。

でも、そこから帰って来た時、そこが生のすべてではないこともわかる。生の素晴らしさもある。あの極端にこわいところ、あの極端に素晴らしいところ、いろんな空間があるけど、おおもとの元は怖くはないと思う。いろいろなことがあるけど、そのいろいろを行ったり来たりして、ものごとの深さと広さを知ることで、いつか怖くなくなればいいなあと、子どものDVのニュース記事を読んで思った。

6月

6月1日（木）

先日宮崎に帰った時に本棚から『赤毛のアン』を持って来て、今読んでる。変わらず好きで、昨夜は寝る前に読んで泣いてしまった。

6月2日（金）

午前中の方が仕事がはかどるのでプールは午後か夕方に行くことにした。プールでストレッチをして、帰りに夕飯の買い物をして帰ってくるとちょうどいい。しばらくこのリズムでやってみよう。

私は何か新しいことを始める時、慎重に下調べとかしないで、先入観も入れず、予備知識なく直感でぶつかるのが好きだ。リスクも魅力ととらえて。まったくの無謀な賭《か》けはしないけど、この枠の中ならどうなってもいいという範囲を設定して、その中では自由にやる。その枠を設定する時の私はかなり慎重派で常識的。そしてその中に飛び込んだあとの私はかなり自由で無防備。

6月3日（土）

インド瞑想《めいそう》ツアー、本当に催行されるのだろうか。旅行代理店の方にメールしたけど返事がこない。まあ、もし催行されないとしたらそれでもいいかな。なんとなく面倒になってきたし…と思っていたら、昨日、書類や請求書の入った封筒が送られてきた。そうか、じゃあ、行くか。

となったらパスポートの切り替え申請に行かなくては。私の計画では来週の月曜日に行って、次の月曜日に受け取る、それからビザの手続きをやってもらうためにすぐに代理店へ郵送する。

今日も午前中仕事して、午後、プールへ。

ストレッチをして、ジャグジーに入り、ミストサウナに入って、水風呂《みずぶろ》、温かいお風呂に入ってでる。どれも短め。ちょっと飽きたと思ったらその気持ちに任せる。

今日は牛丼。

夜は全仏オープン、錦織の試合を見る。途中から追い込まれてきたところで雨で順延になった。錦織、うまくいかずイライラしてラケットを叩《たた》き壊《こわ》してたわ…。

6月4日（日）

日曜日。
愛用している「アルディン」のリネンのふきんを鍋《なべ》で煮て煮沸消毒する。『赤毛のアン』を読んでいて影響を受けて。3枚のふきんを石鹼《せっけん》で洗って、ゆすいで、鍋に入れて、重曹も入れて、コトコト煮る。沸騰して、泡がボコボコ。こんなことするの初めて。しばらく煮たらお湯が灰色になってた。ゆすいで、ぎゅっと絞ってベランダに干した。なんだかとてもきれいになってる気がする。うれしい。直射日光を浴びてバリバリに乾け～（乾いた）。

今日はパスポートの切り替え申請の書類を書かなくては。インドビザの申請書類も。面倒な作業。でもこういうのは間違えないように、落ち着いて慎重に書かないといけない。静かな環境を整えてからにしよう（簡単にすぐ書けた）。
最近の私の1日は主に、「メンタリスト」、仕事、プール、『赤毛のアン』。好きなものばかり。

ずっと会ってなかった人から連絡がくると、どうしたのだろう？　と思う。お互いにずっと連絡し合ってなかった人と久しぶりに会って楽しかったためしがない。

6月5日（月）

パスポートの切り替え申請に行って来た。月曜日の午前中が空いてるそうなので行ったら、それでも人が並んでいて、全部で45分くらいかかった。でもよかった。来週の月曜日に受け取り。

帰りの電車の中で赤ちゃんを抱いたお母さんが前にいたので、赤ちゃんを見る。細い目で天井を見上げている。女の子だ。

生後3ヶ月ぐらいだろうか。まだ小さいので足の指が親指以外はみんな同じくらいの大きさだ。小さな芋虫が並んでいるよう。髪の毛は4センチぐらい。石川五右衛門《いしかわごえもん》

みたいに全部上にまっすぐ立ちあがっているのがかわいい。ほっぺたも赤ちゃんらしく荒れてカサカサしている。口の中が見える。まだ歯がなくて歯茎だけがある。これぐらいの小さな赤ちゃんはみんな生きものそのままの自然さと個性を持っていて大変かわいらしい。これがちょっとたつと、髪型も肌も服もきれいになるようにいじられていくんだよなあ。

夜、錦織とベルダスコの試合を見る。試合のあいまにヨガの倒立をして見せたらサコが驚いていた。試合はおもしろかった。

6月6日（火）

仕事して、夕方プールでストレッチ。
買い物して帰る。今日は野菜をたくさん食べたい時に作る、定番の八宝菜。
カーカから「今日の夜ごはんカーカも」とラインが。
「八宝菜だよ」と伝える。
夜。カーカが来た。八宝菜を食べている。たくさん作ったのでちょうど足りた。
食後に、おやつほしいね、散歩にでも行こうか、と話して3人で外に出る。ふたりは家着で。いつも双眼鏡で見ていたあのリニューアルした公園を歩く。お花がたくさん咲いているようだったけど暗くてよくわからなかった。

テロテロ歩いて角のケーキ屋を見る。かわいいけど、ここのケーキは食べるとおいしいと思わない。そこはやめて、新しくできたイタリアンカフェにもケーキがあると聞いたので行ってみる。

あった。カフェの中だからどうしよう、と思っていたら、気さくな店員さんが「ケーキだけでも買えますよ。どうぞ〜」と声をかけてくれた。

入って、ケーキを見る。私たちのラフすぎる格好を見たのだろう。「ご近所に住んでらっしゃるんですか？」と聞かれる。「はい」と答える。

いろいろ迷ったすえ、4つのケーキを購入する。

外に出て、次にツタヤに行く。カーカが行こうと誘ったので。

「最近はアマゾンプライムでドラマをみてるからDVDは借りる気がしない」と言いながら見に行く。つる〜っと眺めて、特に見たいものはなく、「借りると見なきゃいけないから嫌だ」と言って、外に出る。

それから家に買ってケーキを味見する。まあまあだった。口に合わず残したのもあった。引き続きのんびりする。カーカが、どこか外国に3人で長期行こうよと言うので考える。ヨーロッパは今はやめた方がいいかも。ハワイもいいね。ロシアもいいなあ。でも飛行機で6時間以上かかるところは嫌だ（エコノミーの場合）、と私。

カーカがサコにどこがいいか聞きに行ったら、あまり乗り気じゃなかったけどディズニーランドみたいな遊ぶところが好きみたいだと言う。

フロリダのディズニーワールドもいいな。2週間ぐらいいていろいろ見て回りたい。アバターのアトラクションができたみたいだし。ケネディ宇宙センターも近くにあるよ、と言ったら、「それいいじゃん」とカーカ。

でもまあ、遠いから、いつかゆっくりね。そのうち行けたら。

「だれかが英語が喋《しゃべ》れないといやだ」と私。

「どうにかなるよ」とカーカが言うけど細かいところで不便なんだよね。

6月7日（水）

朝起きたらカーカがリビングのセンターマットの上に寝ていた。羽根布団だけかけて。朝ごはんにおかひじきの豚肉巻きを作ってサコを起こす。

鼻をグスグスいわせてる。

「風邪ひいたの？　寒かった？」

寝ているカーカの方を無言で指さす。

「あら。あの布団、サコの？」

「うん」

「またとられたの？　いつもてきめんに（影響が）出るね」

サコが出かけて、カーカが起きた。

「カーカ～。サコが風邪ひいてたよ。布団」

「あら。使ってなかったから」

「明け方寒くなったら使うんだよ。カーカの布団は玄関の上のいつもの棚にあるからそっちを使ってよ」

「うん」


曇りでまだ涼しいので、昨日の公園に花を見に行く。

紫色の花の上を飛び交う蝶々《ちょうちょう》を撮り続けるおじさん、ジョギングの途中に写真を撮るおじさんがいた。私もところどころできれいな花の写真を撮る。ガクアジサイも咲いていていた。また庭に花を植えるなら、こんなのを植えよう、こんなふうにしよう、と想像した。


私がなかなか仕事をする気になれず、お茶を淹《い》れたり、本を読んだり、調べ物をしたり、メールの返事を書いたりしてだらだらしていたら、サコがお昼前に帰って来た。

て飲んで、ずいぶん満喫していた。

キンラーメンを食べて、残ったスープで茶わん蒸しも作って食べて、コーヒーを淹れ

来てる。キャベツとツナのスパゲティを多めに作ってあげたら、それを食べてからチ

今日は気分的にもういいかなと思ったからという。お昼のチキンラーメンを買って

「どうしたの?」

プールへ。だれもいないジャグジーで、空を見上げて浮かぶ。タイル張りの壁の上からつる草がのびている。その後ろは灰色の空。ここから眺めるこのつる草が大好き。つる草を見ながらぼーっと浮かび続ける。

お風呂《ふろ》に入ってから出て、髪の毛を乾かしていたらダイヤママが隣にいた。パック中。ひさしぶりですね、と軽く挨拶《あいさつ》を交わす。すると、最近旦那《だんな》さんを病気で亡くした娘さんがスピリチュアルな先生と知り合い、いろいろお手伝いしているらしく、そういう時期だから心の隙に入り込まれそう、お金もからみそう、と気にしてて、「いつまでたっても子どものことは心配よ~」とパックシートの下で眉《まゆ》をひそめてた。

さて私は買い物へ。

今日はトマトと玉ねぎと鶏肉《とりにく》の煮物にしよう。ひさしぶりに。

魚売り場を見ていたら、ごく小さな稚鮎《ちあゆ》が350円で売られていた。この安さ。見たところ新鮮そうでもない。でも、なんとなくこれをから揚げにして挑戦してみたいと思い、購入する。家に帰って稚鮎を洗う。生臭い。かなり。片栗粉をふって油で揚げてみたが、やはりおいしくない。南蛮漬けにするかと思い、レシピを調べて甘酢に漬ける。うーん。どうだろう。

サコに出したら食べてた。

今日は10時から錦織×マレー戦があるので楽しみ。

人が、自分に対して挑戦できる分野として、「人のことを悪くとらない」というのがある。人のことを悪くとるのは簡単だ。でもそこをあえて、ぐっと我慢して、他の解釈を考える。ひねり出す。その能力にたけてくると人生は生きやすくなる。

6月9日（金）

仕事して、午後3時、気分転換にプールへ。

先週の金曜日の同じ時間、プールでストレッチをしていたら、妙に心惹《こころひ》かれるレッスンをやっていた。前半15分ぐらい水中でストレッチをして、後半15分は室内ジャグジーで私の好きなアクアヌードルをつけてプカプカ浮かぶというもの。それは私の好きなものだけでできている。ジャグジーがあまりにも静かなのでわざわざ高いところから覗《のぞ》いてみたら、10人ぐらいの人が目をつぶってプカプカ浮かび、先生が真ん中に座ってみんなを見守っていた。恐ろしく長い間そうやってる。

これはいい。来週はぜひ私も受けよう、と思い、今日、来た。

今日も人が多い。ストレッチをしたあと、ジャグジーへ。

足と首の下にアクアヌードルを入れてただ浮かぶ。何も指示されないのでそのまま目をつぶる。みなさんもそうやってる。ヌードルが左右の人のヌードルに当たってそこにとどまる。静かに。ずーっと。

とても気持ちがよかった。2度ほど、フッ…と寝そうになった。

これのよさを考えた。もし自分でやるとするとこんなに長くはできない。つい退屈になって。それから、先生が見守ってくださるので安心して浮かんでいられる。自分でやる時はどうしてもまわりの壁や、人が来ないかとか気になって完全にリラックスできない。

また次回もぜひ参加したい。

それにしても、ジャグジーいっぱいに、死んでるように静かに無防備に人々が浮かんでる様子は、ボウルにはられた水に浮かぶスナップえんどうのようだったろう。

屋外ジャグジーでまたつる草を眺める。空を雲がかなりの速さで流れて行く。

6月10日（土）

暑い。32度だって。クーラーをつける。
仕事。象の孤児院のところなんだけどなかなかやる気が出ず、3時間ぐずぐずして
やっと取りかかる。

午後、気分転換にプールへ。その後、屋外ジャグジー。ここでひとり、空を見上げ

るのが近ごろのしあわせタイム。

お風呂でさっちゃんと会ったので、私は水風呂《みずぶろ》、さっちゃんはとなりの温かいお風呂に入りながら話す。

買い物して帰り、仕事の続き。


またもタレントの淫行《いんこう》事件。性欲をコントロールできない男の事件はつきない。性欲に突き動かされると、その瞬間、常識的なことを何も考えられなくなるのだろうか。まさに動物。女は、その動物にどう対応していくか。

私はこの世の人類には、「男」と「女」と「人間」という3種類の状態があると思っている。人間同士、人としてわかりあえること。男にしかわからないこと。女にしかわからないこと。

男の性欲によってひきおこされる数々の事件の動機は、男にしかわかり得ないことだ。女として、男たちのそういう常軌を逸した本能に、どのように対処していけばいいのか。見知らぬ男に対しては、こいつは今、男か、人間か。常に緊張感をもって対《たい》峙《じ》しなければいけない。むずかしいのは女の側が、その時、女か人間かが、わかりにくいところだろう。真相を知って脱力する。そういうことも多い。

6月11日（日）

日曜日なのでゆっくり。

サコも昼ごろ起きてきた。

ときどきわき道にそれながら仕事して、夕方、プールでストレッチ。

わき道は、「白い帽子の女」。ブラピとアンジーの映画をアマゾンプライムで3分の1まで見た。ふたりの倦怠感《けんたいかん》がリアルに迫ってくる。

6月12日（月）

夜中に映画の続きを見たら、気だるい気持ちになった。

パスポートを取りに行って、お昼はパークハイアットの景色のいいレストランでなごちんとランチ。ゆっくり食べながら話していたらあっというまに4時間半もたっていた。これからのこと、仕事のこと、やりたいことなどを話した。

6月13日（火）

ひさしぶりの雨。

午前中はだらだら。仕事をする気になれなかった。まったく。

午後、郵便局に行って印度《インド》ビザ申請のために旅行代理店へ書類を郵送する。

私は切手が好きで、郵便局に行くといつも切手の見本ボードを見る。今日はとても心惹《こころひ》かれるのがあった。「日デンマーク外交関係樹立150周年」というの。じーっと見て、考える。買おうか、買うまいか。最近切手を使う機会はあまりないけど、これはかわいい。

今までにも沖縄のマンゴーとパイナップル、隅田川の花火、牧野富太郎《まきのとみたろう》生誕150年の植物画、野菜とくだものシリーズ（プルーンとオリーブ）、春の桜とお団子、などを買ったっけ。しばらく、うーんうーんと考えて、思い切って買うことにした。淡いパステル調で、ブタとか木がかわいかったから。しかも、買う時になって思わず「2枚！」と口が言っていた。使う用と保存用ね。


夜は天ぷら。本当に揚げたての天ぷらはおいしい。

6月14日（水）

私はクセのある人が好きで、そういう人たちに会う時は、向こうは人に合わせられないから私が水のようになって相手に合わせて会ってきた。でもそうするには情熱とエネルギーが必要で、それがないとできない。ずいぶん長い間それをやってきたけど、水になって近くに行くことを止めてしまった。情熱とエネルギーがなくなったのかもしれないし、情熱とエネルギーの向かう方向が変わったのかもしれない。

そういう会い方（つきあい方）をしてきた人たちとまた会うとすると、その人の知ってる私にならなきゃいけない（戻らなきゃいけない、演じなきゃいけない）ので、疲れるし、もうできなくなってしまった。他の言い方をすると成長したのだろう。

今日は首を寝違えたのか、痛いし、仕事も中盤にきてまったくやる気が出ず、ゆるゆるゆるゆる過ごして夕方プールへ。そこでも首が痛いのでゆるゆるゆるゆるストレッチしながら晩ごはんのメニューを考える。親子丼とほうれん草のおひたしにしようと考えついて、プールから出る。

6月15日（木）

トイレの操作パネルが作動しなくなったので見に来てもらう。数ヶ月前からだんだんに、時計が消え、便座の温度調節ができなくなり…というふうに悪化していた。

すると、電池が切れてたそう。

あら。電池切れかもと思い、あちこち探したけどわからなかったのに。な外したパネルの裏側に電池を入れるところがあった。

今日はいいお天気。

急に思い立って、ラインスタンプを考え中。まずこぶたちゃんを作って、そのあとにいやいやプリンくんとか、さまざまなのを作りたい。

仕事に煮詰まって、夕方プールへ。少し泳ぐ。少しだけ。

このあいだヘアカラーをしてから顔や手がすごくかゆくなり、耳が腫《は》れて、息も苦しいし咳《せき》も出る。これはまさにアレルギー症状。私にはカラーは合わないみたいだ。

ヘナに戻そう。

6月16日(金)

きゃ〜! やめてほしい。

サコ。トイレのドアを薄く開けたまま入るの。いるとわからずにドアを開けてびっくり。静かに携帯を見てるから。

「入ってるってわかるように工夫しようよ!」と提案する。まあ、普通にドアを閉めればいいんだけどね。

仕事して、気分転換にプールへ。唯一出ているアクアストレッチのクラスに出る。アクアヌードルでぷかぷか浮かぶのが最高に気持ちいい。

帰って来て、また仕事。がんばろう！

6月17日（土）

朝、テレビをつけたら「サワコの朝」。ゲストはヴァイオリニストの五嶋龍《ごとうりゅう》。ああ、小さい頃に弾いていた時の顔を覚えてる、と思い、続きを見る。とても聡明《そうめい》で、もやもやしたところのない話し方。さわやかな気持ちになった。

旅のことを調べていて、世界一周旅をしてきた人のブログを見て、そこで紹介されていた鹿児島で自然暮らしをする青年のドキュメンタリー番組「テンダーの思い」を見る。午前中はそういうことで終わった。

1年半かけて世界一周をしたあるブロガーが世界を見てきて思ったことは、「ものを大事にしよう（できるだけものを買わない。買う前によく考える。あるものを長く使う）」だったそう。

6月18日（日）

相手のことをよく知らないのに、自分が感動したからといって人にも強く薦める人が苦手。感動というのはごく個人的なものだ。感受性は、その人の年齢や状況、環境、過去の体験すべてに影響されるし、同じ人はいない。映画とかドラマとか本とかを人に、「絶対いいから」と強く薦めることのできる人は単純で幼い人だと思う。私にもあるミュージカル映画を「すごくおもしろいから絶対おすすめ！」と興奮気味に言う人がいたので、「それは、私にとってもおもしろいと思う？」と聞いたら、「うん」とまだ興奮気味に言うので、「私が見てもいいと思うと思う？」とふたたび聞いたら、初めてすこし冷静になったようで、「う…ん」と口ごもり、三度目、「ミュージカル嫌いの私が見ても本当におもしろいと思うと思う？」と聞いたら、やっと相手の立場になって考える余裕ができたようで、「うーん。そうだね…。思わないかも…」と答えていた。強く興奮すると自分のことしか考えられなくなる人っている。

昨日の夜、カーカが来て晩ごはんを食べて行った。簡単すき焼き。おみやげに「センベイブラザーズ」のなかなか手に入らない「のり梅」を買って来てくれた。「のり梅」を食べるのは初めて。薄くて、梅の味が嚙《か》めば嚙むほどじんわりと甘じょっぱく効いてきておいしかった。パリパリと止まらず、3枚ぐらい残ってたのをサコがあとで食べて、おいしいねと言っていた。もっと残しておいてあげたらよかった…。

6月19日（月）

来月ヨガのインドツアーに行くことにしたので、それまで興味を細くつないでおかないと、と思いヨガのレッスンに行った。午前中なので人も少なく集中してできる。ヨガのポーズをやって、呼吸法をやって、3点倒立。

それから瞑想《めいそう》。今日は、目をつぶって見えるものをちゃんと見る練習。「目をつぶっても真っ暗にはなりません。何かが動いたり光や色が見えます。それとしっかり向き合うことが、自分を知ることにつながるのです」と先生がおっしゃる。いったいこの目の前のもやもやと自分を知ることがどういうルートをたどってつながるのだろう？　このもやもやのことをしっかり見ようとしているあいだは何も他のことを考えていない。その時間はそこに集中している。つまり現実から離れている。そういう時間がちょっとでもふえることがいいのかな、とか思った。

さて、午前中ヨガに出た日の楽しみは「おふろの王様」だ。

今日はひとりで行ってみよう。移動中、武田鉄矢のラジオを聞いたら、腸にの話だった。ふーむ。私も腸のことはつねづね気になっていた。腸の話は好きな方。腸は第2の脳とか言うよね。あと、腸が気分を左右するとか。気の沈みも腸でコントロールできるかもなあ。などと考えながら、お水を買って、お風呂《ふろ》へ。

大浴場のいくつかの浴槽に入る。高濃度炭酸風呂だけは今日もぎゅうぎゅう。ちょっとだけ入る。みなさん長時間入ってらっしゃる様子。

出て、館内着にいそいそと着替えて、お昼ご飯を食べにレストランに入る。これも今日絶対にやってみたかったこと。十割蕎麦《そば》と鱧《はも》と季節の天ぷらのセットに決めた。それと生ビール。

ふふ。

追加で、ビールのつまみに鶏《とり》の何とか入りの生春巻きを「天ぷらの前にできるなら」と聞いて、注文した。お腹が空《す》いてたから。

1時過ぎなので人も少ない。左に飲みながら楽しそうにしゃべってるおじさんふたり。前には私のような一人の女性が3人。4人掛けのテーブルにひとりずつ。みんな生ビールを飲んでいる。

しあわせタイムだね！

お風呂のレストランに初めてひとりで入ったけど、まったく気を遣わず、天国だ。外の現実世界と違うわ。みんな館内着だから気どってないし、お互いに顔を見ない。

でもちょっと食べ過ぎた。どうしてもそうしたかったから頼んだけど、次はもうビールや天ぷらはやめよう。一度体験できて満足。

お腹を落ち着けるためにしばらく雑誌を読みながらロビーで休憩して、次に岩盤浴へ。塩の小石の上に寝る。15分たつと汗がわっと吹き出す。

広くて温かい休憩所で休憩してから(テレビが2台うるさくつけっぱなしなのが残念)、アカスリみたいなのをやろうかなと受付に行ったら、今からできるのは1時間後のヘッドマッサージと足のマッサージだったのでそれにした。

もう一度大浴場に行って寝湯などにつかってくる。

ヘッドと足のマッサージは気持ちよかった。肩の筋が硬いですね〜と驚かれる。そうそう、いつもよ。足の時は一瞬つりそうになったけど、気持ちよくてうとうとする。目をつぶって見えるもやもやを…と考えていたらいつのまにか。

全てが終わり、すっかりリラックス。スイカとメロンを買ってタクシーで帰る。これもいつもの流れ。今日は腸にいい発酵食品を食べたい気分なので、家の近くのスーパーで、玄米、納豆、こんにゃく、みそ汁用のあさり、鯵《あじ》の開き、ワカメ、オクラ、ほうれん草、大根を買った。健康的な夕食にしよう(それを知ったサコは「ああ〜」

と残念そう）。

6月20日（火）

仕事が大方終わったので、午前中にプールでストレッチ。

ぷかぷか浮かびながら考えた。

私は、自分の優先順位の高いものを選択しながら生きてきた結果、今がある。

恋人も結婚相手も飲み友だちも旅仲間もいないいないと言っているが、これは私が自分の人生を通して、その時にベストだと思う選択を行った結果、たどりついた状況だ。私が小さな分かれ道で好きな道を選んできた結果、見える景色だ。着いた街だ。

そうなんだ。そこだけが独立してぽっかり欠けているわけではない。

この大きな織物のどこにも穴はない。その人たちがいないという模様を持つ目の詰んだ織物なのだ。その人たちがいない代わりに他のものが描かれている。

その目は、ひとつひとつが自分の選択だ。自分の選択を肯定するということは、この今の状況を受けとめるということ。今のこの状況すべては私がたぐりよせたもの。

この景色に責任を持たなくては。

うれしく、ありがたく、貴重なものとして、今のすべてを受けとめるべきだ。

望んだ選択をしてきた結果、私には旅仲間がいないんだ。

夢がかなったからひとりなんだ。

だから足りないことに文句を言ってはいけない。現状に不満を持ってはいけない。不満を持つことは無責任なことだ。もしそれを変えようと思うなら、今からの選択を変えればいい。新しい目標に向かって今から選択していけばいい。

そうか〜、とひとり妙に納得してしまった。

こういうことはたまに思うんだけど、言葉にすると前に思ったのと同じようになるんだけど、その気づきの内容や深さがそのつど違う。

今日のは、「私には旅仲間がいない〜」と嘆いていた以前の私をかなり飛び越えられそう。それは他のことに時間を使ってきた結果でしょ、と今の私なら、過去の私にアドバイスできる。

過去の私「飲み仲間がいない〜。恋人がいない〜。旅仲間がいない〜」

今の私「探そうとしてこなかったからだよ。仲間は、簡単にできるものじゃない。仲間っていうのは畑の野菜のようなもので手をかけて育てないと枯れちゃうんだよ。放っといても、いつもそこに食べごろの野菜が実ってるわけじゃない。心を砕いて対応していかないと」

過去の私「でもまず、そういう人に出会わなかったんだもん」

今の私「そういう人を見つけようとしてこなかったんだよ。その時間を他のことに使ってたでしょ?」
過去の私「他のこと?」
今の私「その時に大事だったこと、したかったこと」
過去の私「そうだよ。でも好きなことをしてて出会う人もいるでしょ?」
今の私「出会ってきた人を好きにならなかったからよ」
過去の私「ときどきいたけど」
今の私「ときどきいたじゃん。でもときどきしかいないのよ。あなたみたいな好みの厳しい人は。こんな人と会ってるぐらいなら家でひとりで本読んでた方がいいとかってよく思うでしょ」
過去の私「思う。時間がもったいないとか、疲れたとか。だれとも会いたくないとか」
今の私「ほら。願いがかなったんだよ。それなのに、思い出した時だけ一瞬、恋人がほしいなんて言うのは無責任」
過去の私「無責任か…」
今の私「そう。ここまでの人生の選択をずっと自分でやってたんだから、他の人と比べて、あれがないこれがないって言っちゃダメよ。よく考えたらわかりそうなことなのに」
過去の私「わかってる。本当は。でもちょっと言いたい気持ちが生まれる時があるの。

そう。他の人の楽しそうな様子を見てしまった時。今までの自分をすっかり忘れて」
今の私「ね。じゃなきゃ思わないわよ」
過去の私「そんな時はどうすればいいの？　妙に気が沈むのよ」
今の私「ふっ、瞑想《めいそう》でもすれば？」
過去の私「瞑想…」
今の私「自分を知るのよ」
過去の私「自分を知る…」
今の私「そうすればもうそんなことでぐらつかなくなるわよ」
過去の私「瞑想って、どうすればいいの？」
今の私「目をつぶってみて。真っ暗じゃないでしょ？　なにかジンジンしたようなちらちらちかちかしたもの、光みたいなものが見えるでしょ？」
過去の私「うーん。この動く模様みたいなの？」
今の私「そうそう。それに向かい合うのよ。それをしっかりと観察するの。そうすればそこから自分を知ることにつながるわ。たこ先生の受け売りよ！」
てなふう。

今夜は引き続き、腸によさそうなもの。いざ、腸内フローラを大きく育てよう！

梅干し、白菜の漬物、もずく、山芋、しじみ、鶏肉《とりにく》を買った。しじみの味噌汁《みそしる》、山芋短冊、もずく酢、昨日買ったこんにゃく、鶏のソテーにしよう。

夕方、気持ちがよかったので外に出て公園を散歩する。すると、蚊に3ヶ所も刺されてしまった。悲しい。

鶏のソテーを作ったらサコが一口食べて、「おいしいっ！（「栗野岳温泉」の）地獄蒸し鶏みたい。マヨネーズ！」というのでうれしかった。低温でじっくりと焼いたら思った以上に柔らかくおいしくできた。

6月21日（水）

今日から梅雨らしい雨が続くらしい。

朝の9時半。10時から藤井四段の28連勝をかけた対局があると知って、ちょっと見てみようかなと思い立ち、さっそく「将棋プレミアム」に登録して500円の有料配信を見ることにした。紅茶とクッキーを準備してドキドキ。ライブで見るの初めて。

5時ぐらいまで続いたのだが、とてもおもしろかった。途中、解説のひふみんが出て来た時にはコメント欄が大荒れ。私は対戦中の盤面をじっくりと見ていたかったのだけど、解説場面が多くてなかなか見ることができなかった。たまにコメントや音声を消したりしながら楽しく観戦。私も2回、コメントを書きこんだわ。

仕事がひと段落したので急に気分が変化した。変化が起こると以前の自分を思い出せなくなるのが我ながら不思議。ちょっと気が小さく暗くなっていたのが、のびのびと自由になった。

6月22日（木）

引き続き興味のある腸に関する本を購入。『あなたの体は9割が細菌』。

夜は、あさりの味噌汁、玄米ごはん（私）、納豆と山芋とアカモク（海藻）まぜまぜ、刺身こんにゃく、野菜と冷製豚しゃぶ。デザートにキウイとスモモ入りヨーグルト。

サコにも「発酵食品や腸にいいものを食べ続けたら気が沈まないようになるか実験中なの」と教える。

私「ママって集中して凝る方でしょ？」

サコ「一瞬ね」

「メンタリスト」。毎日時間があるとちょこちょこ見てて、もうシーズン5まで来てしまった。毎回毎回違う事件が起こり、解決し、次の回ではまた新しい事件に取り組んでいる。新しい回になると、その前の事件の登場人物はまったく出てこない。私が毎回新たな気持ちで何かを始め、その前に何かをやっていた時の気持ちをまったく思い出せないのによく似ている。

6月23日（金）

朝、録画していた「おとなの基礎英語」を見ながらごはんを食べて、地上波にしたらディーン・フジオカが映画の宣伝で出ていた。笑っていろいろなことをしゃべってる。私はディーン・フジオカのにこにこしているところは特に見たくない。「徹子の部屋」のゲストで礼儀正しく受け答えしているみたいな姿をいちばん見たい。前髪は下ろさずに額を出して。

今日の夜は、しじみの味噌汁、玄米、納豆とアカモク、ワカメと豚肉の煮物、ごぼうとニンジンのきんぴら、アスパラとかぼちゃ（ソテー）、バナナとキウイ入りヨーグルト。白ワイン2杯。

6月24日（土）

ちょっと苦手な人っている。

なぜか苦手。不思議と苦手。なにがあったってわけじゃなく。会うと、なんとなく居心地悪く、弱くなる。その人の前にいると、NOと言えず、自分らしくふるまえない。これはたぶん相性とか動物的な感覚だと思う。

そういう人が何人かいる。相手は知らないと思う。つきあいは挨拶《あいさつ》程度で、ただ私がそう感じているだけだから。でも今日は、そのうちのひとりと会ったけど前ほど苦手と思わなかった。自分が強くいられた。よかった。

先日の腸の本はあまりおもしろいと思えず、半分ぐらいパラパラと読んで、挫折《ざせつ》。

6月26日（月）

金銭感覚があまりない私は、サコのお昼代を毎朝５００円ずつ渡していたのだけど、「ちょっと少ないかも。飲み物もでしょ？　今時、５００円だとあんまり買えないよ～」と同じ年頃の息子さんを持つお母さんに教えられ、あわてて千円に変更した（一気に2倍というところもまた）。よくわからないんだよね。サコもなんにも言わないし。

さて、今日から宮崎。午前中の飛行機に乗る。

藤井四段の29連勝のかかった対局をアベマテレビで見ながら（よく映らず）。このあいだのを見てから、急に将棋がおもしろくなった私。「将棋プレミアム」の人間味あふれる解説やガヤガヤとしたコメントも今思えばとても楽しかった。その時はうるさいと思ってたけど。悪口を言ってた人さえ、今ではなぜか懐かしい。


「道の駅」で買い物して帰る。

不揃《ふぞろ》いだけど安い桃やとうもろこしやしいたけなど。とうもろこしは「フルーツコーン」という名称でとても甘くて皮が薄くておいしい。生でも食べられるほど。2本で300円。


家に帰ったら草むしりを頼んでいたおばあちゃんたちがいたので挨拶する。雨の晴れ間を選んで来てくれていて、もう4日もかかってるそう。ありがとうございます。

引き続き将棋を見る。対局相手の増田《ますだ》四段は見た目がいい感じにオタクっぽく、そのもぐら風の顔がとても強そうに見える。先日の澤田《さわだ》六段も冷静で頭がよさそうないい感じの人だった。棋士っておもしろそうな人が多い。

9時ごろ、藤井四段の勝利が決まった。

次は7月2日、30連勝のかかった試合だ。相手は先日の解説者だった佐々木勇気《ささきゆうき》五段とのこと。とても楽しみ。藤井四段の対局場に見学に来てて、睨《にら》むように見ていたのがマンガみたいで印象的。

テニスの試合は見ているだけで癒されるのだが、将棋の対局を見ていてもそれと同じような気持ちになることに気づいた。見るというか、その場の雰囲気をぼんやり感じるだけで。たぶん、人が真剣になにかをしているところにいると、こちらも気持ちが引き上げられるけど、それが起こるのだろう。

そう感じるものは人によって違って、私はそれがテニスと将棋（今んとこ）。

6月27日（火）

今日も雨。明日もあさっても雨らしい。

今日はお掃除の男性がひとり来てくれて、倉庫とガレージをやってくれる。このあいだとてもよく働いてくれたKさん。私も家の中のことをこまごまとやる。

途中、くるみちゃんと「道の駅」に行く。

おいしかったフルーツコーンをまた2本買って、家でお茶を飲む。

くるみちゃんにお父さんの具合を聞くとちょっとだけ良くなってるそうで、毎日お母さんと隣町の病院までお見舞いに行ってるそう。
そして先日、くるみちゃんは鼻血が止まらなくなったという。病院に行ったら、「どこも悪いところはないからストレスでしょう。熱いお風呂《ふろ》には入らないように」と言われたって。この2ヶ月、大変だったから。温泉もしばらく行けないねと話す。

夕方7時、お掃除が終わった。わあ。とてもきれいになってる。
ガラスもピカピカ。

6月28日（水）

自分の都合のいいように考える人は、自分が「自分の都合のいいように考えている」ということに気づいてない。自分の都合のいいように考える人と、前向きな人とはまったく違う。前向きな人は、現実をきちんと捉《とら》えて受け入れて、その上でよい方法を考えて選んでいる。自分に都合のいいように考える人は、まず現実をきちんと捉えない。

午前中、伸び放題になってる木の枝を切ってから、倉庫の道具類の長年たまった埃《ほこり》を落とす。水で洗えるものは洗って。

時々日が射したので並べて乾かした。

午後から草むしりのおばあちゃんたちが3人来た。最後に残った外の塀のところと、取った草を集めて捨てる作業をするとのこと。

私は堤防をトボトボ散歩しながら、写真を撮る。ヒメジョオンがきれいだった。道路にきれいな苔《こけ》があったので持って帰って皿に入れる。

リビングから外を見上げたら、とっくり型の蜂の巣が2個も。スズメバチの初期の巣のようだ。もう今は蜂はいないみたい。

夜、母と兄がお茶を飲みに来た。母はもう歯を磨いたから何も出さなくていいと兄がいう。お茶も眠れなくなるというので水を出す。しばらく気ままに楽しくおしゃべりして、今日見つけた蜂の巣を見せる。

「ほら」

「あら」

「へえ〜」

すると母のしげちゃんが足をボリボリ搔《か》いた。

かつて長いこと水虫に悩まされてきたしげちゃん。兄セッセの根気強い努力によって治ったと聞いた。5本指のくつ下を履いたりして（私もひとつあげた）。

それが最近また悪くなってきたそうで、「絶対に搔かないように！」とセッセにきつく言われていたしげちゃん。急に厳しく怒り出したセッセ。

そうそうに帰って行ったわ。

ふたり仲よく…。そうそう加減が笑えた。

6月29日（木）

今日も雨もよう。

Mさんとランチ。初めて行くイタリアン。

そこは、とても可愛らしいお店だった。小さい敷地ながらラベンダー、オリーブ、白い花、青い花、サイプレスなどがぎっちりいきいきしていた。

ランチは、サラダ、スープ（ビーツ）、焼きたてのフォカッチャ、パスタのセット。おいしかった。特に私はフォカッチャがおいしいと感じた。

保育園勤務のMさんは、今、1歳未満児の赤ちゃんのクラスを受け持っている。さまざまな赤ちゃんがいることを教えてくれた。お相撲さんのように大きな赤ちゃんがふたり。ひとりは固太り。おもちのようにぽちゃぽちゃとやわらかい赤ちゃんやいつも何かをなめている赤ちゃん、やせている赤ちゃんなど。へえ〜と感心しながら聞く。本当に人は生まれつき個性的だよね。

トイレから戻ったMさんが「手洗いのシンクがすごく洗いやすかったですよ！」という。洗いやすいって？　不思議に思いながら私もトイレに行ってみた。確かに。小さくて円形の普通のシンクなのだけど、淵《ふち》が丸く盛り上がったようになっていてタイルが貼ってある。小さな穴に両手を深く入れるような感じで、水がはねず、とても洗いやすかった。

会計の時にお店の方にいろいろ伝えた。おいしかったパンのこと、洗いやすかったシンクのこと。シンクのことを褒められたのは初めてですと言っていた。

満足して、そこの実家だという隣の魚屋さんでお惣菜《そうざい》（カツオの漬け、トマトとチーズのオードブル、きびなごの唐揚げ）を買う。

それから、Mさんが「この近くにおいしいお肉屋さんがあるそうなのでちょっと寄っていいですか？」と言うので、行く。そこは牧場で働いていたという奥さんがやっているお肉屋さんで、ハンバーグのタネが1個100円なのだそう。

ちょっと迷いつつたどり着く。

ハンバーグ、あった！　私は2個入り。Mさんは3個入りを買った。ハンバーグはいつもお昼には売り切れるんだって。


家に帰って、Tさんと家のメンテナンスの打ち合わせ。2階の壁の素材の色を選ぶ。玄関の外にいろいろな色の板を横に並べて、これは違う、これも違うかも、と1枚1枚よけていく。最後に、黒とこげ茶色が残った。どちらもいい。うーんと迷う。Tさんがベランダに持って上がって2階の壁にくっつけて見せてくれた。迷った末。黒にした。今は茶系なので今度は黒っぽいのにしたいと思っていたから最初の思い通りに。気分一新だ。

6月30日（金）

温泉に行ってから家でゆったりとワインを飲む。つまみをつまみながら。

午後から晴れてきたので夕方が気持ちいい。今回、初めての気持ちよさ。

本当ならこんなふうに初夏の夕方はとても気持ちがいいんだよなあ。ずっと雨だったから味わえなかったけど。

12時40分の飛行機を予約していたのだけど、朝、もう何もすることがないので一便早めて10時50分のに乗ろうと家を出る。

レンタカーを返して、JALのカウンターでそう告げたら、変更不可だった。しまった！

勘違いしていた。いつもマイルの特典航空券で帰ってるのでそのつもりでいたら、今回はマイルで買ってなくて、予約の変更ができない早割のチケットだったんだった。しょぼんとして、トコトコ空港内を歩きながらどうしようかと考える。あと2時間もある。2万円ぐらいだったら、キャンセルして10時50分のチケットを買おうかと思ったけど、4万円ぐらいだったので止めた。2時間に4万円はさすがにね。

で、お土産物屋さんを見たりする。

早目のお昼ごはんでも食べようかな…と館内マップを見ていたら、マッサージを見つけた。やった！　そこだったら2時間でもつぶせる。

すぐに行って、1時間半のコースをお願いした。ボディ、フェイシャル、フット、各30分。とろとろ眠りそうになりながら終える。

気持ちよかった。料金は1万円ほどだったので、4万円出して帰るよりずっとよかった。3万円＋気持ちよさを得した気分。

ところで、終わって帰りかけたら私の服がまた裏がえし！　施術者の女性が遠慮がちに教えてくれた。いつもの裏と表がわかりにくいブラウス。

搭乗前にロビーのお土産屋さんで「さつませんだい名物ちんこ団子」というのを見つけた。

うん？　串《くし》に刺したおしょうゆ味のお団子。これは子どもの頃に「しんこ団子」と呼んでいたお米の粉で作った串団子ではないか。どうやらそうみたい。大好きなお団子。父も好きで、たまに自分でも作ってた。でも、「ちんこ団子」って…。裏の説明書きを読むと、昔からそう呼んでいたと書いてあるけど。そういう地域もあったのか？　私たちはしんこ団子と呼んでいる。で、ひとつ買った（味はやはり、自分で作った方がおいしかった）。

家に帰り、サコの夕飯の準備をしてから、今日はたこ先生のライブ。たこ先生は趣味でサキソフォンを吹いている。ボーカル担当の女性の先生はとても小さくてかわいい。

合宿で会った人も何人かいた。昔懐かしいようなショーが楽しく終わって、先生にも挨拶《あいさつ》して、その人たちと4人でお茶でも飲もうとお店を探した。でも近くになかったので、前の居酒屋さんに入った。

すると隣の若い団体が酔っ払っていてものすごい大声で、こちらの話す声がまったく聞こえないのでひとつ離れた席に移動させてもらった。それでもまだうるさかったけどしょうがない。私はうるさいところがいちばんの苦手。私自身の声も小さいし、声をはりあげてまでしゃべる気がしないし。

でも、まあまあしゃべれたので1時間ほど楽しく話す。値段も安かった（ひとり1000円ぐらい）。またね～と言って別れた。これもまたいい思い出。

ものすごい大声の若い団体

この春、下の子が大学に入って、私は親としての自分の責任は「子どもが大学に入るまで」と漠然と思っていたので4月から気持ちが変わった。今はどんどん動いて働きたい。

私は今までの経験で、自分が表に出るのは好きじゃないということがわかったので、表に出ずに、ひっそりと。

そのためにもまずラインスタンプを作らねばと思う。なぜかわからないけど今できる目の前の1歩はそれだ。

いつのまにか英語のことはすっかり忘れてる。

こういうの.

あとがき

手書きの あとがき、ひさしぶりです。

春以降、本当に だんだんと 気持ちが 変化していって、
すっかり 落ち着いたような、ぼんやりとしたような、
しゃっきりしたような
気分です。新しく始めたい仕事も できて、
それをやってみようと思っています。やってみたら、
ずっとできるか、できないかわかる気がします。

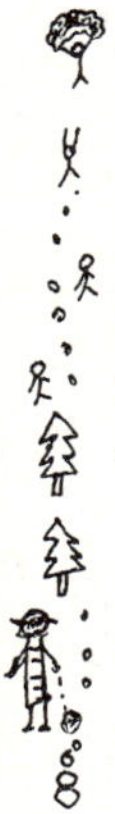

この「つれづれノート」も次回からはすこし変えて、よりシンプルに、読みやすく、大人っぽく(?)していこうと思っています。おたのしみに。かなり変わるかも。

私もすこし変わって、新しい面を見い出せるかもしれません。楽しみです。それではまた。

2017年8月

銀色夏生

ぷかぷか浮《う》かびとこれから

つれづれノート㉜

銀《ぎん》色《いろ》夏《なつ》生《を》

平成29年 9月25日　初版発行

発行者●郡司 聡

発行●株式会社KADOKAWA
〒102-8177　東京都千代田区富士見2-13-3
電話　0570-002-301（ナビダイヤル）

角川文庫 20528

印刷所●株式会社暁印刷　製本所●株式会社ビルディング・ブックセンター

表紙画●和田三造

ISBN978-4-04-105847-3　C0195

角川文庫発刊に際して

角川源義

第二次世界大戦の敗北は、軍事力の敗北であった以上に、私たちの若い文化力の敗退であった。私たちの文化が戦争に対して如何に無力であり、単なるあだ花に過ぎなかったかを、私たちは身を以て体験し痛感した。西洋近代文化の摂取にとって、明治以後八十年の歳月は決して短かすぎたとは言えない。にもかかわらず、近代文化の伝統を確立し、自由な批判と柔軟な良識に富む文化層として自らを形成することに私たちは失敗して来た。そしてこれは、各層への文化の普及滲透を任務とする出版人の責任でもあった。

一九四五年以来、私たちは再び振出しに戻り、第一歩から踏み出すことを余儀なくされた。これは大きな不幸ではあるが、反面、これまでの混沌・未熟・歪曲の中にあった我が国の文化に秩序と確たる基礎を齎らすためには絶好の機会でもある。角川書店は、このような祖国の文化的危機にあたり、微力をも顧みず再建の礎石たるべき抱負と決意とをもって出発したが、ここに創立以来の念願を果すべく角川文庫を発刊する。これまで刊行されたあらゆる全集叢書文庫類の長所と短所とを検討し、古今東西の不朽の典籍を、良心的編集のもとに、廉価に、そして書架にふさわしい美本として、多くのひとびとに提供しようとする。しかし私たちは徒らに百科全書的な知識のジレッタントを作ることを目的とせず、あくまで祖国の文化に秩序と再建への道を示し、この文庫を角川書店の栄ある事業として、今後永久に継続発展せしめ、学芸と教養との殿堂として大成せんことを期したい。多くの読書子の愛情ある忠言と支持とによって、この希望と抱負とを完遂せしめられんことを願う。

一九四九年五月三日